后浪出版公司

一个医生的故事

郎景和 —— 著

北京联合出版公司
Beijing United Publishing Co.,Ltd.

自 序

原来，我想写一部从医杂感之类的书，开始想命名为《一个医生和病人的故事》，题目有点暧昧不清，后拟称《一个医生的忏悔》，这是我很喜欢的选题，是想叙述一个医生的回顾、检讨、供认、表白和思考。为此，我还认真阅读了三部伟大的忏悔录：古罗马奥古斯丁的，法国卢梭的，俄罗斯列夫·托尔斯泰的，都非常深刻美妙！有人对忏悔的理解可能有些狭隘，似乎忏悔者一定是有错误或罪恶，一定是幡然悔悟或祈福述情。其实忏悔就算自陈己过，拜忏原悔，也是一种心灵释放和智慧升华。况且，重要的并非悔罪，而是诫罪，奥古斯丁的《忏悔录》可以作为自传看，其中记述了他的重大神学及哲学思想，几乎是经典箴言。卢梭甚至坦率地宣扬了自己的美德。托翁倒是作了点自我反省，但其中的思想困惑和抑郁，则深刻地反映了他对文化和宗教的求索，以及寻找生命的意义和灵魂的慰藉。

于是，这便是我写这些小文的冲动和祈愿，虽然叫"故事"，实则是向自然、向医学、向大师、向病人顶礼膜拜，而低吟沉思。

我在协和整整工作了五十年,期间除了出国及参加医疗队,没有离开过这绿琉璃瓦大楼。那些难忘的故事,不仅仅在于疾病的诊断和治疗(那是学术),更在于诊治过程中,医生与病人的思想碰撞、交流与合作。一个医生应该透视病人的心灵,体察他们的痛苦与焦虑,理解他们的意愿和要求,解决他们的困惑和无助。实际上,在人与疾病、与对人体侵害和损伤的斗争中,病人与医生是同志和战友,甚至分不清谁是指挥者。我们可能遭遇同样的痛苦折磨、辛苦恣睢,经受同样的心灵震撼、危险威胁……我们必须互相充分信任与理解、密切协作与配合。

做医生久了,对医学的质疑、对从医的困惑,会与日俱增。医学难以度量,医生力量有限,我们鞠躬尽瘁,殚精竭虑,为一个个伤病员救治,而一场战争、灾祸、瘟疫却可于短时间内,甚至瞬间造成千百万生灵涂炭!我们对于人体、对于疾病、对于致病(癌)因素等的认识远未完善。从而不得不对医学、对自然怀揣虔诚的敬畏和深沉的思索。

另一方面,我们的确处在一个科技高速发展的时代,各种科学技术渗入医学,推动了临床诊断和治疗的进步。但随之而来的倾向是,像威廉·奥斯勒早已预言的:现代医学实践的弊端是,历史洞察的贫乏、科学与人文的断裂,以及技术进步与人道主义的疏离。我们现今应该特别警惕,不要把自己变成只会操纵机器和器械的匠人和纯科学家。我们更应该回归医学的本源——医学是随着人类痛苦的最初表达和减轻这份痛苦的最初愿望而诞生的。医学是人类善良思想和互助行为的表达。医学史不应仅仅是技术发展史,更是艺术和精神追求史。

我们似乎生活在一个功利、浮躁和情绪化的社会里,我们或许已经忘却、无视或不屑古今中外经典中的高贵自持、信念坚守和真诚友善。在科技如此发展的当下,尤其需要一种人文的再教育。

所以,我情有独钟于我的忏悔和故事,我希望我讲的是有思想的故事,或者有故事的思想。

可以说,这里记述的故事或文字,都是百分之百的事实,乃为医生的科学精神使然。但却完全没有名字,那是我们的规则和对病人的尊重。病人都是可怜爱、应关照的,和我们一样,都是凡人,都有长短、有个性。即使故事里的某位、某事与自己对上号,亦请不必介意。医生对病人总是应该敬畏、应该感谢的。

谨以此献给我的病人:

病人教我们怎样看病,

病人教我们怎样做医生。

目 录

自 序 ………………………………………… 1

第一部分　平凡而难忘的经历

并不遥远的夏天的回忆……………………………… 002

我给牛接生…………………………………………… 006

阿里行——西藏阿里巡回医疗之一………………… 008

送医药，更要送温暖 ——西藏阿里巡回医疗之二 ……… 011

滚动的睡眠…………………………………………… 013

地震之夜……………………………………………… 015

挪威大夫……………………………………………… 017

在挪威镭锭医院……………………………………… 021

在加拿大滑冰………………………………………… 024

奥地利的森林………………………………………… 026

参观手术……………………………………………… 028

淳朴可爱的藏族同胞——西藏阿里巡回医疗之三……… 030

病人的妈妈	032
我的父母	034
病人的女儿	037
从腹腔里找到丁点儿大零件	039
我的理发	041
我一定要让你活动自由	043
我的书房	046
给熟人开刀	048
我做科主任	050
辞职报告	053
鼾声如雷	061
得病真好	063
老中青三人行	065
手术表演	067
手术台上	069
她没关系，我给她找个关系	071
我当奥运火炬手	074
我的读书报告	077
老孙其人	080
友　人	082
"如果死的是你妈！"	084
查　房	086

囧事和趣事·· 089

如何开始收集铃铛？·· 093

我的故乡·· 096

病人的丈夫·· 099

两次特别奖的获奖感言·· 102

听大师们讲课·· 105

唉，人呐！（之一）·· 111

唉，人呐！（之二）·· 113

妇产科男声小合唱·· 116

有书无法·· 119

真好吃的月饼呀··· 122

可敬可爱的宋大夫··· 124

记严仁英大夫·· 127

忆江公·· 131

我打儿子一巴掌··· 134

逛书店·· 136

第二部分　辛苦而快乐的工作

三十多年未辍的贺年片·· 140

有时我也会说：另请高明·· 142

我是狼（郎）大夫，不是熊大夫··································· 145

不要等医生吃饭 147
令人感动的科普效应 150
一夜看了15个急诊 152
一封感人的留言 154
伤口坏了，我们成了朋友 157
夜半出诊，如果我遭遇 159
医生不怕脏 161
我收下了病人给我缝制的鞋垫 163
一个永不停止学习的职业 166
在香港玛丽医院做客座教授 168
我喜欢做手术时的感觉 170
在农村做科普宣传 172
保健靠自己 看病找大夫 174
答应病人的事要按时办 176
会 诊 178
林大夫教我搞科普 181
术前谈话 183
随时等待呼叫 185
王主任找我谈话 187
我的一天 190
我切除了最大的子宫肌瘤 193
找位大夫一道查 195

病　案 ·················· 198
上台易，下台难 ············ 200
妇科手术大家 ············· 202
外科医生的"台风" ··········· 209
外科医生与烟、酒、咖啡和眼镜 ····· 215
忆林巧稚大夫二三事 ·········· 221
三种外科大夫 ············· 224
论妇产科男医生 ············ 227
医生与病人 ·············· 230
关于伤与痛 ·············· 233
女性疾病地图 ············· 236
器官不是器管，不是试管 ········ 240
"郎大夫不来，我不麻醉" ········ 243
"我是一辈子的值班医生" ········ 246
我喜欢解剖学 ············· 248
医生，请去看病人 ··········· 251
我带研究生 ·············· 255
团　队 ················· 259
医学新名词 ·············· 261
诊断与治疗的"陷阱" ·········· 264
妙手易作，仁心难当 ·········· 267
颠覆医学 ··············· 270

做个白求恩式的大夫并不难⋯⋯⋯⋯⋯⋯⋯⋯⋯⋯⋯⋯⋯ 272
在医院里消费什么⋯⋯⋯⋯⋯⋯⋯⋯⋯⋯⋯⋯⋯⋯⋯⋯ 275

第三部分　科学而人文的医学

一切为了生命，为了生命的一切⋯⋯⋯⋯⋯⋯⋯⋯⋯⋯ 278
生命的本源表达　医学的终极关怀⋯⋯⋯⋯⋯⋯⋯⋯⋯ 281
"四环"医学⋯⋯⋯⋯⋯⋯⋯⋯⋯⋯⋯⋯⋯⋯⋯⋯⋯⋯ 284
"3P"医学⋯⋯⋯⋯⋯⋯⋯⋯⋯⋯⋯⋯⋯⋯⋯⋯⋯⋯⋯ 287
"ABCD"原则⋯⋯⋯⋯⋯⋯⋯⋯⋯⋯⋯⋯⋯⋯⋯⋯⋯⋯ 290
医生要善于交流⋯⋯⋯⋯⋯⋯⋯⋯⋯⋯⋯⋯⋯⋯⋯⋯⋯ 293
医生要会画图⋯⋯⋯⋯⋯⋯⋯⋯⋯⋯⋯⋯⋯⋯⋯⋯⋯⋯ 297
医生还要会写⋯⋯⋯⋯⋯⋯⋯⋯⋯⋯⋯⋯⋯⋯⋯⋯⋯⋯ 300
修身养性⋯⋯⋯⋯⋯⋯⋯⋯⋯⋯⋯⋯⋯⋯⋯⋯⋯⋯⋯⋯ 302
兴趣与责任⋯⋯⋯⋯⋯⋯⋯⋯⋯⋯⋯⋯⋯⋯⋯⋯⋯⋯⋯ 306
决策与技巧⋯⋯⋯⋯⋯⋯⋯⋯⋯⋯⋯⋯⋯⋯⋯⋯⋯⋯⋯ 308
通、近、达⋯⋯⋯⋯⋯⋯⋯⋯⋯⋯⋯⋯⋯⋯⋯⋯⋯⋯⋯ 311
外科"三忌"⋯⋯⋯⋯⋯⋯⋯⋯⋯⋯⋯⋯⋯⋯⋯⋯⋯⋯ 314
四个敬畏⋯⋯⋯⋯⋯⋯⋯⋯⋯⋯⋯⋯⋯⋯⋯⋯⋯⋯⋯⋯ 317
什么样的人来做医生⋯⋯⋯⋯⋯⋯⋯⋯⋯⋯⋯⋯⋯⋯⋯ 320
人文精神是基础，是高度⋯⋯⋯⋯⋯⋯⋯⋯⋯⋯⋯⋯⋯ 322
我把哲学当成思维训练⋯⋯⋯⋯⋯⋯⋯⋯⋯⋯⋯⋯⋯⋯ 325

医学史上的悲剧………………………………………… 328
选　　择………………………………………………… 331
再无能的医生，也是圣贤……………………………… 333
再年轻的医生，也是长者……………………………… 335
医学社会学工作者……………………………………… 337
一个被忽略的医德问题………………………………… 339
不要相信常胜将军……………………………………… 341
我的读书………………………………………………… 343
学打字，买打字机……………………………………… 346
莫把学界当江湖………………………………………… 348
学点宗教………………………………………………… 350
月报会…………………………………………………… 353
怎样当个好医生………………………………………… 356
知识的篮子……………………………………………… 359
质疑的乐趣……………………………………………… 361
医患关系的"结"与"解"…………………………… 363
感念前辈………………………………………………… 367
弃医者…………………………………………………… 370
子宫"保卫战"………………………………………… 373
医患交流是交心………………………………………… 375
医疗学术的道与场……………………………………… 380
医生的"戒、慎、恐、惧"四字诀…………………… 382

诊断治疗的"四化"	385
医生"三重境界"	389
诊断治疗的"四学"	391
治疗与治愈	394
再论医生的三重境界	397
听诊器	400
保留与保护	402
善于等待	405
医生"三趣"	408
才、知、德三足鼎立	410
交个医生朋友	412
后　记	414
出版后记	417

第一部分

平凡而难忘的经历

故乡的夏日

给牛接生

藏北高原的雨夜

挪威的峡湾和奥地利的森林

铃是召唤,铃是指引

唉,人呐

并不遥远的夏天的回忆

六十多年前,我的少年时代。

正值夏日,北方小镇角落里的一个小院。

我从县城中学放暑假回来,父亲为我在比较凉快的堂屋搭起一个木板床,铺上席子,真是读书的好地方。虽然躺着看书不是好习惯,可就是改不了。《红楼梦》已经读了两遍,梁山泊一百单八将的姓名和诨号倒背如流,吹几声口琴,然后朗诵莱蒙托夫的《孤帆》……

中午,很热,阵阵熏风,催人欲睡。母亲会不时用蒲扇驱赶蠓蝇,带来清凉。或者轻轻将薄被盖在我的肚子上,说避免腹部着凉"闹肚子"。会将书小心地从我手中抽出,折一页书角,放在枕下。

母亲不会让我睡很久,说夏天睡的时间太长会头晕头痛。叫不醒,就用凉毛巾轻轻擦拭我的手,不是激灵头部和脸上。有时眼睛睁不开,母亲还会轻轻舔湿,让我慢慢睁开,温柔地说:"快去洗洗脸,吃西瓜。"

那时候,没有冰箱。厨房里有一个抽水唧筒(水泵,当时还叫"洋井"),从地下抽出的水储存在一个大缸里,水清冽甘甜。母亲早已将洗净的黄瓜、西红柿、香瓜、西瓜泡放在水缸里,那水果的清新甜美是这以后再也没有体验过的了。

我们那个地方虽然是北方,但夏天雨量很丰富,经常下雨,几声雷过,雨便淅淅沥沥地下起来。我们房子的屋顶是用铁皮铺就的,雨点噼噼啪啪地敲打着。习惯了,仿佛是音乐,犹如白居易笔下的"大珠小珠落玉盘",时而高昂,时而低抑,或此起彼伏,可以悟出节律,可以想象情景,真乃天籁!眼望烟雨蒙蒙的菜园,翠绿一片。豆角叶低落又抬起,带花的黄瓜好像在拉长,篱笆上的喇叭花格外鲜活,那平时到处飞舞的蜻蜓、蝴蝶此时都藏到哪里去了呢?

雨过天晴,天边美丽的彩虹惹人生出许多美丽的遐想,似弯弓、像飘带,希望它不散去,希望它落下来。屋前的玻璃瓶底在阳光下闪着光——这是父亲为防止雨水从屋檐向下冲刷泥土自制的:先固定一条绳索,再把汽水瓶中部用绳索绕一周,来回拉动,在差不多的时间后,将瓶子放在冷水里一激,便断成两半。将有瓶底的部分朝下埋起,便形成了一排玻璃防水槽。雨水冲落瓶底,就不至于打成水沟了。我曾帮助父亲做过这活儿,煞是有趣。

坐在屋门口的小凳上,零星的雨点不时飞溅而来,凉凉的,痒痒的。远方的彩虹、青山，近处的花枝、绿叶，仿佛都刚刚沐浴过，清新凉爽。"傻孩子，在这想啥呢？还不出去玩。"母亲在背后轻轻地说。

成人后，我有一子一女，名曰晴儿、爽儿。

（原载《北京晚报》）

作者于 1968 年

我给牛接生

我当然不是兽医,但我给牛接过生。

时间是1966年,我大学毕业两年,做妇产科住院医生。中央卫生部组织"四清"工作队,我成了队员,一方面是参加工作,一方面是接受锻炼。

"四清"是农村社会主义教育运动,就是对农村干部进行清政治、清思想、清组织、清经济,简称"四清"。我们去的地方是江苏昆山石碑公社红星大队。当时昆山无法与今日相比,比较落后,又是血吸虫病疫区,虽是江南水乡,却是穷苦之地。

有无牲畜是决定贫富的重要因素和标志。我所在的五小队就是没有牲畜,是出名的落后队。乡亲们颇费周折,让一个老母牛怀上崽。据社员讲,这相当于五十多岁的女人怀了孕。不管怎样,也是喜事。

老母牛临产,进展困难。这可是队里的大事,工作队员要"急贫下中农之所急,忧贫下中农之所忧"。我也赶到牛棚,看到母牛体力不支,得用粗绳绑架在棚梁上才能站住。工作队要求不暴露身份、职业，可是情况紧急，咱毕竟是妇产科大夫，接生还是有点经验，就主动"上场"了。已经到了后半夜，宫缩很差，我从卫生所找来催产素，从牛肚皮的静脉穿刺点滴宫缩剂。我还提出做剖腹产的准备，社员们很同意，积极响应。我开了一张手术器械清单，两位社员连夜冒雨划船去县医院取器械。

宫缩加强，产程进展，出血破水，准备接生。我从未给牛接过生，硬着头皮上，一位老农告诉我，你手进去先抓小牛后蹄，然后将屁股、身子和头拽出来。噢，人是应先出大头后小臀，牲畜是先出大臀后小头，才会顺利。如法操作，接生顺利。小牛出生，众人欢呼！

老牛没奶，小牛嗷嗷待哺。社员们要到常熟牛场去买奶，我又承担起喂养工作。将牛奶装入葡萄糖盐水瓶，加热消毒，温度适合后塞上橡皮奶嘴给小牛吃。怎么喂也不吃，令人焦急。小牛一会儿扑到母牛身边寻找乳头，一会儿到我的胯下乱拱，我灵机一动，将奶瓶夹在两股之间，小牛从我屁股后边正好叼住奶嘴，畅快吮啜。还挺有劲，顶着我到处转圈。如此喂奶，真为奇景。每次喂奶，社员们兴高采烈，奔走相告，赶来围观："看郎同志喂奶了……"

小牛长大了。我裤子后面一片奶渍、泥巴，如同屁帘一般，常有大人、小孩跟着看，嘻嘻地说笑。

阿里行

西藏阿里巡回医疗之一

1973年夏,奉周总理指示,贯彻毛主席"6·26""把医疗卫生工作的重点放到农村去"的指示,支援边疆,参加第三批北京医疗队赴西藏阿里。

取道新疆,坐三天火车抵达乌鲁木齐,然后乘汽车南下,途径托克逊、库尔勒、阿克苏、喀什,在叶城稍事休整,即翻越喀喇昆仑山,历经数不清的大坂、山口、兵站。从红柳滩到多玛,要在海拔4500米的高原平台上连续跑16小时,苦不堪言!有道是:天不怕,地不怕,就怕红柳滩到多玛。

严重的高原缺氧反应,气喘、胸闷、头痛,那时没有如今方便的氧气筒,两袋氧气,大家都舍不得用,推来让去。走的是"搓板路",又不时有起伏,后排的队员,甚至被颠得头撞汽车棚顶。困倦难耐,却又连瞌睡也打不成。就是要小解,男的下车即便,女的也只能到车后了事,无力,也不能远走,否则就回不来了。

路经兵站，驻守官兵热情接待，下挂面、炒莲花白（大头菜）、用鸡蛋粉和水蒸蛋羹。在高原，这应该算是美食了。但恶心、无味、难咽，兵站站长以军人的口气命令："必须吃下去！"

总算到了阿里地区首府狮泉河，16个人又分成两个小队，分赴革吉、盐湖、改则、措勒诸县。

在阿里工作的确是有很多危险的。首先是高原反应，这是第一关，也是全程、全年危险。这才真正需要"慢生活"：慢走路、慢说话、慢吃饭、慢睡觉——却又睡不着。其次是行路的危险，车祸时有发生，崎岖的绕山路，惊险可怖。可以看见翻到山下的汽车如同掉在地上的火柴盒。骑马摔伤、迷路走失都应小心预防。再者，意外的枪走火也是很危险的，我抢救过一位刚上山的年轻干部，玩枪中弹。作为副队我严格管理枪支弹药（为了安全，上级给每人配一支枪），不许在屋子里擦枪玩枪，出诊及回来要悉数清点子弹。还有……

也没那么可怕，有苦有乐，永志不忘。一首《阿里行》可以表达之：

飞车过大坂，跃马掠荒原。
冰河寒刺骨，悬崖苦难攀。
千重险叠嶂，百里无人烟。
砂风催疾走，雹雨伴夜眠。
骄阳似烈火，雪峰耀眼盲。

犬吠惊寂寥，冷月愈增寒。
糌粑能下肚，烧粪也自然。
羊圈好入梦，露天觉更甜。
仆仆尘勿洗，淋淋衣自干。
篝火冲天去，帐篷燎黑烟。
只觉胸前暖，哪管背后寒！
晕头没转向，气喘不费难。
迢迢送医药，苦乐非一般。
吟诗胸怀广，高歌心更宽。

送医药，更要送温暖
西藏阿里巡回医疗之二

"送医，送药，送温暖。"这是我们医疗队的使命和任务。

阿里地广人稀，帐篷分散，交通不便。看病医疗，要骑马巡回，一天走下来，也只能看几个帐篷，十几个藏胞。有一次，我们去的地方比较远，早出晚归，披星戴月，在马上颠簸十余小时，臀部全部磨烂，疼痛难忍，到后来甚至不能骑跨，只能横坐在马背上，速度愈加缓慢，到达驻地已是半夜。

县城有个卫生所，我们将仓库整理成手术室，用紫外线、来苏水消毒后就开张了。在这里比较多是包囊虫病，可能和吃生肉有关。听说一位包囊虫病人，腹胀剧烈，不堪忍受，自行用刀切腹以求缓解。我们还在这里做过阑尾炎、下肢静脉曲张、剖腹产、兔唇（唇裂）等。

我和另一位外科大夫分在两县，我要当外科大夫用，没有麻醉医师，我得自己打麻醉，成功后请一位内科大夫看着,我再上台手术。让我高兴的是,我做了三个唇裂,两个五六岁小女孩,一个二十岁的小伙子,看书选点画线,整形修复,效果不错。小女孩欢喜地唱出清朗的歌,小伙子娶上了媳妇。他还把我举到马上,抱着我扬鞭奔驰,呜哇大叫……

北京来的医疗队使阿里藏族同胞深切感受到了党和国家对基层边疆、对少数民族的关怀。高原的夜空群星灿烂,仿佛天穹变得非常低、非常亮。藏族青年男女在高唱着、欢跳着,听不懂唱的什么歌、看不清跳的什么舞,但他们心底里的欢乐感染着我们医疗队员每一个人。在这世界屋脊上,会发出多少振奋人心的信波!

正在我深思遐想之时,值班的大夫送来一封电报(这是当时唯一的通信手段):改则(西藏地名)一难产,求助。此地到改则汽车也得三天,来去均不妥。回复:就地剖腹产。我相信那位外科大夫做这个手术没有问题。

滚动的睡眠

我睡眠有三个特点：一是入睡快——躺下不足三分钟鼾声即起；二是睡得"死"——不论打雷唱戏、电视音乐、抑或灯光闪亮均无碍我深沉黄粱；三是睡中动——有夜间的"把式"，主要是滚动。这后者尤为见长。

念小学时，我独自睡在一间小屋的床上。有一天早上醒来，竟发现自己抱着被子睡在地上，不知何时我居然如此平稳滚落，无痛、无伤、不醒、不惊。这可吓坏了母亲，从此每当我入睡后，她都用几个枕头筑城一垒，以防不测。

上中学，我要住到学生集体宿舍去。都是上下层的木床，我不敢睡在上层，怕高空降落。就是在下层，每晚必须用行李绳将床四周绕上几匝，同学们戏称"引狼入圈"。

大学三年级的夏天，我们去农村支援麦收。一天下来，疲惫不堪，晚上几个男生在一张大通铺上显示舒展之姿和比赛夜半之声。翌日晨,又有奇怪的事情发生,我和旁邻的同学竟然换了位置。我们都发誓夜间没有出去小解,不会懵懂躺错地方。是他跨越了我,还是我滚过了他,难以定论——没有证人,也无监视录像。今天检讨起来,根据我以往的"劣迹","肇事者"十有八九非我莫属。

　　七十年代,我到藏北高原巡回医疗。骑马走了十来个小时,到了驻地还要搭帐篷,四周挖排水沟。吃罢饭,大家纳头便睡。我身为队长,当然要睡在帐篷口,很有吃苦在前的风格。这一夜睡得真好!可是,第二天早晨我被来送酥油茶的藏族老阿妈唤醒,她问:"你怎么睡在这儿?"这时我才明白自己已经滚到帐篷外的水沟里,棉被大半浸湿,可是我用自己的躯体挡住了夜半的雨水,同志们都安然无恙。我的"事迹"被队员和藏胞传为"佳话",仿佛我成了活着的董存瑞和黄继光。啊,令人难忘的藏北高原的雨夜,还有我那滚动的、安谧的睡眠……

地震之夜

1976年7月28日凌晨三四点钟,唐山地区发生7.8级大地震,北京有强烈震感。其时,我正在产科值班。

刚为一位德国外宾接完生。另一位孕妇产程进展不顺利,宫口开4厘米(一般是10厘米算是开全),却不再扩张,宫缩还可以。我必须检查一下,以决定进一步处理。推进产房,准备检查。

这时强烈的震动发生了,甚至使我难以站稳,头上的无影灯摇晃着,架子上的盐水瓶、消毒液,瓶瓶罐罐噼里啪啦地摔碎在地上。刚生过孩子的德国妇女在对面的病房里惊叫着,还嚷着"My ring! My ring was lost!"(我的戒指,我的戒指不见了。)一些待产妇也都从病房里涌出来,手足无措。

说实在的,我和护士都没觉得多么可怕,因为我们没有经历过,并不知道会多么严重。我让一个护士去安抚病人,她又从地上拾起那位德国女人的戒指。外面稍微安静下来，我得把这个产妇问题处理好。

宫口条件不好，产力强而无效，又有地震不停地袭来。我当机立断，施行宫颈切开，尽快结束分娩。大地还在不停地晃动，灯光摇曳，墙壁吱嘎作响。似乎听到了医院里的嘈杂声、呼叫声，医院总值班已经从电话里下达了维持秩序、安顿疏散病人的指令。我要尽快完成手术，娩出胎儿，还要保证她们的安全。我让一位年轻医生扶好照明灯，一是怕脱掉下来砸着病人，二是为我手术固定光源聚焦。我迅速地切开宫颈，又用吸引器牵拉娩出孩子。助产成功，小儿高声啼叫。这一个在危难的时刻降生的孩子，似乎在为所有人加油鼓劲——战胜困难，胜利是属于我们的！

多少年过去了，难忘的地震之夜，我眼前时常会出现那摇晃的无影灯，耳边回响起那婴儿高亢的啼叫声……我也会觉得奇怪，当时为什么没有一点儿怕，即使是现在的回忆中也没有恐惧。

挪威大夫

挪威位处地球北端，边远寒冷，人口稀少。挪威人不像美国人那么热情，也不像英国人那么绅士，显得冷漠，却透着质朴、诚恳。他们自谦道："We are farmers（我们是农夫）."

挪威经济发达，人均收入位居世界前茅，但却是高福利社会，贫富差距不悬殊。挪威大夫当然富裕，却像普通挪威人一样过着淡定、安逸的生活。

我在挪威镭锭医院里待了半年多。这里的大夫们一般有三个住处，城里是上班时的定所，峡湾海边或小岛上会有一栋别墅，是夏天度周末假日的，船坞里有三只船：小舢板、小帆船和一个大一些的机轮。山上还有一个小屋，是冬天滑雪的栖息之地，滑雪板、雪橇等一应俱全。冬夏之悠闲、快乐情景油然而生，这时他们的欢快、热烈可谓一反常态。

挪威人非常善良。有一次，我骑自行车不慎跌倒，膝盖受伤，一时站不起来。自行车道是在机动车道边上，并没有影响交通，可是一排车都停下来，纷纷下车来看望，有的是七八十岁的老头老太太，执意要送我去医院，令人感动。据说，挪威招收不少世界各地的残疾儿童，免费进行诊治和教育。

我要转到加拿大渥太华大学市民医院去，加国很重视身体状况，特别是肺结核等传染病。我的肺没问题，但大便检查有不少蛔虫卵，显然和粪肥、菜蔬不洁有关系，作为一个医生有点难为情。我的挪威老板看出我的难色，看过检验单说："别顾虑，没问题。"并在检验单上注明以下一段话："蛔虫症在亚太地区很普遍。我们会为郎大夫服药驱虫，2周后即生效。"他们给的药，效果的确不错。

我和B大夫一起完成了一台子宫切除的手术，他主刀，我来帮忙。我是很会帮人手术的，所以非常默契，36分钟即告完成。老B高兴之极，中午见一个大夫就说一句"36分钟！"两天后，在他家开party，除了酒，只有两样吃的东西：各色比萨和北极虾。北极虾是挪威特产美食，在船上捕捞后，即加工可食。可以在码头买上一包，于海边享用。在超市也较便宜，可剥后即食，或夹在面包黄油里，大快朵颐。几个年轻女士在帮B大夫烤比萨，忙来忙去。我为主人带来一点小礼物，询问旁边的挪威同事，"那位是B大夫的夫人？"答："不知道。管她是谁，吃咱们的。"洋人呐！该关心的很细心，不该关心的，毫无所闻。B是大胖子，有一副好嗓子、一个好"音箱"，席间引吭高歌，众人和之，其乐融融。记得是挪威著名作曲家、《培尔·金特组曲》的作者爱德华·格里格的曲子。后来我还从萧乾的回忆文章中，得知他的同族诺达尔·格里格，不仅是著名作家、诗人，而且来过中国，是反纳粹的进步战士，被称为北欧的斯诺。

1984年在挪威奥斯陆维格朗公园

在挪威镭锭医院

1984年4月，我来到挪威镭锭医院，"镭锭"就是用居里夫人发现的放射性镭治疗宫颈癌的设施。所以，镭锭医院就是肿瘤医院，不独收治宫颈癌，或不仅仅是用镭疗。挪威镭锭医院（Norwegian Redium Hospital, NRH）是挪威最大的肿瘤医院，隐映于挪威奥斯陆市郊的森林之中。

妇瘤科收治的主要是宫颈癌、子宫内膜癌、卵巢癌和外阴癌，滋养细胞肿瘤很少（挪威有健全的肿瘤登记制度，我翻阅了30年的登记，几乎每年只有5例绒癌，而我科有一个专门病房）。

北欧重视放射诊断和放射治疗，每天上班第一站是先到放射科去复习前一天的放射片子，由一位放射科主治大夫讲解，并和妇瘤科医生讨论。放疗是由妇科大夫自己做的。来此之前，我对放疗不熟悉，为此还到医科院肿瘤医院放疗科参观学习了几天，算是"临阵磨枪，不快也光"。在挪威，我学会了淋巴造影，回来后这方面的工作成为卵巢癌淋巴转移研究（获国家科技进步二等奖）的组成部分。

每两个星期，要到病理科去，一起复习两周末的肿瘤病理结果，临床与病理相结合，这对肿瘤诊治非常重要。后来我们在自己的杂志上专门开辟了"妇科大夫要懂病理"的专栏，我也有专门的"学习病理知识，促进临床工作"的论著和演讲。

在挪威镭锭医院，上午九时上班，下午三时下班，中午不休息。中午便餐或查房颇为惬意，一般一二台手术，可于12点到1点结果，病房大夫集聚在休息室。各种点心、沙拉、奶酪、鸡蛋、饮料、咖啡样样俱全，虽简单但又丰盛，摆满一桌，煞是好看。大家一边吃东西，一边侃"八卦"。这时免不了要谈谈中国，他们对中国了解不多，很感兴趣，不少人想要来看看。吃得差不多了，护士长把25份病历送来，一一过一遍，简单讨论一下，然后主任再领大家走一圈，看看病人，改改医嘱。一天的工作就差不多了，剩下的时间是回到自己的办公室做点事情。

夏日的下午，阳光和煦，空气清新。斯堪的纳维亚人是自然之子，尤其钟爱太阳。主任说，快去晒太阳！但看山坡上绿草茵茵、一尘不染，人们无忌放浪形骸，几乎裸浴于自然之中。四周静谧，唯有鸟儿啼叫……

经常会有长周末（long weekend），或周五、周六、周日，或周六、周日、周一，刚去时搞不太清楚，到了医院，一片寂静，是休息日呀。我遂骑车到森林、海边去，一个人，索性脱光衣服，裸浴一把。

作者在加拿大乡村（1985年）

在加拿大滑冰

我是东北人,从小学到大学,滑冰是冬天体育课的基本内容,也是青少年的主要游戏和运动。所以,我滑冰滑得不错。到北京工作后,只是偶尔去过把瘾,已是久违之事。

1984年,在加拿大渥太华市民医院时,重新拾起了青少年时的爱好。医院附近就是Down湖,寒冷的冬天使整个湖面冻得结结实实。湖面很大,也很光洁,真是滑冰的好去处。不仅可以滑冰,还可驾驭冰上帆板,煞是好玩。

有时,我们也去室内冰场滑冰,以逃避零下二十几度的风雪严寒。有一次D大夫约我周末滑冰,我请室友周先生一道去玩。到了滑冰场,先去磨冰刀,D大夫把他和我的费用付了,并没有管周先生的,这使我有点难堪。D是大大夫,显然不会为5元磨刀钱破费不起。这完全是一种观念和习惯上的差异:我是他邀来的,他应该管;周不是他邀的,他可以不管。

我们更讲究情面，他们更习惯理念。

最激动人心的是世界最长的滑冰跑道——里多运河。

里多运河（Rideau Canal）横穿渥太华，在市内长达7.8公里。夏天，绿水无波，轻舟摇曳，风光旖旎；冬天，冰洁晶莹，游人如织，色彩斑斓。滑冰者有七八十岁的老人，也有三五岁的孩子；或者你追我赶，或者携手同行。还有各种表演，如花样滑冰，或跳越大油桶摆放的障碍……我们戴上毛线花帽和厚围巾，从Down湖边换上冰鞋，将棉鞋放到双肩背包里，轻装紧束，潇洒得意。到达市中心后，再将鞋换过来，就可以逛街了。一路风光无限，虽然路程不算近，却轻松愉快，一点也不觉得累。而且还省了5元公交费呢——但是，岸边那么多好吃的，不时地飘香着、诱惑着，隔不远就忍不住买上一份，早就把省的钱花出去了。

奥地利的森林

那年,我去奥地利访问。到了萨尔茨堡,这是莫扎特的故乡,自然令人兴奋不已。

整个小镇充满音乐、充满莫扎特,包括巧克力糖的包装。参观他的故居,参观他的展览馆,听他的音乐,看他的影片。莫扎特的一生不算是美好的,但他的音乐、他给后人留下的、他给奥地利国家和人民及全世界留下的,却都是美好的。

我还参观了萨尔茨堡市立医院,医院不大,却很雅致。正赶上一台妇科手术,当然欣然愿往。令人惊喜的是,手术室内挂着一张卵巢癌淋巴转移图,这正是我们的工作,是发表在国际学术杂志论文的图解呀!仿佛他乡遇故知。主人看出我的兴致,随口说:"这就是你们的图啊。"爱屋及乌,我对他们这台手术格外关注,话题一直延续到吃中午饭。

我们要赶去格拉茨,从萨尔茨堡越巴拉顿湖,沿德拉瓦河南下。高速公路很平坦,拐弯却很多,两岸是茂密的森林,优美安静。虽是阳春三月,深处仍有残雪片片,往来车辆呼啸而过。

忽见前方有两辆小车停驶,几个人围拢着。赶快停车看个究竟。是汽车追尾,两车相撞,后车破损,司机受伤。是左臂伤破,那先生痛苦呻吟。我以医生的姿态出现,拨开众人,查看伤情:皮肤软组织有些擦伤,不像有骨折,但以夹板固定为好。好在汽车后备箱里有急救包,外用药基本都有,绷带夹板俱全。我做了简单、认真的处理,又给了点止痛药、抗生素。众人异口同声地感谢,有的听得懂、有的听不懂,终归是友好、亲切之意。(后备箱常备急救包是个好设施。)

医生的职责何止在医院。在火车、飞机、轮船上,我们都曾被呼唤过,那是必须要赶到的。虽然,多数并不严重、也不紧急,但毕竟是病人之所求。我也曾想,也许有一天会在这些地方紧急接生——这不算不良想象和卑俗心理吧。

参观手术

我们有时去观摩别人做手术，也有时接待别人看我们做手术。似乎是平常的医事活动，却不可太平常处之。

无论去看，或是被看，都是外行看热闹，内行看门道；无论去看，或是被看，都应谦逊谨慎，学习交流。

那年，我去国外一家医院参观，并去看了他们手术。手术做得不错，术者也很热情，主动讲解了不少问题。我当时还比较年轻，自然唯唯诺诺。他们以为我们什么都不懂，似有鄙夷不屑之意。我仍认真地观看他们手术，又适时提出了几个问题，那术者竟然高叫起来："啊哈，你什么都知道呀！"

同样尴尬的际遇，我自己也重蹈覆辙。那次，我接待一组参观者，他们要观摩一场较为新式的手术。我们在术中当然很认真地讲解，俨然他们是一帮新手。术后讨论时，令我大吃一惊，颇为汗颜。因为，为首者就是将该术式最早实施，且又做过综述及较多病例报告的专家。

我这不是"关公面前耍大刀"嘛！好在，人家大度，还说："你们做得很有特色，有创新。"这使我略感宽慰，深感参观者的谦恭。也领悟了参观者和被参观者应有的态度。

最内行的参观者是 Dr. Twe，是白求恩大夫的同乡，老 Twe 是白求恩同学。Dr. Twe 来看我们的手术是一个复发性卵巢癌，有非常广泛、严重的粘连。他居然看了两个多小时的分离粘连的手术，多么索然无趣的手术，他却兴致勃勃，不肯离去。后来，我们成了朋友，在加拿大安大略省的伦敦，在他的有棵大橡树的别墅庭院里，我们谈起白求恩。真遗憾，中国人都知道白求恩，加拿大知道的却很少。

最牛的手术者和被参观者是我们大学教授阴毓章。阴教授有料才牛，37岁就得了美国加利福尼亚大学内、外、妇、儿四大学系的教授，他对同事、同学的要求极为严格，令人望而生畏，但对病人极为负责，开始用硫酸镁治疗妊娠中毒症，彻夜不眠，看守在病人床边。他手术风格独特，在做盆腔淋巴结清除时，不知是得意，还是为缓解复杂手术的紧张气氛和情绪，常常哼起谁都听不懂的洋歌。一次，指着盆腔的一根血管，问道："后边的，认得这是什么血管吗？"那后边的，正是来手术室的医院院长，他是行政干部，哪里知道这是什么血管，只好默不作声。阴教授不高兴地喝道："连这个血管都不认识，还看什么手术，你出去吧！"院长真的乖乖地出去了。

淳朴可爱的藏族同胞
西藏阿里巡回医疗之三

藏族同胞淳朴可爱，尤以阿里为著。我们的身份是北京医疗队，中央来的，这让他们更为友好、亲善、尊崇。我们时刻铭记，永不忘怀。

骑马巡回，路不好走，藏胞向导会主动跳下马来，牵着我们的马，小心前行。到了目的地，他搀扶着我们下马。更让人感动而不安的是，你若蹬不上马去，他竟然匍匐在你跟前，让你踩着他的背上去。这如何使得！我扶起他，鼓足劲，自己跃上马，是藏族兄弟给我的力量。

通常会有两三个帐篷形成个小居民点，医疗队一到，大家围拢而来，像是节日一般。男子的脸上带着淳朴的笑，女子的"高原红"显得很美丽。他们双手把热气腾腾的酥油茶端上来，香味喷鼻、沁人肺腑。因为有些咸味、膻味，开始喝不惯，后来居然离不开。糌粑是藏族老阿妈现揉出来的，那碗、那手似乎不那么干净，我们不介意——那真诚，那热情是纯净的。我们也把自己带的面饼全部拿出来,与大家分享。他们不拒绝,哪怕到后来只分到一小块,也高兴非常。糌粑、面饼、酥油茶让我们融洽在一起、黏合在一起。

男女老少都要看一遍,量量血压、听听心脏、摸摸肚子,回答一些问题。山风吹来,大家喜笑颜开,疲劳一扫而光。

有一次,时间太晚,我们回不去县城,老乡们就地给我搭起了临时帐篷。那一夜酣睡真香啊,竟然不知道淅淅沥沥的夜雨,更不知道藏族同胞在我们帐篷周边挖起了防水沟。清晨,老阿妈端来了温热的酥油茶、清新的酸羊奶……

有人告诉我,这里的藏族同胞特别诚实守常,早上你把一个钱包放在路上,用一块石头压住(怕风刮跑),到晚上会原封不动,路不拾遗呀!我想,无需去试验,相信这些善良可爱的人们吧,正像那皑皑的雪山、蓝蓝的天空。

病人的妈妈

能陪女儿来看病的妈妈通常不会太老,大约50左右;需要妈妈陪伴或带着看病的女儿,通常在一二十岁,也有更小或更大的。

病人的妈妈,或陪女儿看病的妈妈有几种类型:伴随照顾型、体贴入微型、包办替代型。并无褒贬之意,都是可怜天下父母心。

伴随照顾型者,比较开明矜持,只是陪伴女儿看病,关心其诊断治疗。但较少发表意见,基本听医生处置,非常合作。

体贴入微型者,则陪伴之"工作"做得细腻:病情的了解比较透彻,问题和意见也比较多。通常需要大夫作详细地解释、反复地说明,但基本通情达理。

包办代替型者,家长作风十足,不仅是女儿的家长,也想成为医生的家长。不论女儿多大,病史全由自己代诉;看病资料,整理得不错,但全由自己掌握，女儿犹如去宠物医院带的小动物。和医生的交流会有困难，因为她始终居于家长的主宰地位。

其实，无论哪种家长，有经验的医生都是可以与之友好相处的。我们的目标都是为了女儿好呀。

重要的是家长要知道一二十岁的女孩子的精神心理状态与容易发生的问题，以及如何预防疾病和与医生做好疾病诊断治疗。

女儿正值身体发育期，常见的问题是生殖器官发育异常（注意畸形）、女性功能障碍（注意痛经、月经异常），这期间也会长妇科肿瘤，特别是卵巢肿瘤。细心的，或者会关心女儿的母亲应该注意以上情况。早期或及时发现问题，早诊断，早治疗。

我见过的情况有：女儿长了瘤子，肚子很大了，妈妈还坚持是孩子"发胖"不去检查。女儿已妊娠八个月，破水、出血，妈妈却固执地认为"这不可能，她没有男朋友、她未结婚"。

三种类型的妈妈应归一统：悉心关怀，科学照顾。

我的父母

我父母只生了我一个,没有兄弟姐妹,在那个年代并不多见。所以,家里虽不富有,却也殷实。家里家外母亲说了算,父亲只管出外做事,我只管上学念书。我自幼感觉顺达无虑。

母亲善良、干练,对我的要求可以说百依百顺。但我提出的要求,不过买几本书,或者喜欢的文具而已,其他衣、食、住、行并无奢求,也无需多虑。母亲也有严厉的时候,有两点让我至今难以忘怀:一是对亲戚邻里大人们的称谓、施礼,不可含糊怠慢;二是客人来访,招待吃饭,我不能上桌同席,直到我已是大学二年级学生。虽是独子,大学生,亦是客人走后才能进餐,这常是少年时代的我耿耿于怀的事。母亲会说:"先出去玩,这鱼,客人是不会翻的,那背面全是你的呀!"我会不放心,不时从窗户缝窥视,生怕客人将鱼翻过来。

生平只有一次,母亲厉声斥责过我:好像我只有三四岁，母亲背着我。傍晚了，进了镇上一个名叫"会友春"的馆子，想要给我买几个包子。店主人姓杨，称呼"杨大爷"。还没等母亲开口，杨大爷就热情地把几个包子送到我面前。不知是我困了，还是有什么不耐烦，竟然一推手将包子打落在地，我至今都记得那老者蹲下拾包子的图景。母亲在我屁股上掐了一把，不住地向杨老板道歉。回到家里，母亲怒不可遏，虽然没有打我，却声色俱厉，其伤心之情让我难过、难忘。

母亲对我的最大担忧，从来都不是读书、学习，或者什么不好习惯，而是夏天不可以去河里游泳，因为每年都有溺水而死者。而游泳又是我很喜欢的，我唯一瞒着母亲干的事也就是游泳。母亲是知道的，所以放学时候，我若没有回家，母亲肯定到河边找我，并不呼喊，或许她只是在河边看着，但一定会把我领回家，路上却又不说什么……

父亲不仅对母亲逊顺宽厚，对我也从未训斥打骂，而总是有求必应。我家小院一边是篱笆墙，一边是木板墙，我请父亲把这面木板墙做成一面黑板，我自己办起了黑板报，定期更换，同学们都很有兴趣地来观看。我记得，我根据寓言《天鹅、梭鱼和虾》，画的图解表明三种不同方向的力，怎么能把一辆车移动起来呢。

父亲也有严肃的时候。我有时将学校图书馆的书带回家，父亲质问："为什么把学校的书带回家？不要以为自己管图书就可以随便拿。"我说："我也是登记的，按规矩借还的。"

这才算了事。

母亲过世后,我把父亲接到北京,他不习惯退休,找了不少助人为乐的事情做:送邻居上北京站,用自行车驮东西,遇到新鲜的白薯有卖,买上一大堆,分发给邻居……居然有"郎爷爷是活雷锋"的美誉。

病人的女儿

我的病人都是女的,常来陪伴的多数是女儿。

"女儿是妈妈的小棉袄",俗话说的不错,陪伴母亲看病的女儿的确对妈妈关怀备至,体贴入微。

一位卵巢癌病人的女儿,将其母术后化疗的反应、各项检查指标,整理成表格、画成曲线,一目了然,清清楚楚。我对她说,"你可以做我们的大夫了。"有的病人年纪大、病情重、时间长,难免心绪烦乱、脾气急躁,可是女儿总是和声细雨,温柔关切,不急不厌。谁说久病无孝子呢,我们都为之感动!

一个20多岁的女孩,为了照顾妈妈,推迟了婚期;一个结婚多年的青年,为了照顾妈妈,几年不敢怀孕;放弃出国深造、错过职业选择者皆常有之。"百善孝为先",无论如何,子女孝敬父母的选择是对的。可以兼顾吗?如果可能,最好;如果不能,我们只能作如此的割舍。

在我的印象和记忆里,至少有三个女儿遭遇和母亲相同的病患,那就是卵巢癌。卵巢癌的发生有一定的家族或遗传倾向,在一般的人群中,患癌危险只有1.4%;如果有一位直系亲属患病,这种机会是5%;如果有二位直系亲属患病,则危险增加到7%;如果是"遗传性卵巢癌综合征",危险达50%。这种遗传性除了家系调查外,还有癌基因(BRCA1、BRCA2)的检测而确定。如果被确诊,则建议当完成生育计划或40岁以后应行预防性卵巢切除,以期预防癌的发生。

所幸,这三位女儿在陪伴母亲诊治过程中,已成"良医"矣。跟大夫也很熟,有知识、有警惕、有发现、有良策。都得到了好结果,未重蹈其母的覆辙,算是意外的收获,或者孝敬必有好报吧。

从腹腔里找到丁点儿大零件

周五傍晚,正在吃晚饭。西院打电话称,腹腔镜手术很顺利,可是手术护士在检查器械时发现,一把钳子上的小螺丝没有了,也就有大头针帽那样大小,那是焊上去的,不知什么时候、怎样脱掉的。认真地查找:先是肚子外边,台上台下、手术铺单、纱布纱垫;肚子里面,上腹下腹、左侧右侧……已经两个多小时了,没辙了,向主任报告。

问题就是命令——不是主任命令部下,是问题命令主任。

撂下碗筷,说走就走。家人问:你能找到吗?答:找到找不到也得去。来不及叫医院的车,打个的出发。家属在外面焦急地等待。手术室宁静得可怕。

我又把手术情况及铆钉样子询问了一遍,只说了一句话:"必须找到!"

还是在腹腔镜下寻觅,这样损伤较小。腹腔很干净,没有出血,从上腹部横隔到盆腔的陷窝;从两侧直肠侧沟到中间的小肠、网膜，每一处都不能疏漏，一个全面的"大搜捕"。三个来回，不见踪影。东西太小了，放射及超声扫描也难发现。

"必须找到！"是信念、是使命。我的主意有了：往腹腔里大量灌水，然后全部抽出，也许可以找到细小的东西。此乃淘金之术，并不复杂，很快就完成了。十几双眼睛紧紧地盯着吸出的水和过滤的纱布。出现了！一个比大头针帽还小的螺帽找到了，在灯光下闪着亮。我小心地把它拾起，手有些颤抖，甚至害怕它掉在地上就不见了。手术室欢呼，几近沸腾，如果是在外面，同事们会把我举起来……

给家属看，他们流下了眼泪。

这是一个怎样的胜利呢？不是一个大仗，不是一个技术复杂的手术成功，只是一个信念和决心的实现。我常说，一个科室主任，也算是一个领导者吧，至少要做到三点：

协调管理、解决问题和承担责任。我此行是要来解决问题，更是来承担责任。手术中，偶尔会有针断、零件脱落等意外情况，并不是技术能力和责任心问题，但会很麻烦、很难处理，我常常被召唤而至。我希望能带来镇定、信心、方法和好结果，好在都做到了。

也许是幸运，大概不全是。

我的理发

毕业头几年,做住院医生。住院医生,要住院,24小时在医院。刚来协和,三年内不准结婚。后来似乎不那么严格了,也便结婚生子,但仍然工作忙,时间紧,每天crazy(疯狂)。

当时只有星期天一个休息日,上午要去查房(不论是否值班),处理医嘱、拆线换药等。十点钟左右干完活,还要去图书馆,浏览一下新杂志,借两本书。医生是个要终生学习、不断充电的职业。周日图书馆里,我总是看到一位老教授,后来知道他是王叔咸大夫,在北京医科大学医院工作,那么大年纪、那么远的路程、那么忙的工作,好像必须来报到一般,雷打不动、风雨无阻。老医生尚且如此,何况我那时还只是初出茅庐。

周日中午基本是睡大觉,睡大觉者是指要睡到自然醒,通常要到下午三点多钟。我的朋友,当时《光明日报》名记者金涛兄,常于周日来访,总碰上我在睡觉，问："你怎么总在睡觉？"答："我要把一周缺的睡眠补回来……"

最麻烦的是理发，每月一次，只能在周日，医院附近的"瑞金理发馆"，人满为患，要等两三个小时，浪费不少时间，成为一种负担。我要理发，我儿子也要剃头了。于是，我们花了3块2毛钱买了一把"双箭"牌推子，夫人当上理发师。不仅省了2角5分钱，更重要的是省了时间。在家理发又干净、又自由，可以聊天、可以看书、可以挑剔、可以掐扁豆、择韭菜……

夫人的手艺在我们父子的头上练得不断提升，关键是发型一成不变。有时让我到理发馆好好处理一次，定个型，我也懒去，觉得挺好。大家开始不知是夫人华教授亲自操刀，都说好；后来知道了，更说好。于是，至今三十余年矣！推子钱早就收回了，还有宝贵的时间呢。

儿子上大学以后，虽然周末可以回家，但人家追求时尚，已经看不上妈妈的经典发式了。只有我痴情与信任不改，依旧是太太理发。不过近年，她说："现在好理，头发不多了……"

我一定要让你活动自由

这是一个很重的病人,在床上已经躺了十年!

十年前开刀后,留下腹痛之根,辗转多家医院,但检查并无特殊发现。"根源"不清,"根源"未除,腹痛愈重。基本躺在床上,农活、家务皆废,丈夫尚未舍弃,使她略得慰藉。但心理、家庭负担不言而喻。

妇产科学把这种病叫做慢性盆腔疼痛,原因复杂:炎症,肿瘤,子宫内膜异位症,盆腔静脉淤血、粘连等,甚至还有精神心理因素。的确病因难定,医治不易。

她已经做了很多检查和治疗了,这使她处于绝望之中,所谓"虽生犹死"。这使我们必须审慎行事,千方百计,所谓"毕其功于一役"。

我们决定进行腹腔镜检查及治疗。手术发现,她的盆腹腔里有严重的粘连,特别有一束纤维带长而厚,牵拉腹膜和肠管(她的主诉是"肚子里像是有根棍子，痛得连腰也不能弯"——还颇为准确）。我们认真、仔细、小心地分离粘连，切除纤维带，虽然不像做癌瘤手术那样"险恶"，但也非常"艰苦"。在盆腹腔豁然开朗之后，又进行了反复检查冲洗，加用防粘连剂。让人长舒一口气。

  术后第二天早晨我必须去看她。我知道，她肚子里的病灶去掉了，但她脑子里的病灶和"棍子"可能依然还在。果然，她情况很好，却直挺挺地躺在床上。我问："还痛吗？"答："有点。""为什么不活动一下？""不敢。"我耐心地解释道，"手术刚完，痛会有些的，但一定会好的。粘连去除了，你的活动完全可以自由。"我亲自扶她下床，搀她走路。的确没有任何障碍呀！病房的医护人员、病友们都来了，期许地、欢乐地看着她，甚至欢呼和鼓掌。

  第二天、第三天，每天下地练习。本来愁云满布的脸变得春风得意，本来虚弱的身体变得轻松随意。第四天，她可以出院了，丈夫来接她，她拒绝搀扶而是相挽着。他们回过头欢喜地打招呼——对他们是十年，对我们是十天，第一次看到共同的微笑！

作者于办公室

我的书房

几年前,我还没有真正的书房。在家里,卧室就是书房;在医院里,办公室就是书房。有时很羡慕别人的大书房,一排整齐的书橱,一张宽展的桌台。有时又不以为然,一次到某单位,主人让进书房,只见书籍满架、字画悬挂,令人兴趣盎然。随手取书一览,竟然只是书壳,乃为装饰作样也。

前些年,孩子都出去了,空出房间,辟作书房,甚为得意。也想着像一些文人墨客、富豪名士,为自己的书房起个名,什么居呀、斋呀。还没想好,现今已经毫无"居"、"斋"的雅境了:书架上的书全被挤出架外,原来的躺椅上躺的是书,进出要侧身,常有书被碰掉,身上常有划痕,偶尔会发生"地震"。重新摆码倒不是件烦恼的事,又重新浏览了一遍书。

环顾四周,又发生感慨:原来没有书房时,写了不少书;现在有了书房,却也没多写什么。所以,写书不在乎书房，或者书房并不完全是写书、看书的地方。

我的医院办公室兼书房，"小、乱、差"三字以蔽之。书满四壁，如坐天井，自得其乐。常有条幅更换，如"可借钱，不可借书"，不是小气，是因为当写作时，想起一本书查阅，若不在身边，整个"工程"就进行不下去了。又如"叩门不迎客，举手可得书"，是为了清净，思绪不会被打乱。同事和学生们会呼喊"郎大夫""郎老师"，自然有请。室陋小小，好处多多：一则，来访者只能限于两三位，多了进不来；二则，只能放一把椅子，大家站立（我也站立），这样，说短话，快办事。又如"坐拥书城，环顾世界"，书籍展现世界，书籍引出梦想。也是一种自我慰藉、自我陶醉吧。

给熟人开刀

外科大夫很少给自己的亲人做手术,不是下不了手,而是心里有点别扭、忌讳,并无特别的道理。有的外科大夫觉得自己做得更好,或者手术比较复杂困难,非得亲自动手不可。我院有个外科大夫回乡探亲,妻子临产,进展不顺,他自己剖出了自己的儿子。

我给熟悉的人开刀也不乏遇见,包括亲戚朋友、女同学、男同学之妻、女同事、男同事之妻等,应该一视同仁,这是指技术处理。但实际上,会有些心理、感觉、对待等方面的些许异样,主要还不在我,而在于她们,因为还是平时太熟。

首先,她们不太愿意接受我的检查,可是术者不检查,如何做手术呢?如果只是平常的子宫肌瘤、卵巢囊肿等,复习一下病史、全身体检及化验、影像报告,特别是有经验的、我信任的大夫检查过,我虽然没亲自检查,也是可以施术的。但若是复杂病例、严重情况，我是要坚持亲自检查方可手术，这是对她们负责任。当然，这时她们也会同意。

有人甚至对这些熟人调侃道，"肚子都打开了，子宫卵巢啥都能看见，为啥不让检查？"答曰："肚子里随便看，外面不能看！"

真正做手术是没有什么差别的，需要格外谨慎小心吗？做哪个手术不格外谨慎小心呢！

我们熟悉的一位女老教授，为了对付围绝经期并发问题，用了雌激素补充疗法，引起了子宫出血。她一则怕子宫出毛病，二则为避免以后再用雌激素带来麻烦，坚持让我把她的子宫和卵巢都切除。她应该算我的师长，依计而行，硬着头皮下手。手术顺利，她很高兴，我们也应高兴，遂送花篮表示慰问，并赠横幅一条：子宫诚可贵，卵巢价更高。为了青春故，两者皆可抛。

我做科主任

我做北京协和医院妇产科（学系）主任20余年，有林巧稚、连利娟、吴葆桢诸位前辈主任为楷模，又有宋鸿钊等师长教诲，以及全科同仁支持，得以继承传统，发扬光荣。

学科主任有行政管理，更有学术引领、人才培养、梯队建设等任务。我认为一个学科主任主要做三件事：

一是协调管理。即协调关系，管理事务。凡事尊重同仁，团结共事，宽厚公正，和谐愉快。管理的基础是制定规矩，照章办事。我本性平庸，不擅激烈，信奉"垂拱而治"（魏征），"以戒为师"（报国寺）。

二是解决问题。特别是医疗、教学、科研的诸多问题，宏观至发展方向、课题计划，微观到具体病人诊断处理，事无巨细，关乎全局，系于生命。切忌敷衍推诿，疲沓松懈。可以举重若轻，却不可以拈轻怕重。

三是承担责任。科室有荣誉，也有缺陷；面临机遇，也有挑战。主任是领导，也是成员，可分享成果，更要负起责任。不应功劳归自己，风险推别人。有一中期引产病人，合并严重心脏病，心功能很差，继续妊娠，不堪重负，引产之危险甚笃。我们还是做了审慎的准备，认真麻醉管理，严密心肺监护，手术也要尽量简易快捷。手术过程还比较顺利，但当临近手术完成时，病人情况不好了，大家紧张地抢救。我赶忙洗手上台，参加抢救，尽快结束手术。虽然，并无回天之力，但来承担责任是我上台的主要意图。

我做科主任，还有三个理念：

一是依据古代哲人和政治家的名言是："通天理，近人情，达国法"，即讲道理，守规矩，施人文。通情达理是做人行事的准则。

二是"400米跑道论"。科里大夫多，个个聪明能干，奋勇争先，我为每个人设计目标，划列跑道，大家多竞赛、少碰撞。跑出400米，就要看你的毅力和意志了。

三是"大树、小树或森林论"。一个单位、一个地方，要有首领，要有地标。仿佛我们要有大树，是招引、是象征。但树木太高大、太粗壮，可能笼罩了小树，遮盖了阳光雨露，就该剪枝去叶，使小树们茁壮长大起来，形成一片森林，不可撼动。

科室也是一个大家庭，要做大家的朋友，而不是做大家的家长。

作者于1993年

辞职报告

当了两届、六年多的院头之后,我提交如下辞呈。

一般来讲,辞职要比免职、罢官体面得多。但熟悉官场和懂得政治的人都知道,有时辞职只是下台的委婉说法,多半是辞职者不得已而为之。也有真不愿意继续干的,那原因甚多,也颇为复杂,比如年限(或年龄)已到、任期届满、人际关系不善、工作不如意(或阻力不克)、身心疲惫、家属或亲朋竭力劝退等。也有无功无过,没滋没味而不想再"泡"的……

本人属于哪类、归于何种,并没有认真反思、总结过。这种"不够认真"的态度也许就该辞职!总觉得是非功过应由领导与群众评定,由时间作结,况且又不是大不了的官儿——这五品顶戴花翎并不是铸在我头上的。

自认为在职期间还算尽力。现在都讲业绩,可是这业绩并不意味着成绩是自己的,问题是别人的。

业绩得善于总结，否则有业无绩，虚漂而过，于是便成了有苦劳、无功劳。以前还可以说"劳而无功亦无过"，并以清廉自诩。现在要求严格了，新的口号是"无功便是过"，那是够吓人的。有些部门的组织者、管理者或领导者，"功"与"无过"是难以分清的，比如看管仓库，不失盗是正常工作职责，是"无过"，还是"功"？医院无医疗事故，无医事纠纷，"无过"，是"功"乎？仔细一想，仓库不丢东西、医院不出事故，没有一些管理的制度和办法是难以保证的，这其中必定有管理者的辛劳。所以，你说他无过也无功，恐怕有欠公允。"功劳"不见得都惊天动地，董存瑞炸碉堡、黄继光堵枪眼、罗盛教救少年，固然是英雄壮举；而雷锋的平凡也是难得的伟大！

我似有为自己的无过辩解之嫌，但的确还觉得自己有点功。

在任期间不时有人指出我的宽容，诸如"和事佬""抹稀泥""搞平衡"之类，说不清是褒是贬。我们经历过"斗争哲学"的炼狱，结果是越斗争，敌人越多；越斗争，越不团结；越斗争，越结仇积怨。"和为贵"虽显懦弱，但仁爱之心必有感化之力。以此理对自己，则能保持平和心境：成功不可忘乎所以，勿飘飘然；失败不可气馁，莫萎靡不振。做什么事，都要有恒心，再坚持一下就可以达到目的！

我不喜欢背后议论，更不爱背地里说人家坏话，还讨厌打"小报告"。因为每个人都有优缺点、长短处，总可以从别人的长处中弥补自己、短处中警戒自己。用不着去说三道四，无论你怎样小范围地议论人家，迟早会传到被议论者耳里，对他无益无补，只会增加摩擦、影响团结。向领导反映情况和问题，是个人的自由和权利。但如果是可以直接向当事人指出就能解决的事情，又何必绕一个圈子呢？"报告者"的用心是良是苦其实不难判定。

我曾经历一件并不算大的事情，却记忆犹新。那是我毕业不久，一次接生后常规检查新生儿，或因经验不足，或略有粗疏，小儿有个很短的"六指"没有在表格中记录。我的上级医师本可以直接给我指出，甚至给予批评。可是，她竟然不给予我丁点指教，径直汇报给主任。于是，主任严肃地批评了我一通，我心悦诚服地承认自己的过错，却对那医师的做法不以为然。这以后，凡是有人向我反映某人的问题时，我便要问"你是否和他本人说过？"我欣赏开诚布公，坦率直言。虽然达不到"闻过则喜"的境界，倒可以做到"当面闻之不恼"。

我主管医疗业务时，最怕两方面的事情：一是医疗差错和医疗事故；二是医生的服务态度不好，和病人争吵或被病人及家属投诉。每有如履薄冰之感。这其中还有许多是病家对医生的不理解。

医者仁术。我也敢说绝大多数医生是完全可以信赖的，绝非"红包"之类可以度量。刚做医生时，学习白求恩，景行行止，亦觉高不可攀。但几年之后，则觉得"全心全意""待病患如亲人"实在是很自然的事，这绝非自命高尚或唱高调。譬如，今天你给病人做了大手术，你会始终牵挂于她。下班以前，一定要再去看看，若情况不好，你不会走。晚上你也会打电话询问情况，第二天如果是节假日，你会自觉来看病人——无需用加班费来"刺激"，这一切都极为自然、顺理成章。又譬如，如若太太或孩子有些什么不适，你也许会稍加敷衍，拖到明天。可是医院来电话说病人有什么问题，则不论轻重真假，都不敢怠慢，必须马上赶去，亦不管深更半夜、刮风下雨。这也很正常，也不认为自己如何先进、模范。

病家和医生都不应该将"红包"看得太重，大夫更应该看重的是自己的责任，以及对病人的诊断和治疗结果。关于此，我很赞赏医生这样和病家的对话，病家说："没有别的意思，只是觉得不这样心里不踏实。"大夫说："你这样才使我不踏实。你是想让我踏实地做手术，还是不踏实地做手术？"病家会无言。

我也相信，绝大多数病家的行为出于好意，为了表达感激之情。而有些则出于无奈和其他心理。我曾坦诚地告诉青年医生，医德和名誉不仅在于营造，也在于维系——医生有时得保护自己。医病或者手术常有凶吉未卜之事，非分的交易是危险的！病人来自社会，各式各样。对于医病应一视同仁，并无高低贵贱之分，亦无远近亲疏之别；对于交往，则不可不谨慎为之。

在谈到医德时，人们只注意到医生和病人，而忽略了另一个方面，即医生和医生之间，或同行之间。"文人相轻"虽是从旧而来，却未必消匿。对别个医院、别个医生贬低轻视，借而抬高自己的事不乏遇见。有些病的来源、病的复杂化，则出自这种医者之无道。请看，有的医生这样对病家说"这手术是怎么做的，一塌糊涂""根本不该用这种药""他们把病给耽误了"等。以前的诊断、治疗，由于当时病情、当时医院条件等，处理上的偏颇可能存在，但完全否定或攻击别人的工作，并不是正直的、有修养的医生之所为。而且，若如上所言，则给病人造成的思想负担绝不在真正的疾患之下。尊重别人，也是尊重自己，相互指责就是相互拆台。这不意味着为谁隐瞒缺陷，而是为了弥补缺陷。因为医者的目的是一致的，只是由于条件、经验有别。至于只是方法观点不同，或者无端地蔑视别人，就更是医道低下的表现。

我有一个习惯，在查房、手术时，我提出问题，通常是让年轻的医师回答，当然问题也主要是针对他们的。他们答对了更好，答不对或答不出，也没有关系，反正是督促他们学习。要是直接提给高年医师，他们有时也会答不出，这会使他们非常尴尬，因为他们要经常带领那些年轻医师。要给他们面子，给他们尊严和威信。以难倒别人而标榜自己高深的人，不能称得上是好师长。各级专家、各级领导都应平等待人，盛气凌人可不是好作风。有一次我参加美国一个大学的研究生的答辩会，答辩通过后，大家都来道贺，学生又特意向导师致谢。导师却说："这是你自己努力的结果。从今天起，你我是同事关系，而不是师生关系了。"讲得很诚恳、很认真。作为学生，应该永远尊重他的师长；作为老师，却不该永远以师长自居。

说到为官，的确有一个擅长与不擅长的问题，或者会与不会。或者胜任与不胜任。现在有个顺口溜："说你行，你就行，不行也行；说你不行，你就不行，行也不行。"词句苛刻，有些言重了。我认为，一个人的潜能是很大的，但你所能展示的只有五六分。如若从人的天资而论，其实都是差不多的，绝顶聪明和傻瓜属于两个极端，是少数。我们归于大多数一族，谓之天资平平，靠后天学习、勤奋，实在不是一件了不起的事情。诚如我自己，并没有多少过人之处，却有不少不如人之处，不过得到一次机会而已。我劝那些为官者，千万不可误以为自己如何了不得，换上另一个人不见得比我们差，比我们做得好也未可知。

现今，为官、经商、做任何事，都要有各种关系，已经有了"关系学"的专著。可惜没有时间去读，也不想去读，其实也用不着去读。那些书的内容，不过是人们不愿意说的、秘而不宣的、非不能而不为的种种，作者为了"搞"点钱，把它公布于众罢了。为官之道实在简单不过，点破就没有意思了，因为有很多人在梦寐以求，还是让人们增加一点兴趣吧。当然也有"傻子"做官的，可真是"鞠躬尽瘁，死而后已"，人民会说他好，也会说他不擅为官。

辞了官，下了台，会不会有一种失落？不少人会有。其实政策是很优厚的，有什么待遇不变之类，也是对"没有功劳也有苦劳"的一种承认。一个大夫有什么失落，不过是脱了"中山装"，换上"白大褂"而已。反着换过去的，再顺着换回来。所谓，"官位是暂时的，兼职是挂名的，职业是永久的"。说真的，把为官当做公仆，着实有很多约束，要带头遵纪守法，要清廉公正，要为人谦恭等。比如，当院长，走在路上，无论有事如何匆忙，总要微笑着和人打招呼，不管是熟悉的、不熟悉的、认识的、不认识的。否则人家会说你有架子，眼里没群众。开职工代表大会，大家给你提些意见，不论是中肯的、不太中肯的，符合实际的、不太符合实际的，你都得现虚心地接收过来。你管了人家一年，就不能让人家"数落"你两天。公仆嘛，得任劳任怨。公仆嘛，得低着点头，弯着点腰。不当院长，有一种"解放"和"平等"的感觉。我不必对每一个人都点头，我不必对每一句"骂"都忍耐，我们不都是一样的教授和大夫吗？

"归去来兮，田园将芜，胡不归？"别了，那应接不暇的、枯燥无趣而又必须强颜欢笑的应酬，还有……

当我披露上述种种思想之后，我的确感到不适合再继续留任。那有些喧闹拥挤的门诊，那充满浓烈消毒药味的病房，那宁静的、透着某种神秘气氛的手术室更让我贪婪。于是，我不把本文当做辞职报告，而是一个医者对医术、医道的忏悔录。

作者与夫人华桂茹教授和学生们在一起

鼾声如雷

我年轻时打鼾就小有名气。结婚前,我向对方作了坦诚交代。这点小毛病当然不会影响我们的坚贞爱情,但的确有碍人家休息睡眠。初时俩人相敬如宾,倒也罢了;日子久了,未免啧有烦言,那也无奈。正是因为日子久了,太太居然完全适应我的"睡眠伴奏",甚至当我值班、出差而不在家时,她竟然难以入眠了。近年又发现,她的鼾声也很有长进,真乃"近墨者黑"矣!但她拒不承认,以表明自己出淤泥而不染之清高。一周末,家人闲坐聊天,儿子突然神秘地让大家听一段录音:粗犷的男喉音、柔细的女嗓调;时长时短、亦抑亦扬;或高或低、忽断忽续……"这不是男女二重唱吗!"全家人大笑。

因为自知打鼾会招人烦,所以外出时总要向同屋有个声明,不论是否熟稔。某次到外埠开会,到宾馆已经很晚,赶忙洗漱安歇。翌日晨,同室的朋友似显疲惫,苦笑着对我说:"老兄很辛苦,夜里表演得淋漓尽致。"话虽含蓄，不难明其义。我遂急忙致歉："对不起，唱得不好，多包涵了。"令对方哭笑不得。

那次是与一位刚认识的先生分配住在一起，我说："我打呼噜很厉害，你要睡眠不好，可以跟会务组商量，调换一个房间。"这位山东汉子爽快地说："没关系，我什么情况下都能睡着。"果不其然，睡如其人，不到三分钟，此君已入睡，且鼾声即起。真是闯荡了江湖才知道天外有天，能人背后有能人。他时而高腔、时而低调，呼出、吸入均可出声，如雷鸣泼水、车轮轰滚、虎吼狮啸。像法师呼风唤雨，抑或表演高超口技。可怕的在于，他不时地呈现憋气痛苦状，甚至有几秒钟令人恐惧的寂静停歇。我曾几次轻轻地帮他活动脖颈，或想唤醒他。但少顷，他又我行我素地做他的营生去了。这一夜，他是够酣畅了，可我是从未合眼，不免有些惭愧，连入睡都没赶上，更谈不上比试一番。第二天早上，我还是向他提出了医生的忠告："你的呼噜是超水平的，我为你差不多值班观察了六个小时，至少有六十几次是中断呼吸的。如果我们以每次中断十秒算，就相当于有一分钟完全窒息。这叫睡眠性呼吸暂停综合征。你得去看呼吸科或耳鼻喉科医生。"

本来是要讲故事，并未想做科普文章，就此打住吧。

得病真好

无论得了什么病,共同的感受,就是痛苦。可是,我的一个病人却向我道出了她与众不同的新感受——得病真好!她的头脑很清楚,她的神经很正常,她的感觉很自然。且看她怎样说。

我和丈夫结婚十余年,虽相敬如宾,却也平淡似水。两人从单位忙到家里。家里的事情,分工明确,各行其是,他像是位很合作的同事。家庭的一切生活几乎一成不变,似乎有一张时间表。这次生病,打乱了秩序,活跃了气氛。他居然会使洗衣机、会烧菜、会收拾房间——须知,此前这些从来与他无涉。当他把鲜美的鸡汤端到我面前,当他轻轻抚摸我的手,当他温存地和我聊天,我的热泪禁不住涌出——那本是久违的初恋时的感受啊!

我们的儿子已经十岁,可以说娇生惯养、任性懒散,在家里连油瓶倒了都不会扶的。可是,在我生病的那段日子里,他一下子长大了,那么乖,那么听话,那么能干。吃完晚饭,他会自动收拾洗刷碗筷,会自觉去做作业;竟然可以去买菜,还货比三家,和摊主讨价还价。他每天取报拿奶,还为我擦脸洗脚,讲些开心的故事。我倏然间体会到,有儿子原来是这种感觉,那是我久已渴望而未曾领略的,是母亲有了依靠和寄托的满足感。

单位的同事接踵而至,有的还得等轮流探视卡才能进病房。那份关心、情谊,着实令人感动。我想,平时免不了的磕磕碰碰、恩恩怨怨,本不足道,早该云消雾散。那些耿耿于怀、难解难分的纠葛也应该容易谅解和宽容。我和每个来访的同事紧紧地握手,动情地望着他们的真诚的、友善的目光,心里有一种说不出的慰藉。

我的大学同学和朋友都来看我了。虽然同在一个城市,除了年节打个电话以外,很少有什么来往。他们怎么知道我病了呢?本来也不是什么大病、重病。送来的美丽的鲜花那么温馨可爱,问候抚慰的话语那么感人肺腑。有趣往事的回忆,现今生活的调侃,都让人感到彼此并未疏淡,心还是紧紧地相通。

"得病真好。"我的病人重复着,却又意味深长地叹息:这么美好善良的感情为什么非要等一个人有病的时候才被激发出来?如果我们平时都能这样彼此相待,该有多好……

老中青三人行

宋鸿钊大夫（1915—2000）、吴葆桢大夫（1929—1992）都是闻名遐迩的妇产科大家，我尊敬的师长。我们之间情谊深长，对他们如父如兄。他们虽已仙逝多年，但我的缅怀之情与日俱增。

我们三人，依次相差十多岁，又经常一道外出，是真正的老中青三人行。宋大夫是谦谦君子、宽厚长者；吴大夫多情趣、善调侃；我乃平庸、中庸一后生。所以，我们在一起，总是和谐愉快。

外出，主角当然是宋大夫，吴大夫是配角，我是随从。一个重要任务是宋大夫讲课，宋大夫不仅致力于根治绒癌的研究，更热心于临床经验的推广，招收进修生、举办学习班，覆盖全国各地。当时，讲课没有PPT、没有幻灯，宋大夫一杯茶水、一根粉笔，一口气、一小时，生动流畅。记得他讲绒癌脑转移的瘤栓期，连病人不自觉地掉了筷子，不经意地腿软滑倒，都观察细致，描述细腻，令人难忘。

有时当地会邀请吴大夫和我做手术，当然是非常复杂困难的手术，宋大夫也常常临场"坐镇"。是参谋、是顾问、是指挥，遇到大出血，会说"稳住，找到出血点。""压住，别着急看""夹住，把髂内动脉结扎了……"啊，我们现在说的、做的，不都是宋大夫教的吗！

也会遇到耐人寻味的事。那次，去河南郑州，参观吴义勋大夫保留盆腔神经的根治术，手术做得不错，将神经解剖出来，先请宋大夫看，宋大夫说："看不清楚。"再请吴大夫看，亦称"没看出来"。又让我看，我这个对二位师长愚忠的人，只能说："不够明显"——也的确没看清楚。

宋大夫眼神不好，走路非常小心，也是我们保护照顾的重点。特别是走阶梯、下坡路，吴大夫通常走在前面，人高马大，双手插腰，两腿弯曲，呈开路抵挡之势，以防宋大夫滑跌。我则紧紧地搀扶着老人家，也颇费气力。宋大夫肥胖，举步局促，想走大步，却不稳健；下雨天，愿往亮处走，那正是水地。

三人行，而今唯我独行！没有了吴大夫，这世上少了多少风趣乐事；没有了宋大夫，我的左手，以前经常搀扶他，现在竟然显得空落落的……

好在，一批一批的中青年朋友又都跟了上来。

手术表演

别小视手术表演！手术表演是挑战，手术表演是风险。

各种学术会议、学习班、研讨班，只要涉及外科性质的，手术演示都是最受欢迎的，因为大家很看重外科手术。无论是操作技巧、推广新术式或者交流经验，手术表演、观摩、讨论都是不可缺少。尤其是现在，有各种途径的术式：开腹的、经阴道的、腹腔镜的、宫腔镜的……有现场手术的，有录像光盘的，有两者相结合的。总之，手术表演形式多样、精彩纷呈、激动人心。

但是，手术表演却经常（注意，我用了"经常"二字）出些事情。十年多前，我请来一组美国腹腔镜专家，表演的第一个手术，第一下穿刺就进了肠子，真是出师不利！还有一次，在一家医院办腹腔镜手术学习班，手术没多久，钳子尖裂掉，找了5个小时。至于术中出血、损伤等都不乏遇见。

之所以形成"表演多风险",可有以下诸因素:①表演,术者要表演复杂的、困难的,增加了并发问题的发生,真所谓"表演难、难表演"。②对病情的了解、研究,其实没有平时那么仔细、详尽,对困难与问题估计不足。③团队组合是临时的,配合也会不甚默契。④环境、器械设备的熟悉与应用,也许不顺畅自如。⑤准备欠周到。⑥为了表演某种手术,适应证的选择或有偏颇,削足适履者有之。⑦术者虽是专家老将,临场发挥失常亦为常事。据说,体育项目的纪录,平时训练时可以打破(可惜不算数),正式比赛反倒不及第。乃紧张使然。

所以,每次办班手术表演,我都格外小心,认真地选择病例、认真选择术者,毫不含糊。录像光盘展现,术者解说、讨论是有效、安全的手术观摩形式,可以克服很多弊病,不会影响现场实地感。

二十世纪八十年代,我们刚刚推行卵巢癌肿瘤细胞减灭术,这是妇科最大、最复杂的手术,从盆腔到上腹部、从生殖器官到消化、泌尿系统,从血管到淋巴都会涉及。在辽宁鞍山,我和吴葆桢大夫做了一台晚期卵巢癌的手术表演,用了八个小时,可以说卵巢癌手术可能遇到的问题在手术中都遇到了、处理了、表演了。并未想如此辛苦地表演,只是想完成理想的手术。据说手术"毛片"至今仍在被观摩、研读。

手术台上

鲁迅先生曾于文中写道：我家庭院后有两棵树，一棵是枣树，另一棵，也是枣树。若一般人如是说，大家肯定评价为太啰嗦，可这是鲁迅说的呀，那是先生的强调之意。

在手术台上，我会问众人：手术中最重要的是什么？会有各种回答。我总结道：手术中最重要的是暴露；其次，还是暴露。我又问："第三呢？"众人异口同声快速抢答："还是暴露。"我说："大家受骗了，仅仅暴露是不够的。"

这就是在手术台上，强调暴露的重要性，只有暴露清楚了，才能准确无误地施行解剖、分离、切除或者修复，"暴露不清楚不要做！"这是外科箴言。

暴露一方面是靠各种器械牵引张开，一方面要保持手术野的干净、清晰，主要是分离粘连和彻底止血。所以，暴露本身就是解剖，就是止血。

手术的过程和信念不无诗情画意，如经历一台艰苦的手术，境遇和心情简直完全可以用"山重水复疑无路，柳暗花明又一村"来形容。比如卵巢癌肿瘤细胞减灭术的目标追求和不韧精神，真如领袖的教导："对于反动派，消灭一点，舒服一点；消灭得多，舒服得多；彻底消灭，彻底舒服。"这里，毫无"穿鞋戴帽"牵强附会之嫌，乃为自然天成。

手术是至尊神圣的，手术者是紧张专注的，可以鸦雀无声，庄严肃穆，也可以间或轻松和怡。有的手术室有轻音乐为背景，会缓解疲劳、弥漫温馨、调动情绪。我看过一个骨科手术，那术者的锤声竟然和着音乐的节拍，真是妙哉！

手术中，手术人员的讲话应当注意，特别是局部麻醉、半身麻醉，病人会多多少少听到这些讲话。和手术毫无关系的聊天显然是不合适的，不严肃的、缺乏保护性的话语都会给病人造成损害。还是那句话：手术室里最重要的是台上的病人！一切以病人为中心，包括术中说话。

曾发生一起麻烦的事：从腹腔镜剔出子宫肌瘤，大小不等有6个，术者想完成后一并拿出。有一个小肌瘤不太好找，大家你一言，我一语："怎么少了一个。""找不到，丢了一个。"当然最后还是找到了、拿出来了。但病人迷迷糊糊地听到上述对话，她就认为大夫把一个肌瘤落到肚子里了，无论如何解释都无济于事，纠结了很长时间……

她没关系,我给她找个关系

做什么事情,有个熟人,找个关系,似乎方便些。看病好像也是这样,入院手术好像也是这样。

但是,看病、治病、入院、手术,好像都该一样,因为病情的轻重缓急、治疗的手段措施,才是安排计划的基本考虑和出发点。

有一天早上交班,依床序的病人卡号顺延下来,会不经意地说,这是某某介绍来的。我发现,也挺怪的,几乎每个病人都会通过各种途径、各种方法找到医院或科室的某某,构成了"关系"。接下来,有个农村老太太,似乎没有什么关系,我说:"这个老太太没关系?我来找个关系,那就是我……"护士在那牌卡后面用铅笔写了一个"郎"字。

都有了关系,也就都没了关系,这就平等了!其实,诊断如何完成、治疗如何选择、手术如何完成,和"关系"真没什么关系。

我不认为在这些过程中,大夫还在想着这些关系。我希望，都有关系，或者都没关系。

据说，有一门学问叫"关系学"，甚至有专著。社会生活、人际交往不可能不构成关系，问题如何构成关系、如何对待关系或处理关系。亲朋好友、陌生路人，都会发生交往；公事私事、经营办理，都会遇到关联。诚信善待、谦和助人大概是对任何人、任何事，都要恪守的基本准则。

医生生活在社会中、人群中，也在关系里、关系中，互相关照、互相帮助，也在情理之中。但可以坦诚地说，在诊治疾病的具体过程中，这些显然不起主导作用，甚至起不到作用。试想，在手术中，什么叫好好做！什么叫不好好做？都得认真负责地好好做呀，谁敢不好好做呢。如何不好好做呢，连"技术"上都掌握不了。医生的职责使然、医生的良知使然，一视同仁绝不是一句空话。每个病人都应尽可放心的。

2008年奥运会　作者在天津做火炬传递

我当奥运火炬手

2008年4月，我接到通知，要当奥运火炬手。不知道怎么被选中的，当然荣幸之至！

开始听说要跑400米，这可不好跑，得有点体力，还得有点速度，不能太慢。于是，每逢周末，我妻子华大夫要陪我到天坛公园去训练，真是奥运会推动了全民健身运动。后来，又说跑200米，体力可以，速度要上去，也不容易。又传来说，可能顶多100米，这样我在院子里转两圈就差不多了。

我被安排到天津中心城区当奥运火炬手。8月1日到天津集中，京津动车刚开通，倒也方便。火炬手们集训，主要是练习如何对接，摆个什么姿势，以及一些注意事项。组织者介绍的"跑火炬"出现的问题，倒是挺有意思：

有的火炬手独出心裁，拿着火炬匍匐倒下，做深切亲吻祖国大地状，严重影响了整个队伍的行进。

有的火炬手欢乐无比，不断转圈载歌载舞，忘记了对接，使秩序混乱。

有的火炬手，一时兴起，竟然拿着火炬，爬到路边的树上，向广大观众呼号、讲演。

也有个路旁观众高叫："喂，你的火炬让咱看看！"火炬手将"宝贝"交给他，这个"编外火炬手"拿到火炬后，逃之夭夭了……

显然，还真的要集训。

8月2日，我们早晨七点钟就出发了，我们这组30个火炬手乘车到主要路线附近的一所中学，待命至九点半，再到指定的属于自己编号的"位点"，准备"对接"跑火炬。

激动人心的时刻到了，当我高举火炬向前奔跑时，热烈和神圣，是与每个人最激越的共鸣。欢呼声形成巨大的气浪，推动我们的脚步是如此轻快。奥运精神在我们脑中激荡：这种精神是身体的健康，更是精神的健康。这种精神健康是善良、友爱、和谐和互助，我仿佛陡然间感觉这种精神就在此时升腾！

我们这组完成火炬传送之后，乘"收容车"返回驻地。每个人都在爱惜地欣赏、享受火炬的魅力：美丽的祥云、火热的漆红、古朴的纸卷轴。72厘米长、985克重，丙烷"芯"可燃15分钟呢（我们只跑了5分钟）。

车上，记者抓紧时间采访我们。聪明的、"做了功课"的记者，居然给我提出了如下的问题：你的名言是"医生给病人开出的第一张处方是关爱"，这和奥运精神和你做火炬手有什么关联呢？"当然有关，紧密相联。"我说。

四海之内皆兄弟，普天之下尽友情。

不仅是医生对病人，应该是人与人之间都应如此，为了我们的共同目标。这就是："点燃激情，传送梦想。"

我的读书报告

在每月一次的全科月报会最后,我有时会有一个十来分钟简短的读书报告。

可以是经典妇产科学术名著,如《努瓦克妇科学》《铁林迪妇科手术学》《邦尼手术学》等,也可以是医学人文、哲学、宗教、文学、艺术等。我有逛书店的爱好和习惯,平均每月去一趟三联书店,一般会有 20 本书的收获。

我和同事们一道阅读威廉·奥斯勒(William Osler)的《生活之道》(*A Way of Life*),领悟这位伟大的医学教育家所精辟指出的:医学实践的三弊端在于,历史洞察的贫乏、科学与人文的断裂、技术进步与人道主义的疏离。这时候,我们突然间深重地感觉到这三道难题至今依然困惑着我们现代医学及医疗改革的发展与变革。

我发现,很多时候,很多人只关心技术本身的现状和发展,而忽略或完全不了解医学大家的生平历史。如伟大的妇科手术大家维克多·邦尼（Victor Bonney），邦尼是子宫和卵巢肿瘤保守性手术或保留生殖和生理功能的开拓者，如子宫肌瘤和卵巢囊肿剔除术。他在73岁时还从一个病人的子宫上剔除258个肌瘤，成为一项纪录。这在《邦尼传》里有生动的描述。我还鼓励大家去读原著，而不要满足文摘和综述这样的"快餐"，因为经典和原著不仅可以使我们深刻理解知识和技术，还可以领悟先哲们的思想。也许我们浅尝辄止、自以为是的理念，早已被大师们阐述清楚了。这里还涉及一些历史的陈述，如《妇产科学的历史》《子宫内膜异位症的历史》等，都十分有趣和有益。

前两年读了一本《江边对话》，令人拍案叫绝，禁不住向同道们介绍与推荐。

这是国务院新闻办公室主任、人大新闻学院院长赵启正先生和美国著名传教士路易·帕罗先生在黄浦江边的三次对话的记录，是一位无神论者和一位基督徒的友好交流。谈话涉及的内容非常广泛，包括文化、宗教、社会、科学诸多问题，充满了哲理、坦诚和睿智，根本观念相异，却可殊途同归，突显人类文明、社会发展的闪光。

当读到一些伟大的科学家，如伽利略、牛顿、开普勒、爱因斯坦等都是基督教徒时，如何理解或解释科学家研究的唯物性和信仰的唯心性，是一个艰难的话题。"神学家讲神学，从上到下；科学家讲科学，从下到上。"如是说，还是有些令人费解。爱因斯坦说:"我想知道上帝的想法,其他的都是细枝末节。"我觉得有点狡黠。或者可以认为,上帝指明方向,科学家完成细节。而神学家也要迎接科学的挑战。

老孙其人

老孙是中药煎药室的工人。二十多年前,他不过三十出头,业已被称作老孙。

煎药室只有老孙一人,从抓药、煎制、过滤、分装到发放,全由他完成。老孙忠于职守,埋头苦干。早晨,我们上班,他已经把药送到病房,还看着病人把药服下,怕药凉、怕漏服;晚上,我们下班,他还在收拾包包袋袋、瓶瓶罐罐。大家都对老孙啧啧称赞。

那时候,实兴讲用,就是讲学得如何好,如何做得好,群众自然推举老孙。老孙羞于面、讷于言,推辞再三,但拒绝肯定是不可以的。老孙讲的倒也实在,怎么想就怎么做,怎么做就怎么说。最后他说:"其实,也没有什么,只不过干活吃饭。"在当时真可谓语惊四座,大家诧愕,却不敢哗然。有人帮老孙提高觉悟,把朴素的阶级感情上升到路线高度,并启发他多做好事。老孙愚而不笨,他花费了好多时间和精力为病人理发、购物、取款、领邮包,病人都感谢称道,可专司其职的理发员、收发员和住院处外勤却无可奈何,颇有微词。

那时也经常召开对当权派的批判会,就是非常严厉地批评单位领导,"革命重任"又落在老孙身上。会上,老孙说:"其实,院长对煎药室挺关心的,经常来——"下面有人唯恐老孙"滑边""走火",赶紧打断,嚷着"走资派的居心何在?"老孙猛然领悟,拿起事先别人帮他准备的讲稿,铿锵有力地念道:"他们是想把小小的煎药室变成复辟资本主义的黑据点,进攻社会主义的桥头堡!"大家都使劲屏住气,憋得双唇两腮酸痛,生怕喷笑出来。

一场"风雨"过后,老孙的煎药工作和生活又恢复了平静,人们似乎不那么关心他了。可是,老孙可真的老了,脚步缓慢,腰背僵驼。已经到了退休年龄,却一聘再聘,因为没人接班。年长的做不来,年轻的不愿做。一天,老孙领着爱女找院长,让其接班,并献上女儿为其整理的几万字的《中药煎制法》一书,算是自荐。院方欣然允诺。亦有不少人疑惑不解,老孙女儿大专毕业,受聘于某公司,收入颇丰,何苦跟她老子一样受煎熬?老孙淡淡一笑,慢悠悠地说:"我们是药王之后,注定要在药堆里过生活……"

老孙是否是孙思邈的嫡亲无从考察,我以为多半不是,可他确实是个好人。

友 人

日前，大学同窗 A 君来访，感慨良多。

那天，电话铃响，对方系温柔甜美之女声，声称是 X 省驻京办事处，接下来说："我们 A 厅长找你说话。"对方换上深沉悠长之男音："我是 XXX，来开会，顺便检查一下身体，主要是心脏和神经，你安排一下，具体和我秘书联系。"我知道 A 君荣任厅长，已多年未见，竟然没有寒暄，没有问候，完全是布置作业，简直就是通知。而且，我见识少，心地狭，对这种由别人拨电话的派头，总有一种不平等、受屈辱的感觉。碍于同学面子，还是压下了本来想说的"我已经不是业务副院长，这不是我的职责"，只说了句："好吧，请你秘书和我们医务处联系，我请他们帮助、关照。"

几天后，又是那温柔甜美之女声打电话："厅长对检查很满意，让你今晚六点到我们办事处见他，并一起吃饭。"又是不容商量的、指令性的通知，真是职业习惯！"厅长大人比较忙，我也比较忙，恕难从命。谢谢了。"我说完赶快撂下像是灼手的话筒。脑子里似乎出现了 A 君的样子，但又被另一个清晰的影子重叠着：那是在大学时，他央求着借我的实验报告，第二天闹出了大笑话，老师把我们两人的报告都念了一遍，一字不差。最糟糕的是他竟然把我的名字也抄上了。A 君啊，A 君……

事情都已经过去。可是，第二天上午，A 厅长却突然闯进我的办公室。派头跟我想象的差不多，可态度与前大相径庭，极端的谦恭可亲，又仿佛是三十多年前向我借实验报告。"老兄，得帮我一个忙。""厅长大人何劳草民？我只会看病，别无所长。"我有点阴阳怪气。他略带诡秘地说："虽然当了厅长，但也得有个高级职称啊。其他都好办，这国家一级刊物上的论文可是硬通货。""你写来，我看看。""不瞒你说，我除了签字，从不动笔。""电脑打的更好。""我没工夫玩那玩意儿。这样吧，坐你的车——在你的文章上带上我的名字，或者给我一篇你的东西。""恐怕不行，我的研究和你不搭界，明眼人一看便知有诈。""还是那么死心眼！就在你发表的文章署名中加上一个我的名字，再复印一份就行了。只要你别告我侵权。"啊，真有长进，比抄我实验报告是聪明多了。我难耐无语，还是甩给他一句话："那可不一定。"说罢，送客。

"如果死的是你妈!"

我从未与病人或者家属吵过架、红过脸,甚至在我还年轻的时候。

似乎,与生俱来的平庸,或者所谓淡定。"春和景明,波澜不惊。"父亲起名时,已将此意刻进我的心脑。

但这不意味着,所有的医疗活动都那么平顺,不可能没遇到难以相处的病患。有一条基本戒律,她们是到医院来找我看病的,可以认为是一种求助,尽管我们在人格、人权上是平等的。但我的任务是替她们看好病,这可以看作一种服务。诚如,在社会生活的其他方面,别人为我们服务。所谓"我为人人,人人为我"。

在与病人或家属接触中,另一个重要理念是换位思考,对她们的了解、理解和谅解。当然,也是互相的。"己所不欲,勿施于人。"

那时候,我还是医院主管医疗的副院长,一项艰难的工作是处理各种医疗纠纷、医疗投诉,甚至医疗官司。情况复杂,非常棘手。有一次,患者家属对其母亲去世很不理解,认为是医疗事故,医生不负责、草菅人命。经过认真的调查,情况并不像家属所说的那样。又经过耐心解释,虽然有些理解和改善,但情绪仍然不够和缓。我和他们作了多次谈话,应对软硬攻势,我理解他们的心情,尽量考虑他们的要求,也指出了他们认识和言谈中的偏颇。

那次谈话持续了很长时间,"进展"不顺利,病人女儿很不冷静,站起来拍着桌子,大声嚷道:"如果死的是你妈,你也这么从容!"这显然是一句诅咒。我心里当然很不舒服,但还是和缓地说:"你母亲去世,医生和你们的心情是一样的,难过、不平静、反思的。可是也要心平气和地想一想,患病的状态、疾病的危险性、治病过程中医生的工作……""谁不希望、谁不愿意把病人治好呢?这里也有医学的无奈和医生的困惑呀。"她止住了骂、消了点气。我还要说,病人即使不是我们的亲人,可是我们从来是把病人当亲人来看待的。"你们兄弟姐妹是轮流来看护的,医生和护士是每天都要来照料她的。咱们用一句话平常字眼来比较一下,谁体贴入微呢?哪怕是体温、脉搏、饮食、大小便、睡眠……虽然这是医生的职业和职责,可也是全身心地去呵护病人呐!"病人女儿无语。

之后,我们成了熟悉者,他还成了我的病人。常言道,不打不成交,但我一直认为还是不打的好,春和景明嘛。

查 房

大夫到病房查视病人,谓之查房。有各种查房:住院医师要经常查房,主治医师至少每天要看一次病人,主任医师也要定期查房。通常一个病房,要每周有一次全体医护人员查房,由病房主管的主任医师或教授主持,总结上一周病人的处理结果、手术及病理情况及下一步治疗计划,讨论新病人的诊治方案,以及相关问题。这是重要的临床程序和学术或教学活动。

大的科多会有全科大查房。

著名的协和大查房源远流长,一幅漫画或图解了1940年的内科查房,那些熠熠闪光的医学泰斗:钟惠澜、朱宪彝、刘世豪、李洪迥、邓家栋……那庄严的情景,令人敬畏。

二十世纪五六十年代的内科大查房,是我们经历过而终生难忘的。张孝骞教授主持,各内科专业教授,可谓大腕,前排就座,阶梯教室座无虚席,过道及窗台都挤满了人，不仅仅是内科医生，其他科的医生也趋之若鹜，场面热烈。

妇产科每个月也有一次全科大查房，叫"月报会"。先由各病房总医师报告上个月工作数量和医疗状况，提出疑、难、重病例讨论，主任及教授发表意见，交流经验，并有相关文献复习和简短学术讲座。参会者都颇有收获，甚至吸引了市内，或外埠同道专门为此而来。

查房有讲究，查房者和跟随查房者都要有讲究：查房者，主治医师或主任医师要从下级医师的报告中抓住重点和要点提出自己的问题，或发表真知灼见，制定诊治决策。还有，你若是资深大夫，一定要问那些实习大夫、低年住院大夫，答得上，固然好；答不出，也无大碍。别问那些高年大夫，倘若也说不出子丑寅卯，岂不没面子，他们日后也要带人查房的。

查房者的风格迥然不同，风格就是人。有的大夫查房条理清楚，说起来总是头头是道，严谨严肃；有的大夫轻松潇洒，旁征博引，引人入胜。林大夫查房，阵容庞大，但林大夫却自然随意。表现突出的是对病人的关爱，拉拉病人的手，掖掖肩旁的被角，问问要求与愿望。林大夫思维活跃，看到、听到什么，会引发联想，加以发挥，比如看到窗棂的蓝色，会讲到各种颜色与健康心理的关系，很是有趣。林大夫英语流利，而普通话偶尔语塞，常以英语代之，旁边的医生若能敏锐地译出，林大夫会非常高兴。

查房是极好的学习机会,要善记善忆,有心用心。日久天长,集腋成裘。

说到查房,也想起一件糟事:"文革"后期,让我们批判宋江招安,基本是男医师瞎侃,学李逵高喊:"招安,招安,招什么鸟安!"(好多大夫并不知这一粗话。)翌日上班后,召集大夫查房,一女医生高叫:"查房,查房,查什么鸟房!"

1941年　北京协和医院内科大查房

囧事和趣事

囧事一则：

二十世纪八十年代，去参加美国妇科腹腔镜医师协会（AAGL）学术年会，是其主席菲利普斯（J. D. Philips）邀请我去的。初次出国，只身一人，新鲜好奇。会议在威廉斯堡（Williamsburg），饭店建筑典雅，周围景色怡人。会议中间溜到外面，但见一片开阔地，绿草如茵，修葺精致，又有山坡、沙丘、水潭，空旷无人，赏心悦目。禁不住信步流连，高声呼喊。忽见远处一男子拿一长竿，一少年像"跟屁虫"，背个像时传祥（二十世纪五六十年代的著名劳动模范，掏粪工人，曾受刘少奇主席接见）掏粪用的桶子（现在环卫工人都不用了）尾随其后。只见那男子扬起长竿将一"乒乓球"打将过来，真是有劲儿有准儿，那球如天降有眼一般，正落在我的前方，似乎是冲着我打来的，心里好不欢喜——美国人真友好、真有趣！那两人又疾步而来。我想，何苦呢，何不将球扔过去,岂劳奔波之苦。遂欲捡球,只听他俩高呼:"Don't! Don't! Don't! Please!" 想做助人好事,竟被叫停。他们走到我面前,还谢两句,摇头苦笑……

后来知道,那是高尔夫球场,那是球手,那是球童。多亏没捡、没扔,否则,若是正式比赛如何是好?那时咱们"土"呀。现今,就在中国也是尽人皆知的时尚运动了,咱偶尔也在练习场挥杆两下,真正参与却享受不起。总觉得这玩意儿好像是从我们儿时弹玻璃球进坑的游戏发展来的。况且,如果有这工夫和兴致,何不像农民兄弟一样,扛个锄头到一望无际的田野上,走一走,铲铲地,间间苗,好处更是大大的!

趣事一则:

两年前,周日,和妻子逛天坛公园,东北角有卖花、草、鱼、缸、盆、桶之类的市场。见一瓮缸,粗大有深度,价格甚低廉,可用于装书画轴(文化人称"画缸"),遂立马达成交易。

俩人将缸抬至公园门口,如何带回家是个问题:我们是骑自行车来的,俩人都带缸"打的"回去,还得回来拿车;一人"打的",一人骑车,意义相同;放在自行车上,缸太大无法放,又无绳带捆绑。唯一的办法是,一人先骑车回家,放下车,"打的"来接缸,另一人随后骑车返回。于是,妻子回去,我留守之。

时间难耐,一人寂寥。试着将大缸扣在车座上,还挺稳当,推车而行，似乎可以。但缸肚很大，推行很不方便，速度也太慢。灵机一动，我就坐在车座后的货架上，双手勉强够到车把，双脚或踏蹬车轮或踩地磨蹭，甚为得意，可以轻松地前进了。

正值假日，路上行人如织，看本老汉如此"玩法"煞是奇异，疑是马戏团退休工人在回忆逝去的时光。特别是过十字路口，成为了一道风景线，有人啧啧道：这老头儿玩什么把式呢！也有人竟然啪啪拍照……等我到东单，妻子刚出胡同口，见此情景，笑不可支，不知是嗔怪，还是赞许："多危险！谁说院士没有发明创造……"我还口："你来试试！"

铃铛是指引，铃铛是召唤，铃铛是吉祥，铃铛是祈福

如何开始收集铃铛?

我有个条幅：医学是我的职业，哲学是我的训练，文学是我的爱好。

还应该加一句：铃铛是我的收藏。

收集铃铛开始于1984年夏天，我在挪威奥斯陆。下午三点钟就下班了，晚上七八点钟，才夕阳西下，晚饭后独自散步。丘陵之地，郁郁葱葱，一座座小木屋掩映在绿树丛中，恬静安谧。小屋四周，或青草茵茵，或菜蔬畦畦，间或有几只狗儿跑跳嬉戏。挪威人吃苦耐劳，善待生活，操守家业，特别愿意自己动手修葺房屋家什，侍弄田园菜地。

眼前的情景令我驻足凝望：也许是到了吃晚饭的时间，女主人，一个老太太从屋里出来，看见在地里专心劳作的老汉，不忍高声呼喊，生怕打破这魅人的平和安静，而是从屋檐上拿出一枚小铃，轻轻摇晃，清亮柔和的铃声呼唤过来老汉微笑的脸庞。他们四目对视，肯首相应，老汉放下工具，回屋用餐去了。我仿佛置身于安徒生的童话里,窥见这温馨的田园图景。这自然是如此美丽,这生活是如此美好,这铃声是如此美妙!

于是,我开始收集铃铛。

起初,只是零星买几个,后来几成疯狂,见铃即买,不计价、不还价。再后来,当然就有点品味、有所选择了。古今中外,数千枚,各个国家、各种质料、各色样式,蔚为壮观。还要为铃与钟作出区分定义,还要研究特点、年代、背景与故事,俨然一个收藏家。

其实,哪有工夫去打理这些铃呢。只是做个登记和注释罢了,待以后整理吧。不过,我为铃的标义是:

铃是召唤,铃是引领;

铃是吉祥,铃是祈福。

我的铃铛登记本已有几册,扉页上写着:

铃儿响叮当,男儿走四方。

耳聪亦明目,平安又吉祥。

作者铜像　张芸薇作品

我的故乡

我的故乡在东北延边地区的一个小镇,虽地处北方边陲,却也是塞外的鱼米之乡。

嘎呀河将小镇劈成南北两半,又沿着城廓蜿蜒而过。东山平缓,西山陡峭,对峙而不突兀。春暖时节,西山金达莱盛开怒放,整座山岭为粉红色所覆盖,几无间空,仿佛彩色的天幕从云间降落;而东山的各色野花、野草错落无序,却又地作天成,犹如绣毯铺就。

我在这里度过孩提和小学时光,想起来都无忧无虑。特别喜欢到河边、山野去,没有劳作,只是玩耍。后来,我曾写过散文诗:"家乡的小河是湍急的,需要我们勇敢去跨过它。""蓝天上的白云怎么能形成如此多的图画:羊群、棉田、海浪、芦花……"

北方儿女更喜欢冬季。下雪了,虽然不是"燕山雪花大如席",却也是很大很大。我们会默念:

这雪若是面该有多好，这雪若是盐该有多好，这雪若是糖该有多好……雪厚不化，可达尺深，上面结成一层薄冰。走上去，吱呀作响，并不觉得岌岌可危，有时真的塌陷下去，就像掉进柔软的棉团里，索然都不想起来。河套冰封，是滑冰的好去处，同学们嬉戏着、追逐着，可以从这个小镇滑到另一个小镇，中间遇到邻镇的同学，就地来个双镇花样比赛。我们学校的体育教员田老师曾以在冰上滑出和平鸽而在全国花样比赛中获奖。

我就读的这所家乡小学，教学质量不错，就是以现在的衡量标准，小升初的比率也是很高的。我在这里有两个值得回味的课余工作：一是兼职图书馆管理员，放学后一个小时"值班"，整理注册，登记借阅，还可以看很多书。二是每逢节日，要在小镇上的十几个黑板报写上"庆祝五一劳动节""欢庆国庆"等美术字，落款是"中心完全小学宣"。都是令人得意、难忘的小学生"杰作"。

小学毕业后到县城读初中，到州府读高中，到省城读大学，到首都工作。回故乡越来越少，但故乡的映像却越来越真切，对故乡的思念越久越深。

一位哲人说：哲学是一种乡愁。虽然很喜欢这句话，但对其含意不甚了了。又读书看到：乡愁，其实思念的不是物，而是人。我的父母早已仙逝，故里亲戚都不认得了。偶尔有人到北京来找我，自称："我是您姑姑女儿的儿媳妇。"我当然毫无所知，但毕竟远道投奔而来，也得帮助才是。啊，家乡清澈的河是否被污染？满山的花儿还会艳丽开放？

所以，乡愁只是淡淡的，却也是甜甜的回味；是对故乡的人、故乡的物的脉脉思念。是人，或者不全是人；是物，或者不全是物。回答不清了，于是，乡愁是哲学。

病人的丈夫

一个平时表现不错的丈夫，不一定在妻子生病时表现也好，在此时表现不好，算不上好丈夫。妻子生病也是对丈夫的一个考验！

有几种表现型：一种是对妻子患病非常关心、非常周到、非常内行。内行是指收集材料、广纳信息，使自己成了对妻子疾病的知识和看病的消息很掌握的"专门家"。再加上关系体贴、周到细腻，是医生不可多得的帮手。一种可能是另一类极端，是对妻子生病毫不关心、毫无所知、毫无作为。可能有多种原因，但表现即是如此。这不仅使妻子更加陷入困境，也为诊治疾病造成麻烦，尽管还有其他亲属。第三种，应是界于两种之间者，"非常"与"毫无"掺杂相间、比重不同。

我们希望好丈夫是第一种，或者尽量向此靠拢，实际上这不仅仅是考验，更是责任。好多年前，我见到过一对夫妇，印象深刻：妻子是侏儒症，很矮小。丈夫伟岸，可以说很帅。妻子住院期间，丈夫形影不离，关怀备至，甚至都是丈夫抱着上下床的。那动作熟练轻松，嘴里还叨念着"好嘞""咱们上来了""咱们下来了"……

对于生病的妻子应该怎么做，自然不是一个复杂的难题，好丈夫都会有自己好的做法。作为医生，还应该告诫丈夫"应该怎样做"的两个"懂得"和两个"配合"：要懂得妻子的思想、意念，要懂得妻子的疾病、状况；要配合妻子、配合医生看病、治病。

曾几何时，国人也学洋人，要求"丈夫进产房陪伴妻子生孩子"了。到底有多少好处，也说不清楚。丈夫观看分娩全过程，是理解了妻子遭的罪、受的苦？可以助生产一臂之力？可以亲手剪脐带，构成一种仪式？可以在孩子出生时合影留做纪念？这些获益其实很有限。我倒见过，丈夫不忍目睹，或对医生助产施术、抢救新生儿挑三拣四。甚至在产房里夫妇双方吵闹起来：丈夫怪妻子不合作，妻子反唇相讥，"就是和你配合，才弄成现在这样子，你倒快活。"丈夫鼓励妻子屏住气向下使劲，妻子大叫"你上来试试"。

接受时任人大副委员长顾秀莲颁奖

两次特别奖的获奖感言

2007年8月20日人民大会堂颁发中国/联合国人口基金第六周期社会性别平等项目"十佳时代男性奖"。之前,组委会找我谈的时候,我以为是什么新闻或公众人物之类,我说:"我得的奖项也不少了,这个奖就请让别人吧。"组委会详细地介绍了这个奖项及严肃的评奖过程,还介绍了其他获奖者:有卓有贡献的军人,孝敬母亲、关爱妻子的工人,打击拐骗妇女的公务员,关心女职工的企业家,艾滋病防治工作者等,都很令人尊敬与感动。顾秀莲同志发奖。

我的感言如下:

我站在这里,面对的主要是妇女同胞——我们社会和家庭的中坚。

我是一个妇产科医生,一个男妇产科医生,要专门为妇女同胞服务一辈子。

我曾说,我一生只会做一件事:关于病与病的消除,还是关于妇女的。

当我被著名医学家,也是一位伟大的女性林巧稚大夫认定之后,我的从医生涯就已经注定。

在过去的四十余年里,我看到、体察到妇女们的辛劳、焦虑,甚至痛苦,我要为之解脱与分忧;我也看到她们的欣慰、满足或者快乐,我亦为之感动与分享。当然,一个医生的能力是有限的,一个医生的作用是微不足道的,但保护妇女的生命健康,提高妇女的生活质量,是我的神圣社会责任和始终不渝为之努力奋斗的目标。

我也深切地明了医生和医疗载负、体现着社会精神道德底线,应该精心维护它。

我想,今天的授奖又把我们推向了一个新的起点。我将把多年实践的琢磨和沉淀、理智的提炼和升华、情感的酝酿和发酵,都凝聚成无限的关爱奉献出来:为母亲、妻子、姐妹和儿女们!

2008年2月24日,中国职场女性榜样评选盛典,有十位杰出女性获奖,包括科学家、银行家、企业家、法官等。还有个特别奖——最受女性尊敬的男性奖给了我。我即兴发表如下感言:

我是获奖者中唯一的男性,感觉有点特别。大概因为我是男妇产科医生,是专门为妇女同胞服务的,而且要服务一辈子。

作为医生，我们必须关爱病人。这种关爱不仅在于悉心、正确地诊断、处理疾病，还应该把对她们的发育成长、婚姻家庭、生儿育女、安度晚年的考虑，融入到疾病的诊治、预防、保健的过程中去。仁术于医术中！为人民的健康、生活、工作尽力，不仅是我们的职业使命，已经成了我们的社会责任。

于是，我想说，其实从事任何职业的男性，只要有一颗关爱女性的心，有为母亲、妻子、姐妹、儿女的负责精神，热情而踏实地工作，都可以得到这份嘉奖，我愿与我的男同胞们一道继续努力。

听大师们讲课

大学里，有很多受尊崇的师长们授课；工作后，有很多妇产科前辈们讲演。记得起的、印象深的，似乎不在于讲的内容好不好（学生又怎么评价老师讲的内容呢），而在于讲者的个性、特点或者风采。

回忆大师们的讲演风采是有趣的。

鲍铿清教授是著名的组织胚胎学专家，他的科学家秉性卓尔不群。20世纪60年代，据说某国一位学者发现了针刺穴位的组织学结构，名曰XX小体，并连接成经络。鲍教授认为他讲的无法重复，不能验证，是伪科学，这在当时是要有点勇气的。后来证明那不过是一场政治闹剧。鲍教授讲课则基本上（或根本上）是念他的稿子，非常认真地念，包括"重起一行""逗号"之类照念不漏。于是，我们上课就是记录。我的同桌每每打瞌睡，本子上便拉成了曲线，同学们戏称为"睡波"。一下课，便又精神起来，赶忙抄笔记，再上课，再绘"睡波"。鲍教授依然故我，继续一板一眼地念他的稿子。记得他的眼镜可以翻转，一会儿翻下来（老花镜）看讲义，一会儿翻上去（平镜）看同学……从不敷衍。

王根本老师（当时是解剖学讲师，后来当然是大教授了）讲课极为熟练，可以说倒背如流。更有绝招的是，他背靠解剖挂图，可以用教鞭准确地指点什么骨头、什么肌肉，再加上他浓重的口音，使讲课变得生动有趣。解剖本来很枯燥，可是到现在，我都喜欢解剖，看图谱，背记血管、神经、淋巴，好像锻炼记忆，乐此不疲。当然，对于外科大夫，这是必备的基本功。

阴毓章是妇产科教授，以严谨、严肃、严厉闻名，令师生畏惧。他37岁便在美国得到了内、外、妇、儿科四大教授的头衔，怪不得那么"牛"！早晨在手术室走一遭，连外科手术也能指点。他还研究过克山病。他做手术得意之时，要哼一曲洋歌，当时我们听不懂，拉钩唯恐不及，哪敢分心欣赏歌曲。解剖盆腔血管时，会不时地发问，令人胆寒。有一次"倒霉"竟落到了院长身上：那天，院长到手术室"视察"，站在我们后面看阴教授做手术。阴教授指着一根血管问："后面的，这是什么血管？"院长非外科大夫也，怎能回答，默不作声。阴教授喝道："连这根血管都不知道，还看什么手术？你出去吧！"院长居然一声不吭，乖乖地退下去了……

而阴教授对病人可是非常关心，对工作可是非常认真。记得那时开始用双氢克尿噻治疗妊高症（当时叫妊娠中毒症），阴教授一整夜地坐在病人床边,观察病人,计量尿液。

阴教授的讲课可谓"空前绝后",那不是讲课,是教诲,是教训。讲"骨质软化症",板书由当时任助教的老师用粉笔写好。教授手拿教鞭,熟练地绕着圈。本来不大的眼睛眯缝着,不知道目视何方。他开始便提问:"为什么北方孕妇容易患骨质软化症?"从前头一排点起。一般的问答都是北方冬天日照时间短,少户外接受日光的活动,蔬菜缺乏又单调,钙质摄入也不足……好像教科书上写的基本也讲出来了。可是阶梯教室近200人已经站立起一半,教授仍不满意(现今,我已经是妇产科教授了,似乎还不清楚阴教授所要求的答案是什么)。后来,他讲课前,问过"巴斯德消毒法",问过"分娩因素",甚至问"白细胞分类"……都不是特别"了不起的问题",但也从来没有人答对过。同学们害怕他提问,上课不敢坐在前排,可这也逃脱不了教授的目光——他眯缝着眼睛,略微抬一下头,用教鞭向后方一点,像乐队指挥将指挥棒向上一挑,"请最后一排,最右边那位戴眼镜的同学回答",于是教室后半部分同学都相继站起来了。

据说"文革"期间,阴教授受了不少苦。阴教授的学问太深了,个性太强了。

我1964年到协和以后,林巧稚老主任(在协和大家更习惯叫大夫,如张孝骞大夫、方圻大夫等)已经不太讲课了,但林大夫查房却是很有意思的。对林大夫查房,从上到下都非常重视。我们要把病例摘要,包括各项化验结果都背得滚瓜烂熟,特别是要准备林大夫可能提的问题，要查阅文献。高年大夫更要能引经据典，表明自己的"高深"。然而，林大夫可不是那么循规蹈矩、按部就班地提问题、讲问题的人；她看见窗户新涂了绿漆，便提问，颜色对病人的心理有什么影响；她在待产室直接用耳朵贴在孕妇肚皮上听胎动、胎心，旁边大夫送上胎心听诊器，她便问，这种听诊器是谁发明的？最能让林大夫查房高兴的是陪伴她的高级医师必须有如下两个本领：第一，因为林大夫英语太好了，查房时会经常不由自主地说出一些英语来，你必须能准确、简要地帮助老人家解释一下；第二，林大夫有时会找不出一个合适的汉语词汇来表达自己的意思，而她又要求非常准确地找出这个词，你必须善于捕捉林大夫的思想脉络和表达方式。

后来，我经常陪林大夫接待来访者，或拟文发表，或拟稿讲演。通常是和记者商定提纲，然后和林大夫交谈，再将其谈话整理出来，有序有段。还得让林大夫看得满意，说得上口。林大夫有深刻的思想、睿智的见地，我们会从她朴实无华的言语中领会到一位伟大医学家的胸怀、宽广无涯的仁爱。

还是北京协和医院妇产科已故副主任王文彬教授讲得好：林大夫从美国芝加哥回来，在10楼223室（一个老协和聚会的阶梯教室）讲演，她用英文演说近两小时，却唯独没有一个"我"字。何止是讲演，她的八十二年生命历程，如此壮丽，也是只有妇女和儿童，唯独没有她自己。

宋鸿钊大夫可是讲课的能手。特点有三：一是熟练流畅；二是记忆力非凡，数字概率皆张口即来；三是朴实无华，如同说书者手中一把扇子，他也只是一支粉笔。那时倒也没有如今的电脑多媒体投影之类，从头至尾都是板书。宋大夫或端坐或站立，一杯茶，一支笔，一面黑板。但讲起来十分动人、酣畅，如讲绒癌脑转移早期征象，拿筷子竟然掉落，下地突然不稳，都会作些逼真的模仿，惟妙惟肖，足见其观察之细腻。我常陪同先生为进修生或外出讲课，发现宋大夫一口气讲下来，不看稿，不停歇，而且材料全面、准确无误，让人铭记于心，我居然也可以"依葫芦画瓢"描述一番了。

宋大夫为了推广其滋养细胞肿瘤的诊治规范，走遍大江南北，全国的主要省市几乎都去过，不厌其烦地宣讲，通常还要在讲演后对听众的提问不厌其烦地回答，还要到病房去不厌其烦地指导。让人体会到圣人所云的"学而不厌、诲人不倦"，真大学问家也！

江森教授（我们愿称之为江公）是山东大学医学院的教授，我没有直接聆听过他的授课，但在各种学术会议上，他的讲演颇富特色。江公学贯中西，融汇古今，有深厚的中国文字之底蕴，所以常常咬文嚼字，用词十分缜密。如我们以前讲剖腹产习以为常，而江公首先提出剖腹产一词不妥，应改为剖宫产。后来，他成为医学名词审定委员会委员，真乃非他莫属。杂志叫《妇产科进展》，江公以为"科"如何进展，应是妇产科"学"

之进展。他亦常在文中注释英文名词,也是字斟句酌,不知道他何以有那么多词!

江公并不吃老本,常有新知新意,一个剖宫产题目讲了又讲,居然也是屡讲屡新。几年前,在南京讲,给他的时间到了,主席摇铃示之,先生听力不及,并不介意,还以为是自己声音太小,于是说"好,我大点声",我行我素地继续讲下去。工作人员找我,问我怎么办。我说让老先生讲吧。后来,又在威海讲,放投影的学生显然知道如何"控制"老师,但江公也会不高兴:"怎么这样快!"但毕竟还是让人"牵着鼻子走"了。等到2004年在青岛开会,江公已届耄耋之年,但精神矍铄。他从剖宫产的历史讲到分类,进而适应征、并发症,头头是道,侃侃而谈。令人惊喜的是,他已完全适应"现代化"要求,和多媒体投影协调同步,时间也掌握得好。更令人惊诧的是,他拒绝人搀扶,自己快行上下,中间还有几个跳步,让人捏一把汗。

江公老而弥坚,不乏幽默机智,偶有波谲云诡之举。他愿意看武侠小说,吴葆桢大夫在世时,他们经常互换书籍,互通有无。也许,从中学了不少义气、侠气、乖气。听说他入冬时做了一个小手术,术前问学生,"风萧萧兮易水寒,壮士一去兮不复还。我能否复还?"当然一切顺利。晚上,却假装输液反应,"骗得"医生给他打针。然后,不无得意地跟护士说:"你看我装得像不像,他们都没有看出来,哈哈!"江公,真可爱矣!

唉，人呐！
（之一）

手术下来已是华灯初上时分，有点累，但经过近七个小时的艰苦努力，最终把病人的癌瘤都切除干净了，心里还是很惬意的。

我想把手术记录写完，再观察一会儿病人。哦，周末了，妻儿要等我吃晚饭。一帮人涌进我的办公室，以病人之子为首的家属们都微笑着，千恩万谢。"您老可是救命恩人，太辛苦了。我们到外面用点饭吧。"病人之子很恳切地说。"谢谢，我还有事要做，照顾病人要紧。"我说。他又递上厚厚的信封，这更是万万收不得，好说歹说地将他们请出了门。

病人情况很好，跟值班大夫交代后我便驱车（两个轮无马达的）回家。北风呼啸，严寒刺骨，我拉紧了帽子，顶着风一歪一拐地蹬着。通常做了这么成功的手术，总要哼个什么曲子抒发一点心中的快乐，可是今天只能闭着嘴、憋住气。

前面是十字路口，正好是绿灯，我继续向前骑。

说时迟，那时快，一辆轿车从我车前右拐，两车相擦，幸好车速都不快，我趔趄而倒，那车也戛然而止。我身子尚未立起，脑子亦没有明白过来，从车子的前门下来一人，赶忙去用手摸查其车。后窗拉下，探出一女人头，大声呵斥道："你眼睛长哪儿去了？耳朵聋了！"我扶起车，自觉并无错处，秽言恶语已司空见惯，懒于去计较。可那前门跳下之人却冲到我前面，揪住我的衣领，恶狠狠地说："小子，今天便宜了你，你要给我的车蹭一道印，我要让你身上开一道口！"我被骂得顿时清醒了许多，定睛一看，啊！这不是刚刚那位满脸堆笑，一口一个老人家称谓我的病人之子吗？四目相对，尴尬至极。

  我说声"对不起"，便跨上了车，两腿更加无力，哪里还有哼歌的情绪。我后悔不该撞上轿车，更后悔不该撞上病人之子的车。因为，我们明天必定要相见，他会不会不好意思呢……

  唉，人呐！

（原载《北京晚报》）

唉，人呐！
（之二）

《唉，人呐！》发表之后，居然惹出来一点动静。

当天晚上，我接到与此有关的三个电话。一是费家老人，均已八十开外，我们称之五叔五婶。电话里慢声细语、温良恭俭："郎大夫，你别生气。"我答："我没生气，只是说个事儿。"又说："世上什么人都有，别去跟他们见识。""是的，您别多顾虑。"我倒要安慰老人。

莫名其妙，有个小女孩子的声音，怎么知道我的电话？并不知道我是男是女，是老是少。听到我的回声，则说："叔叔，我觉得您的眼光有点灰暗，这世上好人还是多的。"我说："姑娘，我实际上可以是爷爷。你说得对呀，当然好人多，那位病人的儿子也不是坏人。像你这么阳光、这么纯洁，多么令人开心、愉快呀！你看过鲁迅的《一件小事》吗？"答："没看过。""你可以看看。同样是一件小事，会让我们想出一些事情来。"

再后是广平夫妇。广平是工程师出身，又做其他，事业很成功，也舞文弄墨。来电感慨激动："郎兄，小事情大道理，软笔硬刀，犀利非常。"其夫人抢过电话，快人快语："郎大夫，下次你给他妈开刀，口子割得大大的！"我笑着："你要当外科大夫可麻烦了，好的外科大夫，应该是尽量减少创伤啊！看看你自己剖宫产的伤口多漂亮，都看不出来吧……"

翌日，就更意思了。上班遇到不少同事，几乎都异口同声地问："你挨撞的事儿，是真的吗？""怎么那么巧，正好是开刀的大夫，偏好是被开刀妈妈的儿子。"我莞尔一笑道："你认为不是真的吗？""你认为这不可能吗？"无巧不成书，大家都认为"这故事编的于理于情都不靠谱"。"谁说我编的？"我反问道。

几天后，《北京晚报》又发表了一篇《闪发人格光辉的散文》，评论这篇短文，"人格光辉"则是溢美之词，"表扬"大夫被撞被骂后，不闹不怒，仍未忘记道声"对不起"，蹬车而去！连我自己再读，都觉得凄楚。

真有爱钻牛角尖的人。事后有一天，有人神兮兮地问我："第二天，那个病人之子到医院来了吗？看见你了吗？啥表情？"我说："肯定见到了。我就像什么都没发生一样。"又问："他没不好意思？他未向你道歉？""我没让他有道歉的机会。况且，他又没追着撞我，他也不知道我就是给他妈开刀的大夫。"又有人气愤地说："无论撞了谁，都不应该是那种态度！"——完全正确！

唉，人呐！

妇产科男生小合唱

妇产科男声小合唱

协和医院文化生活一向很活跃,除了春秋体育运动会,还有春节前的文娱晚会,都会引起全体职工的极大兴致和高度重视。

二十世纪九十年代,一个春节联欢会,我们要表演的节目是妇产科男声小合唱"十八颗青松",就是妇产科男医生的小合唱,为了能争取"加分","特邀"宋鸿钊教授参加。当时宋大夫已七十有余,我们似乎从来未听到他老唱过歌,这次是"革命需要",宋大夫对我们的要求从来只说"Yes",不说"No"。

就要出场了,重要的是我要给"主角"宋大夫强调三件事:第一,您一定要随着歌词的意思,有些表情,不能一脸严肃;第二,这歌您虽然不会唱,但您一定要时不时地张张口,不能老闭着嘴;第三,非常重要,您千万别出声,麦克风就在您面前。宋大夫很认真地唯唯称诺。

演出成功!我们得了全院第二名,宋大夫当然功不可没,"奖励"棉毛衫一件。

前几年,全院在中山公园音乐堂举行春节联欢会。各科都在积极准备,内、外科阵容宏大,精彩纷呈,我们妇产科虽然不乏表演人才,但一般难以与他们较量,必须出奇制胜。

这次我们要演的是歌舞,其中有一段是《让我们荡起双桨》。几排人在学童声唱歌,前面有 6 对"童男童女"跳舞。这可不是一般的少年少女:6 个女孩是几个身子较矮小的男医生,都在 35 岁以上;那 6 个男孩均是 60 岁开外的女教授。妆化得好,舞跳得妙,特别是表演结束,一个个现出大家熟悉的大夫教授的本来面目,全场欢声雷动、热闹非凡。竟然,独出心裁,以巧夺冠。散场时,也有不服气者,颇有微词,我们科老万大夫故意阴阳怪气地说:这些评委怎么评的……

书威廉·奥斯勒名言

有书无法

我的一位朋友中肯、坦诚地评论我写的毛笔字是"有书无法",我接受、我信服。

现今,出去写个条幅、题个书签者不乏其人,可以出手的是两类:一是书法名人,是指书法家,原有启功、柄森、健在的沈鹏、欧阳中石、李铎……写字是人家的专长;二是名人书法,即领导、明星、各种有头衔的家,求字者与被求者聚焦于名,字写得如何另当别论,也无关紧要。有的写得有点功夫,有的实在不敢恭维,但大家都会啧啧赞扬:墨宝,墨宝,好!好!

我既不是书法名人,也不是名人书法。属于打入另册者,当然只能是有书无法,胡乱涂鸦。有时也勉为其难,遵命应景,嘴上说"拿笔不如操刀,开刀还可以,写好字费劲",也是实话。

小时候,描过模子,也没认真。父母对我写字好坏并不过多要求,只是严格教训:"坐正,才能做正,才能写正。"所以，写字不怎么样，但坐姿挺端正。以致到现在，对孩子、对学生做事情的要求，口头禅就是："把身子摆正。"

其实，我还真的很喜欢毛笔字的。观摩、临摹字帖是我的一种爱好和习惯，只是书练的时间太少。解决的办法是经常用毛笔写稿、做笔记。我电脑打字缓慢，思维容易中断，还是书写感觉得意顺达。

有两句话让我思忖不已：

"每个字都是有灵魂的。"让你仔细揣摩每个字，不是简单的笔画，不是一般的符号，也不是仅仅表示的意思，而是有灵性的、活的情愫，是经过时间磨洗的历史。无论是简单一点的"人""日""月"，还是复杂一些的"德""藏""鹏"，写起来都可以有神韵、有感情，此非键盘所能比拟，书写的乐趣也就在这里。

"静下心来写字。"这分明说，不仅仅是把写字当做完成一件事情，而是在"做功"，功力之功、功夫的功。真可谓"静气在，风度来"。这样来写字，才是写字，才能写好事。

最近几年，我经常用"自来水"（灌注式）的毛笔写字，比较简便，可随身携带，兼具软笔和硬笔的优点，去硬笔之单薄，藏软笔之美感，以写小楷、行书为宜，比一般毛笔字容易掌握，又是真正写毛笔字的训练，值得推荐。我已经用这种笔写了很多书稿，虽还不能说"论著等身"，但"书稿等身"却早已做到。

  为人题签作联,除了写字之外,还得有词儿,这可是个考验。有一次到广东清云寺,住持热情而庄重地准备了笔墨纸砚,嘱题词留念。我从未在寺庙里写过字,主要是不知道写什么,推辞再三。此时,正看堂前有孙中山先生的条幅:众生平等,人间有情。灵感激发,乃写出:承中山先生训,的确有情难得平等。下联并不与先生相悖,是为努力争取之。

真好吃的月饼呀

1958年,那个火红的、令人遗憾的年代。

我念高中二年级,基本停课,去工地大炼钢铁,去校办工厂制造肥皂……我与丛扬、牧川三人算是文学青年(他们俩后来真读了中文系,当了文人;我学了医,是个大夫),脱产办报刊。任务是采访、编稿,每周发两期油印的"跃进快报",出一期两版的黑板报"三高青年"。虽然可以不参加劳动,但也挺忙活。

正值中秋节,学校给每个同学发一块月饼。我们编辑部放了三块,油浸透了粗糙的黄纸,飘散着迷人的香气。丛扬出去采访,我和牧川已无心干活,被这月饼诱惑得心急火燎。我俩很快把属于自己的那块吞进去了。至今都不记得是什么馅的,只是觉得那是此生吃过最好吃的月饼!稍微安静片刻,剩下的那块似乎不停地向我们召唤,我们实在忍不住了,就把丛扬的那块分享了。虽然是同学、朋友,还是觉得不好意思，我去小卖部买了一块，留给丛扬。没多久，那吃下的月饼像是生出了虫，噬咬着我们的胃、我们的口腔，让我们生痒、分泌。我们好没出息，又把刚给丛扬买的月饼分吃了——真好吃的月饼呀，此后再也没吃过！

丛扬回来了，我们羞愧地低着头。人家很大度，只是淡淡地说：有那么好吃吗？有那么馋吗？我再去买三块。

几十年过去了，每逢中秋，都是一场月饼大战。市场、柜台、街道上五彩缤纷、琳琅满目的月饼。有京式、广式、港式、台式、苏式、潮式、徽式……天南海北，就是没有美式；有豆沙的、枣泥的、五仁的、芝麻的、蛋黄的、双黄的、椰蓉的、山楂的、火腿的、冰激凌的……不胜枚举，就是没有金子馅的；有纸盒的、铁盒的、木盒的、塑料盒的、竹篮的……五花八门，就差银器的。有搭茶叶卖的、有搭茶壶的、有搭酒的、有搭美女图片的……无奇不有，不知还能搭什么。有收旧月饼的（不知道回收做什么），有用陈旧馅制作新月饼的（已经曝光），有舍不得处理，吃坏肚子的（都是月饼惹的祸）。

那么多花样翻新、美不胜收的月饼，我们通常只能吃下四分之一块。

想想那终生难忘的好吃月饼，仍然有些惭愧。想想杜甫茅屋为秋风所破的"安得广厦千万间……"的叹息，和雷锋同志把舍不得吃的月饼送给医院伤病员，就更加惭愧了……

可敬可爱的宋大夫

我们习惯称呼宋鸿钊教授为宋大夫。在协和，对资深的教授，也都叫大夫，如张孝骞，张大夫；林巧稚，林大夫；方圻，方大夫……亲切、自然，无论是称叫者，或被叫者都高兴接受。很少称教授、院士、主任，或某老。我在协和五十年，大家还是叫我郎大夫，没有称我"郎老"的，只有熟悉的人管我叫"老郎"。

还是讲宋大夫，宋大夫是医学大师、妇产科学泰斗。他的最突出贡献是攻克绒毛膜癌，使这一"癌中之王"从90%死亡率变为80%的治愈率，达到可以根治的水平。此外，他在妇科学、避孕药研究等领域也成绩卓著。

宋大夫高度近视，又有老年性白内障，所以阅读、书写等工作都非常困难，书籍纸张几乎贴近眼睛。但老人勤奋不息，给我们修改论文，一丝不苟，批注详尽，其身体劳累、用心良苦，令人感动、钦佩！

我还亲聆过宋大夫手术中的谆谆教导，他手术准确细腻，难以想象那是出自一千多度大近视者之手。其手术绘图也犹如工笔画，线条清晰逼真，迄今已是难得的珍品了。

宋大夫视力不好，也会闹出囧事来。一次，宋大夫看门诊，一个绒癌病人治疗后复查，宋大夫嘱去"查查尿"，病人误以为"擦擦尿"。不一会儿，病人将化验单交给宋大夫，宋大夫将化验单贴近鼻尖观看结果报告，单子上除了一片潮湿，并无一字。宋大夫喃喃道："怎么没结果呢？怎么湿了呢？怎么有点味儿呢？"

这是宋大夫亲口当笑话讲给我们的，并无亵渎先生之意。

宋大夫的确谦和慈善、宽容随和，我们每次出去开会，免不了出去走走，看看景点。若征询宋大夫"去不去？"回答永远是"yes"。我们自然高兴，但"保驾护航"的任务其实也相当繁重：搀扶老人家爬山、下台阶、打伞、上厕所……有一次在新加坡转机，一不留神，宋大夫险些随别的人群转到另一个航机去了。

我和宋大夫在一个办公室，他执意要把他用的办公桌椅让给我用，那是林大夫留下的。我至今都清晰地记得宋大夫神秘而真诚地对我说："你坐，你坐，这个桌椅好。"我坐在这里当了20年主任，会永远记住林大夫、宋大夫，他们好像在我身边，并注视着我、庇荫着我、支撑着我……

严仁英教授九十华诞

记严仁英大夫

严仁英大夫是北大妇产科元老,但严老系协和毕业,是林巧稚大夫的高足和挚友,也是全国妇产科学界的领导之一。所以,作为后辈,我对严大夫格外崇敬,并有特殊的亲近感。

最初的接触是1981年,在苏州召开"文革"后第一次全国妇产科学术大会,严大夫和宋鸿钊大夫是大会主席,林大夫因病缺席,我替林大夫写了封贺辞。会议隆重热烈,同道们多年未见,一种人、事两复苏的感觉和气氛。严大夫以惊人的组织能力和深邃学术观念引领大会,而且事无巨细,深入把握。我们秘书组有四人,每天都要出简报,还要做大会总结,常常忙到深夜。令人感动的是,严大夫每晚都来,询问情况、指点工作,而且每次都送来夜宵,关怀备至,至今难以忘怀。

严大夫在国内率先倡导开展围产保健,提出了很多与中国国情相适宜的思想、观念与方法,开拓出临床医疗与预防保健相结合的发展道路。她领衔主编了优生手册，并邀我也参与撰写，她认真、细腻、坦诚地提出修改意见，谦和、尊重、友善的待人作风令人景仰和效法。

有一次陪严大夫一起接待斯里兰卡医学代表团，在前门外功德林素菜馆宴请。严大夫不仅谈吐温文，举止优雅，而且对涉及的医学、外交、政治、宗教等都熟稔在行，俨然一位经验丰富的外交家和社会活动家。

20年前，也发生了一件有意思的事儿：我们一行去香港开会，会议甫毕，在机场候机返京，每个人都把购买的东西拿出来展示。我科一同事也将为夫人买的外套秀给大家，并说请严大夫试穿一下，严大夫平易近人，说穿就穿。严大夫身材修长挺拔，平时衣着就讲究得体，这件衣服穿上当然漂亮无比。可是回去后，同事夫人似乎没看上，同事解释说："在机场请人试过，很好呀！"问："多大年纪？"答："80岁。"岂不更惹恼了夫人！

严大夫常常调侃自己"没心没肺"。但我们领会，这是怎样的内敛平和的性情修为、异于常人的社会历练、胸怀大度的人生哲学和超尘度世的深邃睿智啊！

这些年，春节前后，北大妇产科学系研究生开班，都要请严仁英大夫、张丽珠大夫和我去讲点什么，严大夫和张大夫给青年的寄语朴实深刻、谆谆亲切，每次听后我都深有感触、颇多教益。后来，严大夫被用轮椅推来，讲得也少了；又后来，还是坚持来见见大家，不说什么了。近年就更加不方便了……

去年，适逢严老百年华诞，献诗一首，祝她健康长寿：

敬祝泰斗百华诞，
严师慈母谱心丹。
仁爱恩泽惠四海，
英杰巾帼照医坛。

1995年于海南，自左至右：郎景和教授（北京）、陈涤霞教授（湖南）、江森教授（山东）、张建国教授（陕西）

忆江公

一直以来，我们都把苏应宽教授、江森教授或尊称为苏、江二公。不只是山东的，全国妇产科学界的人都这样称呼；不论是年长一些、熟悉他们的，还是年轻一些、不太熟悉他们的。

他们学识渊博、学贯中西；医德高尚，经验丰富；论著等身，桃李天下。

更令人感佩的是，他们和谐可亲，平易近人，谦谦君子，款款大家。

还让人钦佩的是，他们同行、同省、同市、同一所大学，却彼此感情诚笃，友爱和谐；相互尊重，不争伯仲。这在当下浮躁日盛、功利不让、物欲横流、人心不古之时，尤为难能可贵，堪称楷模。

我们对苏、江二公高山仰止，景行行止。

江公更有特性：他睿智深刻，却坦诚诙谐；他极富见地，却从善如流；他当然是长者、智者和大师，却顽皮、乖巧，有时像是孩童。他不乏幽默机智，偶有波谲云诡之举。有年入冬，江公罹小疾入院手术，术前问学生："风萧萧兮易水寒，壮士一去兮不复还。我能复还否？"当然，一切顺利。晚上，却假装输液反应，"骗得"医生给打镇静药，而后却不无得意地跟护士说："你看我装得像不像？他们都没看出来。哈哈！"江公啊，真可爱矣。

一位哲人说：阅读童话，会发现成人倒是幼稚、可笑和低下的。

阅读江公，像是面对思想的铜镜，应该有心灵的拷问⋯⋯

因此，当我们为江公的九十华诞庆贺时，不仅有学术学习和讨论，也应该有人文的学习、反省和讨论。

协和与齐鲁的友谊和合作源远流长，因为有苏应宽、江森和宋鸿钊、吴葆桢，他们都是我们的师长和朋友。我们不仅要学习，发展他们的学术好技术，更要传承发扬他们的思想和精神。

我们怀着庄重、敬仰和虔诚参加这一盛会，必将获得丰硕、珍贵而难忘的收获——因为这里是孔圣之地，泰山之山巅。

2010年9月，正值江公九十大寿，作诗一首，谨致敬意：

泰山之麓，大明湖畔。

斗牛之气，师表非凡。

江河之长，风起源远。

森林之原，范典霄汉。

郎爽 1998 年于美国

我打儿子一巴掌

我几乎没有大声喝斥、责罚过孩子，更不消说打骂他们。我父母都没有这样教训过我，我当然也不会。

但我的确狠狠地打过儿子屁股一巴掌，我记忆犹新，儿子说他不记得了——也许是有意慰藉于我。是在他三岁多的时候，和一群孩子在我们宿舍的四层露台上玩，不知为什么，一个大一点的孩子将他举到"女儿墙"上，这是一条只有半米多宽，却是在高四层上的矮墙。孩子颤抖着前行，非常危险！内科焦大夫看此情况，吓得惊呼着跑到二楼告诉我，大家又不敢在下面喊叫，我几个台阶一步地飞跑到楼上，从后面一把将他拽下来，就地痛打，厉声训斥："以后决不能到楼上来！"孩子没有哭，只是使劲抽泣着。我的心和手一起颤抖⋯⋯

也许这次的教训方法不算错，但从未使用过。我们基本是"示范式"教育——晚上，吃罢饭，一间不宽敞的屋子，一张方桌，夫妇儿女四人各执一方，安静地做自己的事。我的印象里，我给孩子说的话总是："洗脸、刷牙、睡觉去吧。"几乎都是撵他们休息，而不是催促他们看书。儿子到现在，即便看报纸依然是正襟危坐。想起小时候父亲对我说："字写得如何，自己去练。但写字的姿势要端正，坐正才能字正。"后来演化为"人端才能行正"。

医生的家庭，或者医生的孩子，自然应该养成良好的卫生习惯，这种"卫生"当然已经并非一般的整齐干净，而是上升到有菌及无菌、污染及避免等"科学"概念。从外面回家后一定要换衣裤、鞋袜，在公共场所入厕要带三张纸：先洗手、擦拭，完事后洗手、擦拭，第三张是开门的。有点过分，连我有时都做不到。

最有意思的是，三十多年前，儿子要进史家小学，是要经过"考试"的。他妈妈给他穿了新衣服，收拾得挺像样的。有几个不同的教室，逐一过关。一间教室的桌子上放着两个杯子，都是清亮的白水，老师问："这两杯水，一杯水是糖水，一杯水是盐水，你怎么区分呢？"孩子沉思良久，摇摇小脑袋，说："老师，我不知道。"老师又诱导说："你可以尝一尝，甜的是糖水，咸的是盐水啊。"孩子认真地回答："妈妈告诉我，出去不要喝人家的水……"

老师大笑，"这就是医生的孩子呀！"

逛书店

喜欢逛书店,也是我年少时就养成的习惯。

而今,当我逛书店时,看见那些在书店楼梯上、角落里席地而坐(有的书店备有凳子或塑料坐垫)专心读书的孩子,油然生出许多亲近和怜爱之情。

医学专业书店是定期要去的,看看有什么新著,对作者及内容都甚为关注,有意义的书一般都要买下,作为资料收集。去东单的三家医学书店,十分方便,营业员都很熟悉了,一个附加任务是接受她们的咨询,是送上门的免费专家门诊。

最喜欢去的还是隆福寺的三联书店,浓厚的文化底蕴和强烈的书卷气息是吸引、是召唤。而有的书店虽然店面很大,藏书也不少,但什么都卖,仿佛是百货商场,让人减少了前往的兴趣。

在书店里,科学、文化、历史、哲学、人物、艺术,是巍峨雄伟的高山,是汹涌澎湃的大海,是辽阔无垠的田野，是湍急奔腾的河流，是苍茫寂寥的草原，是浓郁迷惑的森林……

各种感觉、联想、心绪，让你驻足、流连、寻觅，甚至没有了时空的概念，不知不觉两三个小时就过去了。

我通常找一个没有门诊和手术的下午，不好意思叫医院的车，好在我有老年乘车证搭乘公交车，也很方便。书店楼上开了个咖啡屋，让人惬意，曾想请几个学生一道来看书、买书、喝咖啡，却始终没有时间享受。听说新近又增设24小时开放服务，也很诱人，尚未光顾领略。

我还非常喜欢逛旧书店，如果说逛一般书店主要是寻觅新书，而到旧书店则挖矿淘宝。逛旧书店更需要有耐心、下工夫，当然"嗅觉"要灵敏，眼光要锐利。在琉璃厂我得到线装孤本的《精忠说岳》。

外国的旧书店十分丰富多彩，特别是有很多名家美术、油画书籍，印刷精美，虽然破旧，却在国内几乎无处可寻。有一部外科医学史，扉页竟然是中国关公刮骨疗毒，红脸美髯、庄严神圣，可惜当时囊中羞涩，终生遗憾。外国旧小说处理时一美元一本，我收集了涉及医学的小说近百本，当然没时间去读，依然视为宝贝。我还意外得到《加州铃铛的历史》《铃的赞颂》等，这类书几乎在绝大多数书店里，甚至从索引查寻都是没有的。对于收藏铃铛的我，其价值不言而喻。

每次从书店走出来的感觉都是很奇特的：头总是低垂的，

脑子不知是被充满了，抑或是洗空了，一片空白；脚步总是沉重的，是对知识爱的吸力，抑或是心灵承载的重负。似乎有很多很多东西要去思索、要去消化……

　　拎着二十几本书去赶 108 路公交车，车上人倒不多，但座位不会有空的，也别想有人给你让座。虽然有点顾影自怜，却习以为常，不足介意。只是不忍把书放在地上，司机师傅却主动打招呼，说可以把书放在他驾驶窗边的台子上，减轻了不少负担。下车时还告诉我："老先生从前门下吧。"（尽管广播说，下车的旅客请走中门。）下车后的一路增添了不少力量，充满感激。

第二部分

辛苦而快乐的工作

需要终生学习的职业

一辈子的值班医生

夜半出诊

我的大夫不来,我不麻醉

30年未辍的贺年卡

令人感动的留言

三十多年未辍的贺年片

每年春节之际,我都会收到一张贺年卡,三十多年从未间断。虽然只是一张卡片,我却把它视为珍贵的礼物,一张平安喜报。

寄卡的人,当年只有8岁,念小学二年级,很聪明,讨人喜欢。不幸的是她得了卵巢恶性生殖细胞肿瘤,瘤子不小,很恶性。按着当时常规的做法是要切除子宫和双侧卵巢,还要辅加化疗和放疗,这是个令人心悸的措施。

那时,我们正在进行卵巢癌的系列研究,已经开始尝试只切除患瘤卵巢的手术,并于术后给予敏感的化疗。这当然是孩子和父母所企望而愿意接受的方案,但我们要共同承担复发的风险和不安!

手术和化疗的实施都顺利,必须保持警惕,严密随诊,观察影像检查和肿瘤标志物。开始每月都得来,以后是两个月、三个月、半年、一年……孩子长大了,瘤子没有复发。

贺年片如期而至,是我所期盼的。开始是稚拙的铅笔字和小图画,后来竟然是精美的毛笔书法和国画。几句温馨的贺年话语,几行令人喜悦的消息:不休学了,考上初中了,考上高中了,上大学了(文科状元)!结婚了,生了个女孩……

难道还有比这更珍贵的礼物吗?难道还有比这更深切的慰藉吗?一个医生的幸福感和成就感,因此而足矣!

有时我也会说：另请高明

对于疾病的诊断，病人要提供病史，配合检查，确诊则由医生决定。但对于治疗，则应由双方协商确立。适合的治疗选择是：这位医生选择的治疗方法完全符合这位患者所罹患的疾病。两个人：医生和患者；两个物：疾病和治法。四个因素完全契合，才是最佳选择。其中有一个不适合，都应该调整和改变。

也常会遇到这样的情况，医生的选择和病人的要求不一致：

我在门诊看过一个病人，比较年轻，子宫肌瘤也不大，我认为她可以暂时不需要什么治疗，定期复查即可。或者顶多做个肌瘤剔除也就可以了。但她坚决、坚持要我切除她的子宫。

按常理讲，也非绝对不可。但如此年轻、如此大小的肌瘤就行全子宫切除，也有悖规范，所谓手术适应证不强。子宫在她身上，刀在我手里，何去何从？我仔细地解释手术的利弊，也比较坚持，这子宫我不能切。她还是"一定要切""一定请你切"。我一向只跟病人讨论，从不跟病人争论。最后，我说，我还是认为没有切的必要。要不你看看别的专家，也许他们会同意你的意见。说得很委婉，但言外之意，显然是"另请高明"。

医生处理问题，要遵守两个原则：一是科学原则，二是人文原则。科学原则就是疾病的发展规律、诊治规范等。尊重科学原则，以确保其有效性；人文原则就是病人的思想、感情、意愿、要求以及家庭社会背景等。尊重人文原则，以确保其安全性。对于这些原则，医患要有充分的沟通，达到理解和共识。

虽然，医患的目标是一致的，但看问题的角度和价值观是不完全相同的。医生是按照医学规律看待问题、处理问题的；患者是按照自身感受和意愿提出问题、解决问题的。两者可能有差距或沟壑。我们缩短这个距离，填平这个沟壑。我们互相伸出手来、携起手来，而不是无视和"斩断"任何一方的手。

我让那位病人再找些大夫看看，等于给她一个会诊的机会，让她听听更多大夫的意见，也许会更理性、更全面地考虑问题，审慎决定，如此达成共识。也许有更适宜的理由，改变我先前的决定。

1995年于南纬路家中

我是狼（郎）大夫，不是熊大夫

多年来，协和医大妇产科学开课，我要讲妇产科学绪论。要讲妇产科学的发展历史、学科范畴、特点以及学习方法等。也要讲一个小故事：

五十年前，我刚毕业做妇产科医生，协和训练极其严格："三基"（基本理论、基本知识、基本操作）、"三严"（严谨、严格、严肃）。我收治一位要做人工流产的病人，虽然只是一个小手术，也要做详细的病史询问和全面的体格检查。我很认真，甚至连她后背脊椎部位的一缕长毛也不漏掉，并作了详细描述，还查文献确认为"隐性脊椎裂"。病人24岁，没有什么症状和后遗问题。我对她印象深刻。

四十年过去了，一天一位老年病人找我看病，面目似曾相识，又看了名字，我马上想起她就是那位有隐性脊椎裂做流产的病人。我亲热地称呼她的名字，并说你背后有一缕长毛吧？她非常诧异，接着做思考状。良久，突然说"我想起来了，你是——你是熊大夫。"我笑着说："我不是熊，我是狼。"双方大笑，病人说"不好意思"，我说"没关系，有点靠谱"。

大夫记忆不一定都那么好，但对病人、病情却记得牢，因为那是医生反复琢磨、深思熟虑的事情。很多情况可以说终生难忘！我们不奢求病人记住大夫，只希望他们理解医生为病人诊治花费的心血。

不要等医生吃饭

亲朋好友小聚闲聊，无求无索，轻松愉快。可是约会、等候医生前来并不轻松愉快。我在《医生与朋友》一文中曾写道：即便参加聚会，也通常要迟到；朋友约他吃饭，要么早退，要么溜号，说是病人有事，医院呼叫……

十多年前，我们在温州开学术会议，群贤毕至，热烈非常，有宋鸿钊、苏应宽、江森等前辈泰斗。温州医院抓住良机，请江森教授去做一台宫颈癌手术。江公，善人也，有求必应，有请必到。上午江大夫去开刀了，中午设宴，我们届时赶到，江公还在台上，说是在止血，下不来。良久无信，不好再等，那就晚上再聚吧。晚上，席满丰盛，江公仍在"苦战"，众人不安，顾不上吃喝，前往医院"助威"，并探究竟。还是出血问题。大家出谋划策，认为应该填塞压迫，结束手术。江公，智者也，从善如流，完成关腹。受累，江公。辛苦，朋友。

还有一次，某天傍晚，我在为一绒癌宫颈转移的病人止血，手术不好做。晚上人民大会堂有个重要的聚会请宋鸿钊、吴葆桢大夫和我参加，不好迟到的，但病人得处理好。吴大夫着急了，前来手术室帮助，还是止不住血。宋大夫也来了，坐在手术间门口指挥："结扎子宫动脉，结扎髂内动脉"，好一些，过一会儿又出了。"去造影，栓塞吧。"我们又送到放射科……总算止住了。

火速赶往大会堂，搀着老人家爬高台阶……总算只迟到了一小会儿。

这种事情常常发生，有些朋友也习以为常了。我的建议是，少请大夫吃饭，免得扫大家的兴致。或者不要等大夫，到时候开始，免得浪费大家的时间。

作为中国科普作家协会副理事长主持第四届全国代表大会

令人感动的科普效应

我写科普文章及书籍，是林大夫教诲指导下开始的。

二十世纪七十年代，科学的春天来了，科学普及也随之复苏。北京出版社策划组织编写《家庭卫生顾问》，请林巧稚、翁心植主编，我当时正好做林大夫的学术秘书，有幸参与其中工作。1980年出版的《家庭卫生顾问》成为最受欢迎的畅销书。后来又协助林大夫主编了《家庭育儿百科大全》（北京出版社，1981年）。之后，林大夫家乡福建人民出版社也约林大夫，老人家索性把任务交给了我，这就是我主编的《实用育儿指南》（1983年）。于是，我走上了科普之路。

以后的科普创作的确很高产，成为医学科普的"积极分子"，还获得过一些奖励，"官"至中国科普作家协会副理事长。

作为医生，我自然懂得科普的作用和价值。但有几件事,更深有感触,甚至颇为感动。

我在《健康报》开辟了一个专栏"妇科肿瘤的故事",受众是医生,也可以是大众。不少医生,包括外科医生把每期报纸剪裁了来,又期望下一期,说是指导了他们的工作。不少非医学职业读者也喜欢读,一天,一位读者拿了报纸、挂了我的号,她说"我的情况很像你说的卵巢肿瘤,恐怕还是恶性的"。检查结果,果真是卵巢恶性肿瘤,因为发现得早,治疗效果非常好。"你写的文章救了我的命!"她感动地说,我何尝不是同样的感动。后来,集结成书,这就是《妇科肿瘤的故事》。

有一次在商场,一对年轻夫妇在给小孩挑选玩具,孩子要买几个玻璃球,丈夫刚要掏钱付费,妻子却说"记得一本书上说,玩具不要比小孩嘴巴小。"——这正是我写给父母必读的,预防小儿异物误入口腔引起窒息意外的"安全箴言"呀!

我们的前辈,像林巧稚、宋鸿钊,不仅是医界泰斗,也是科普大家。1965年林大夫参加中国医学科学院赴湖南医疗队,在湘阴县巡回医疗四个月。根据农村基层的实际情况,她编写了《农村妇幼卫生常识问答》——一个最高的权威专家亲手编写最通俗的科普读物,用心何其良苦!宋大夫的《妇女保健》,也是我学习写科普的蓝本。

一位医学哲人说得好:如果你仅仅是个好医生,就还不是一个好医生。

一夜看了 15 个急诊

那时候，值急诊班住在 19 楼（专门为住院医师的住宿楼），从 19 楼到急诊室只要三五分钟。有两位老师傅在门房，一是看门保安，二是接电话通知医生。

一夜看几个门诊是常有的事，但一晚看十多个，就够忙的了，大概就难有睡眠休息的时间。可是，有一夜我看了 15 个急诊，居然在间隔期间可以睡觉。这功夫是妇产科医生的超级本事！

那天夜里，我清楚地记得有一位大龄产妇（已生四个）临产，宫缩很好，宫口已开，"可能说生就能生啊"（经验如是说）。情况十万火急！急诊室护士真棒，她通知了电梯工、产房大夫和护士，各处大门打开，一路"绿灯"。产妇躺在平车上，我推着急奔向前，像是救火车，直达产房。冲洗消毒，铺好无菌单，小儿即出。真紧张呀！

还有一个宫外孕也很紧急，宫外孕引起腹腔大出血，是可以死人的急腹症。而且，一旦怀疑宫外孕，一定要尽早确诊，一定时刻不能离开人的。我用半个小时确定了诊断，做完了术前准备，及时地送到手术室施行了手术。

回到值班室纳头便睡。不知睡了多少时间，值班的诸葛师傅又把我唤醒了。那时候值班师傅真是服务态度好，工作认真。他会轻轻地走进房间，打开手电筒走到床边，轻轻地推拉一下你的胳膊，绝不会喊叫，绝不会打扰旁边的大夫。试想，那么多科，那么多急诊，他要跑多少趟啊！

又来个急诊，有点好气好笑（可是也不应该气、不应该笑）：他们夫妇做爱，把避孕套掉在妻子阴道里了，不知如何是好，来看急诊。我说，拿出来不就行了吗？答，我们不会。我无语。

不管如何，忙归忙，睡归睡。第二天，我照样要上台手术的。习惯了。

一封感人的留言

这是一封病人给医院的信中披露的她术前写给家人的留言。

病人60岁，患子宫肌瘤，迅速长大，且有多器官疾病，求医多次无果。2013年11月26日到我院妇科就诊，明确答复："应该手术"，并于12月10日顺利完成手术。

病人的感受是："在这里，时间就是生命；在这里，国家级医院，品德高尚、心无旁骛、经验丰富、技术过硬。"感激之情、赞美之词溢于言表。

让我诧异并感动的是，病人为了不让好医生为难，手术前夜，写下留言装入书包并发至亲友手机："我入院了，带着一身令人讨厌的病，想手术。我懂，这里的大夫是为了治病救人才收我入院。如果手术真出现意外，我应自己负全责！这一切与大夫无关，与所有医护人员无关。我相信协和医院！我相信所有大夫、所有护士！住院就是把生命托付给白衣天使,生死一瞬,顺其自然。即使不成功,我还是要感谢大夫!因为他们尽力了。如果协和医生的医术留不住我,那是自然法则不可抗拒……"

信读罢,我手颤抖、眼流泪。如此地信任、如此地期许、如此地理解、如此地宽容!怎能不感动、怎能不激动、怎能不尽力!

虽然,信是术后得悉的,并非术前对我们的表扬鼓励,但这却让我们每个人、让我们毕生铭记、践行。

我又重新复习了这位病人的病历,的确病情不简单,不仅年纪较大、肌瘤较大,而且肝、肺、脾、胃等重要脏器都不健康,还有高血压,还有盆腔器官脱垂……这一切都在入院后进行了多科会诊讨论,特别是麻醉科医生做了充分准备,确保手术过程顺利,得以成功。

手术当然是有风险的,病人有思想准备,在留言中表达得相当充分而坦然。大夫也有认真的准备,诚如前述。更重要的准备是什么?病人体察理解洞若观火、清晰见底,她信中说:"最令我们感动的是,在职业前途、专家声望、病人生命三者之间,大夫毅然选择了后者,救我的命。"

我想这种选择就是,病人、公众及社会良知、医生职责给我们指明的。

还有一个细节,也让我感触。她在信中,列出了各科的大夫,包括病房的护士一二十位的名字,记得那么清楚!作为科主任，有些护士的名字，我也不知道。而她只住了几天院，都耳熟能详，可见其真心、用心。令我汗颜。

病人最后说：手术专家工作繁重，非常辛苦，他们不一定记得住患者的名字。但是我，却会永远记得为我手术的大夫，和给我关照的医护人员。

尊敬的病人，我在这里有个小小的纠正：我们会记得你，永远的！不是因为你写了这封信。也许，我们不能清楚地记得每个病人的名字，但却总会清楚地记得每个病人的病，和这个人！

伤口坏了，我们成了朋友

36 年前，我做了一个剖腹产，正值十月一日，孩子起名叫"国庆"。当年我 36 岁，孩子和我一样，同属蛇。2013 年是我们的本命年。

对于孩子的母亲，也就是被手术的产妇，我们并不熟悉，一般术后几天就出院了，像多数孕产妇，印象也不会很深。可是这位产妇不同，她的剖腹产伤口始终不愈合，在医院里住了一个多月。

我要每天给她换药、处理伤口，会有些疼痛，但她却笑着，或者说点什么，是分散自己的注意力，还是鼓励我放手动作？都有。两周过去了，伤口还没好，创面也不干净，必须扩创处理，病人欣然同意。我和吴葆桢大夫一起给她做，应该说认真细微，把一些不健康的组织去除，形成干净的创面，又用张力线进行了缝合。满以为没有问题了，一周后，伤口又裂开了，我们非常懊丧和内疚。病人却说：没关系，总会长上的。我们又想了很多办法，牵拉法、中药捻子法、溃疡油纱条……每天换药。又做了两次扩创。总算是长上了，孩子都满月了。

病人一直是安详的、和平的、配合的；

病人一直是微笑着、期许着、鼓励着。

这让我深深地不安和隐隐地愧痛。虽然后来查出她有糖尿病和红斑狼疮，也是影响伤口的不良因素。

她依然会到医院里看我们，虽然并没有多少事情了。我们变得熟悉。她们一家或到英国，或到澳大利亚，遇到我们去开会，得到消息是一定要看我们的。那长达一个多月的换药、手术，竟然没有留下痛苦的回忆和不满的哀怨，而是温暖的缅怀和理解的情谊。还经常开玩笑："我们有缘啊！""你和国庆属蛇，吴大夫和我父亲同龄，也属蛇（均比笔者长一轮），我弟弟也是一条蛇。我们是在蛇窝里呀……"

夜半出诊，如果我遭遇……

几十年中，夜半出诊是常有的事，似乎没觉得会有什么意外，或者会遭遇什么危险。

家离医院不远，当然用不着车子接送。是个小胡同，黑暗曲折，无论冬夏寒暑、刮风下雨、深更半夜，都是轻车熟路，往来习惯。

前不久，有位热心、好心人认真地叮嘱我："夜间出诊去医院也要小心点啊！"我不以为然，劫一个大夫何用之有？记得小时候听老人说，劫匪不劫邮差、不劫郎中，因为邮差的袋子里什么消息都会有，也许有与劫匪有关的；因为郎中要去治病救人，不可劫医生而伤天害理。看来还有点"职业道德"。

医生夜半到医院，当然情况紧急，或出血休克，或难产无法，或手术困难……似乎觉得自己重任在肩、凛然正气、无所畏惧。热心人还是诚恳规劝："还是小心点为好。"我说，"要不我挂一个牌子：大夫出诊。"那人急忙道："不可，千万不可，有人就想害大夫呢！"

虽然没如此严重，但心里还是有所准备。首先，以后夜半出诊要保持镇定，提高警惕，特别注意汽车后边、胡同拐角、阴暗之处；其次，口袋里装上一二百元钱（从国外学来的），遇有斜刺里蹿出来的人，乖乖交出。就我这年纪和体力，抵抗是不行的（真惭愧，缺乏义士之精神）；第三，编成如下诉说：我是大夫，要到医院抢救病人，夜半出诊，未带钱包，未戴手表，眼镜不错，我离不开，对你无用。现在害我，恐怕也害了病人，那病人可是无辜呀，也许和你沾亲带故呢。你真想办我，就等我处理完病人回来吧，我肯定走这条路。如何？

始终未实践过。万幸！

医生不怕脏

医生当然是要干净的,确切地说,那是无菌观念。

20多年前,我在《从医启示录》里写到:人们说医生的工作是最干净的:洁白的衣服,严实的口罩,消毒的手套……但他们却要和血、脓、病菌、癌瘤等打交道。唯其如此,才需要最干净。

为了诊断治疗、为了病人、为了干净,医生真的不怕脏,甚至某种危险。

我是妇产科医生,给新生儿吸痰、清理呼吸道时,自己吸入羊水,有时发生。病人非常严重的大便秘结,医生亲手抠大便,也是常有的。抢救窒息,口对口呼吸,顾不上其他了。日常工作及手术时,艾滋病人、乙肝病人等,都可能使医生遭遇感染,医护人员竟然是这些传染性疾病的"高危人群"。

在医疗条件、防护设备差的情况,医生以诊治抢救病人为第一位,忘我的工作乃为使命。医生懂得感染的危险,医生懂得预防感染的方法,但有时他们顾不上，做不到，这是一种职业精神，不怕脏透视着一种庄严和圣洁。

　　无菌观念和不怕脏是做医生的对立统一的两个素养：无菌观念是医学原则，科学作风；不怕脏是人文关怀，服务精神。

　　不怕脏对于医生也是需要教育和训练的。记得念大学时，上内科学基础，老师讲如何检查尿液：从观察颜色、透明与混浊、气味，到显微镜检及有关实验室化验。他还说，有时要亲口尝一尝，糖尿病人的尿是甜的，并随手将手指伸入试管，沾点尿液送入口中。同学们嘘声一片，惊愕不已。这时老师笑着说，"当然是无须尝试的。我是用食指伸入尿液，舔的是中指。这是也考验一下你们的观察力……"

我收下了病人给我缝制的鞋垫

那是一个大家都叫惯了"小凤"的病人。小凤是中年妇女，从农村来。五年前在当地做了开腹手术，术后一直发烧、腹痛，后来腹部又鼓起了包块，确认是腹壁脓肿。切开、引流，反复5次，伤口不愈，痛苦不堪，辗转来京。

收入院后，先给予营养支持，商量治疗对策。肯定还是要手术的，但困难的问题有三：

第一，感染严重，或腹壁的脓肿很大，足有20平方厘米，清创颇为艰巨；第二，可能有筋膜或皮肤的缺损，需要补片或植皮，会给病人造成很大的经济负担；第三，伤口不愈合，脓肿又出现的可能性很大。

充分的理解，审慎的计划，周密的准备，认真的施术，每一步都至关重要。小凤及丈夫的信任和友善让人感动，"我们全认了"是怎样的相许、朴实、宽容和鼓励！我们和外科、整形科等进行了反复会诊讨论，一定给小凤最好的、最有把握、能取得最好结果的手术治疗。手术很艰苦，却很顺利，我们等于在腹壁下修整了一大块"岩洞"，彻底地切除坏死的、不健康的组织，用相对便宜的人工补片缝关了筋膜，防止疝的发生，又闭合了"岩洞"的死腔。充分的引流，腹壁皮肤还可以弥合，避免了皮瓣移植。最后加压包紧。

术后恢复不错，伤口都愈合了。

出院后一个多月，小凤复查，满面春风。伤口很好，多年的痛苦困扰解除了。医患的欢欣是共同的，小凤从提袋里拿出的东西让我惊诧：是用几层花布粘贴，又细细密密纳缝的一双鞋垫。她虔诚地举过头顶，交给我。我无法拒绝，虽然它不昂贵，我也不会使用，却是一位劳苦农妇的一片心意！我也是真为她准备了一条腹带，这腹带比较硬实有力，适合她的治疗和恢复。她自己用的布单软弱无力，不好用。她当然如获至宝，激动不已，像是我们给她成功地手术之后……

1964年从白求恩医科大学毕业的15位同学到北京协和医院，前排自右向左：华桂茹、刘秀琴、周玉淑、薛桂荣、贲雅信。第二排自右至左：宗淑杰、张宝泉、杜永昌、宋明家、狄亚芬。第三排自右至左：石健民、于宗河、姜永金、江国柱、郎景和。

一个永不停止学习的职业

医生是个很辛苦的职业,不仅因为医疗工作本身,还因为医生要终生学习,不可懈怠停歇。

虽然有"活到老、学到老"的俗话,但很多职业用不着不断学习,"吃老本"是没有问题的。做医生不学习真的不行。

医生要不停歇地学习,不断接受再教育,是因为医学发展和医疗临床特殊性决定的。

医学是个未知数最多的领域,它很古老,如中国医学、古希腊医学。西医学发展只是近一二百年的事,一百多年前主要是对人体的认识,如哈维的血液循环、维萨里的解剖学;近一百年则是对疾病认识,即疾病的发生、发展、诊断、处理,都强烈地受其他学科的渗入、促进和推动。医学不仅成为自然科学、社会科学与人文医学的结合,也需要多种技术学科的相互作用,如生物学、生物化学、遗传学、光学、工艺学,以及计算机科学等。因此,一个医生要掌握现代医学的知识和技术，必须多学、博学、不断学。

人对疾病的认识总是有局限的，人对疾病的斗争常常是无力的。病原微生物不断向人类反扑，癌瘤又不断地"异质"抵抗人类的进攻。1981年以前，我们不知道艾滋病（AIDS），2003年出现了SARS，后来又有了H1N1、H7N9。我们不知道，明年又跳出来什么？人类和疾病的斗争永无休止，医生的学习和进步也永不停留。

学习是要有制度的，国内有继续教育的学分。国外也有规定，一定要参加多少学术会议，特别是私人开业医生，这些参加会议的"证明书"挂满了诊所，向人们昭示其用功学习和应有资格。

学医曾经是精英教育，医生曾经是精英职业。"医不三世，不服其药"（《礼记》），表明医学世家的豪迈和庄严及公众对医生的信任和爱戴。曾几何时，中西医的这一观念遭到了动摇，甚至"医不过二代"了。

不过，我坚信，总会有痴迷于学医的，总会有医生痴迷于不停歇地学习的。

在香港玛丽医院做客座教授

1998年11月,我被香港大学医学院聘为客座教授,在郑裕彤奖学金的支持下,在玛丽医院作为期一个月的工作访问。

玛丽医院是一所著名的集医疗、教学与科研为一体的高等学府和优秀医院,其妇产科在肿瘤、生殖内分泌等方面领先于世界。著名学者马钟可璣、何伯松、黄玲翠、颜婉嫦等不仅是医术高明的专家,也在国际妇产科学术组织担任领导职务。所以,对此行我感到荣幸,是一次很好的交流机会。

我的任务是参加门诊、查房、手术,开展学术讨论,作两次报告以及研究双方科研合作等,都是愉快而有意义的事情。

首先遇到的问题是语言。在那里,工作语言是英语,生活语言是粤语。工作的英语交流还过得去,但广东话是一窍不通,虽然我自觉语言能力不错,上海话、四川话、山东话都无大碍,广东话却还是学不来。好莱坞（Hollywood）怎么说成荷里活呢？蒙特利尔（Montreal）怎么翻成满地可呢？打的都容易搞错。香港大夫收入可观、热情好客，请吃是重要标志。中午如无手术，是要到外面吃的。晚上必有人请吃饭，香港饮食文化闻名遐迩，但每天吃海鲜，倒也难过了。周日又约去浅水湾露天烧烤，颇有情趣，却又是海鲜为主也。家人来电询问："怎么样？"我答："很累。"反问："在那儿又不管什么事儿，累什么？"答："吃饭。"

当时的玛丽医院妇产科主任马钟可瑺以严厉著称。几年前宋鸿钊大夫去港，随马查房，马见一大夫大衣纽扣未系好，厉声说："衣冠不整，把衣服整理好！"宋大夫也忙不迭地看自己衣服，因肚子大，扣也没记好，有点不好意思。马大夫莞尔一笑。他们每月一次的全科月报会很好，我回来后在科内施行。定于每月第一周周三下午全科各专业组、各病房报告上个月工作情况、成绩和问题，交流经验，有质疑和回答，相当于主任大查房。坚持10余年不辍，雷打不动。甚至吸引了本市及外埠同道参会。

我住在专家公寓，颜婉嫦教授早晚亲自驾车接送，令人感动。

我喜欢做手术时的感觉

手术室的气氛、手术时的感觉，都让我喜欢。尽管手术会很紧急、困难，手术会很漫长、辛苦，但从未厌烦、倦怠，总会精神抖擞，乐此不疲。

我想，这也几乎是所有外科大夫的感觉。这种感觉是责任感、成就感。

手术室里，无影灯下，安谧庄严，没有纷乱嘈杂，没有蜚短流长。手术者像舰长驾船在大海中航行，有绝对的权威，没有敷衍、没有扯皮，不许有干扰、不许有分散。"手术室里最重要的是台上的病人！"我们的一切行动、一切人员，包括各级助手、护士以及麻醉师等，都共同为了病人努力，因此，我们必须有绝对的合作与同步。这种感觉，在其他场合几乎是不可能做到的。

好多年以前，美国《读者文摘》有个公众测试：这个世界上什么最快乐？答案有三，依次是：经过千辛万苦将肿瘤切除的外科医生，给小孩洗澡的母亲，完成作画之后叼着烟斗自我欣赏的画家。外科大夫居于榜首啊！这可是公众的感觉和评价啊！这让外科大夫们感动不已，也应为这种理解而由衷感谢！

这种成就感和责任感紧密地结合起来，成为外科大夫的职业信念和职业习惯，我想内科大夫和其他学科大夫的感受也是一样的，在诊断和治疗疾病过程中体验到了职业快乐。

这个公众测试结果，还让我想起两年前，哈尔滨的一位青年医生被无辜伤害，竟然有60%的网民为之叫好，真是令人悲哀！人性底线、道德底线何处去也！我真希望那60%并不代表实际的公众意愿。

外科大夫一辈子都愿意站在手术台上，我们尊敬的吴孟超院士、王忠诚院士等，都是沙场老将，超越古代黄忠。也许还有一个一般人不甚知晓的小秘密，外科手术没有完全重复的手术，尽管是同样一种疾病、同样一个术式，每个病人施行起来都不会完全一样，这和车璇零件完全不同。也因此，外科大夫始终兴致盎然地追求每一个手术的完美。

外科大夫是手术狂人吗？将军是战争狂人吗？当然不是。有一种说法是，好的外科大夫是尽量不做手术，这句话实际很深奥、很哲理。能不开刀解决问题的，当然无须开刀；能减少损伤的，尽量采用微创。这是医疗原则，也是外科原则。有道是，将军决战何止在战场。也可说，外科大夫治病何止在手术台。但是，战争难以避免，战争从未停止；手术难以废止，手术还将继续。

在农村做科普宣传

上个世纪七八十年代,我们经常下乡,进行巡回医疗,一定要做科普宣传,很受群众欢迎,也发生了一些有趣的故事。

要推行新法接生,重点是注意无菌观念,预防产褥感染和新生儿破伤风;产程监护管理及合理助产;预防和处理产后出血;新生儿窒息抢救及检查等。

我那时是个三十多岁的小伙子,我的"学员"是七八个老太太,名义是农村接生员,俗称"老娘婆",比英文 midwife 靠谱。

开始双方都有点不好意思,过一会儿也就自然了。"老娘婆"们一定在想,你一个男人连个孩子都没生过,还给我们讲生孩子?我们的基本资格是自己生得多,有生的经验;我们看得多、做得多,有接生的经验。对我可能不以为然,后来听我讲得头头是道,和她们接生遇到的情况联系密切,解决问题,也就信服了,讨论很热烈融洽。我问:"孩子出生不哭，怎么办？"大家争先恐后地答道："拽住两脚，倒过来，往屁股上拍三下。"又问："为什么拍三下？二下行不？五下行不？"答不出了。

最难的是讲避孕知识，但又必须要讲。避孕药和避孕环，虽然有些理论，只要把基本知识交代清楚，重点还是用法和注意事项，也还容易，不好讲的是避孕套和子宫帽，虽然有模型，多数听者还是不好意思，都低着头。妇女队长快人快语，大声喝道："抬起头来，听明白，看清楚，别搞错了。都大老娘们儿了，还装害臊。"

确实有没听明白、搞错了的笑话。听说，有人把避孕套吞服了，有人把避孕套戴在手指头上了（可能是见讲者以手指做模型），有人把子宫帽挂在鼻子上了（可能是讲者说，把子宫帽推入阴道，摸到象鼻子一样的子宫颈，挂上即可）……

保健靠自己 看病找大夫

这是我常跟病人,或者公众说的话。

保健者,保护身体的健康,维护其良好的功能状态,使心理保持平衡,生命或生活质量提高。

保健就是保护或爱护生命,几乎没有人不在乎这一点,但如何保健却可以说,多数人并不真正懂得。缺乏保健意识,听信虚假误导,依照陈规陋习,追跟奇方异法的现象屡见不鲜,比比皆是。

人们关注保健宣传,现今可通过很多渠道获得保健知识。但鱼龙混杂、泥沙俱下、良莠难分。医学家要以自己的良知和社会责任,把学界最确定的、公众最需要的以及现实最可行的观念、知识和方法告诉大众。大众也要以自己平和的心态和基本的审度,对待各种各样的说教及铺天盖地的广告。

大体可以认为"什么都能治""没有任何副作用""一本书(一台机器、一种药物)就是你的家庭医生"等,肯定是不科学的。"你就是你自己的医生""我的健康我做主"等,看似豪迈,也肯定是不明智的。

"没有包治百病的药方",是列宁说的,他不是医生,但此话千真万确,符合医学、符合哲学,也符合他革命家的睿智。

姑且不论宣传的真假,就是科学的医学科普,它只是给读者、听众一些防病知识,或者一些疾病的表现和自我检查的方法,依然是保健性质的,不是教你给自己看病,更不是教你给自己治病!能看病、治病的医生是要经过医学院5—8年学习,是要经过多年临床实践培养训练而造就的(还应该有行医执照啊)。

所以,看病得去找大夫。

医生自己也不能给自己看病,哪怕他得的就是自己从事的专业的疾病。医生看病,也得找大夫,一个医学专家遭遇自己看过一辈子的疾病,又不在早期的例子,不乏其人,乃为遗憾!

一次,半夜里,一位儿科大夫的孩子发烧,夫人抱起孩子就往医院跑,连发挥一下丈夫的本领及"近水楼台先得月"的机会都不给。太过分了吧!

答应病人的事要按时办

作为一个男妇产科医生,肯定不会亲身遭遇妇产科的任何疾病和问题。其他疾病,其他性别也一样,医生不是靠自己亲身经历去认识疾病和积累诊治经验的。

所谓"换位思考"当然主要指理解、体恤病人的感受、愿望和要求。

三年前,我得了急性阑尾炎,外科医生决定立即开刀,施行阑尾切除术。手术很顺利,术后恢复也很好。要出院了,我想再换一块伤口敷料。一位护士说:"就送来。"我等待着、焦急地等待着、耐心地等待着……许久时间过去,大家都在忙忙碌碌。其实,就是一块纱布而已。

没有责怪之意,没有抱怨之意,事情太小,连我自己也会忘记,或者不在意。

可是,我知道了什么是"换位思考"。

病人住在医院里,没有什么事可做,除了自己的病,也没有什么别的可以想。无非是体温如何、能吃什么、什么时候换药、拆线、何时可以出院……医生或者护士告诉什么,答应什么,就占据了全部思想,会老是想着、盼着。无论这件事儿是大、是小,对病人来说就是大事,至少是所企盼或等待的唯一的事。

于是,答应病人的事一定要按时办,千万别忘了。哪怕就是一件小事。

有时,可真可能是件大事:

几年前,我下午要去看门诊,走廊过道碰到一位外科老护士穿着病号服。问其怎么了?她说:"可能是直肠癌,明天要手术。"又询问了一些情况,觉得很像是阴道直肠隔的深部浸润型子宫内膜异位症。因忙着去门诊,就说:"我看完门诊查查你,你等着!"

门诊看得很晚,回到病房已七点多钟了。那位护士还在等着,经过检查,的确像是子宫内膜异位症。和外科主管大夫商量,暂时取消了次日的直肠癌手术。最后,还是内异症。

会　诊

会诊就是组织医务人员，特别是专家，在一起讨论、诊断和处理问题。会诊是重要的临床医疗程序，甚至是不可或缺的。

现今的会诊方式多种多样：科内、科间、院内、院际、异地、远程，或者书面、函件、电话、网络等。

会诊的病例当然是复杂、疑难的，诊断或治疗不好定夺的。

出席会诊者应该是坦诚、商讨的，又是相互尊重、信任的。有时讨论会遇到非常严肃、重要的问题，比如肿瘤是良性还是恶性的；是选择手术，还是选择化疗；是有办法处理，抑或无计可施；是可以出院回家，还是必须留院观察……要为主持会诊者拿出主意、提供决策，有时则是分担责任。

我常常感觉会诊过于严肃、过于形式化，缺乏学术交流和失去自由讨论。相比之下，我更欣赏科里的查房和讨论，大家可以畅所欲言、各抒己见，甚至质疑、争论。如果暂无结论，就再做检查、再查文献、再来"论战"。所有的会诊者都既要认真，又要活跃；既要负责，又要学术；即要抓紧，又要有节奏。所以，这样讨论才会有成效、有收益，更有利于病人。

会诊者虽然相互是尊重、信任的，但不必客客气气，你好我好，这也行那也行，这使讨论难以深入，结论无法成立，并无益于病人。

流行的远程、网络、函件等会诊，看似便捷，但并非最佳方式，因为提供的资料毕竟不够细微完善，特别是不能面对病人、接触病人，没有对话、询问、交流，没有亲自检查，也是行医大忌。这些方式只是难以亲自诊治的一种弥补途径而已，不宜给予过高期望与评估。

有时会诊变成一种形式，内容变成一种文件，其真实意义也就大为失色了。

请看会诊意见如下：

"经会诊讨论，肿瘤性质尚难确定，可能是良性，但不能排除恶性。可以观察，直接剖腹探查亦可考虑。"

该怎么办呢？

2004年在中央电视台电视门诊

林大夫教我搞科普

我做些科普工作，写些科普文章，是在林巧稚大夫的影响、教导下开始的。

二十世纪七十年代末，我为林大夫做文秘工作，其中一个重要任务是协助林大夫作科普讲演、广播宣传以及撰写科普文稿。

电台、报刊或者会议邀请林大夫作科普讲座、报告或撰文，首先是与林大夫和我确定主题、内容，然后，我拟出提纲，和林大夫讨论，根据林大夫的观点和意图，写出初稿，再念给林大夫审定、修改，最后完成发表或作为报告讲稿。

林大夫观点明确、思想深刻。体现了对妇女的深切关怀、对女性健康的高度重视和对预防为主的真知灼见。早在1965年她到湖南湘阴做农村巡回医疗，回来后根据乡村需要写了《农村妇幼卫生常识问答》——一个妇产科的最高学术权威，撰写最通俗的科普小册子，用心何其良苦！

林大夫为人宽容仁慈,但对科学问题却一丝不苟、毫不含糊。有一次,记者为了突出晚婚晚育,想让林大夫说女性27岁结婚生育最好。林大夫认为适宜的婚育年龄是个时间段,而不是一个年龄点。是适当推迟婚育年龄,而不是越晚越好。林大夫坚持医学原则,坚持正确的科普宣传。

二十世纪八十年代,科学的春天来了,科普也复苏了。北京出版社邀请林巧稚、翁心植(内科专家)领衔编写《家庭卫生顾问》。当时,林大夫已罹患脑血管疾病住院治疗,却依然满腔热情、认真负责地领导我们完成这一巨大"工程"。《家庭卫生顾问》全面、实用,成为当时唯一的、广受欢迎的科普畅销书。在这一编撰过程中,也使我学习科普创作,领会科普意义,让科普成为日后从医生涯中的重要组成内容。

后来,林大夫家乡福建人民出版社专程来京盛情邀请林大夫为他们写一部《家庭育儿指南》。林大夫毫不犹豫地答应了,接着又毫不犹豫地说:"让郎大夫去写,他完全可以了。"林大夫正式把我"放飞"了!

请林大夫改稿子是令人受益匪浅的事情。虽然,她可能对几段文字都没有任何意见,却也会为一句话,甚至一个字反复"挑剔",一会儿中文,一会儿英文,让你思量,让你琢磨,让你选择,去领悟及理解先生的深刻和认真。如在为青少年作讲演时,要表达对青少年的期望和寄托,该如何结尾呢?林大夫说:"如果有人问我,春天在哪里?我就说,春天就在台下边!"

术前谈话

手术之前,主管医生要与病人和家属交谈,这很重要,是必要的医疗程序。

为什么要谈话?谈什么?怎么谈?无论对于医生,还是对于病家都应该有正确的态度。

谈话通常在术前一两天或手术方案确定之后。要把病情做个回顾(或复习),关于诊断和鉴别、手术的适应证及手术方式的选择,会特别谈到手术可能遇到的情况或可能发生的问题等,一一告之,知情同意。

有的病家当术前谈话之后,疑窦丛生,顾虑重重,甚至不敢接受手术了,这里有医生的表述问题,也有病家的理解问题。比如,大夫会将从麻醉开始到手术之后,可能遇到的情况一一道来:麻醉可能发生意外,术中可能大出血,脏器可能被损伤,术后可能发生感染,甚至小到切口长不好,大到死在手术台上……

的确都可能发生,的确应该交代,的确一般说来发生的严重情况并不多。所以既要交代清楚明白，又不能把病人吓住，最好的做法是：

首先要把可能发生的问题分析出来，大致的几率如何，特别是防范的措施和应急的准备要做得充分。使病家既充分了解理解，又充满信任合作。

所谓坦诚换来理解，严谨换来信任。

有些问题则必须严肃认真地与病家讲明协商，如肿瘤极有可能切不尽，性质尚难判定（即使开腹之后，冰冻病理初检），切除脏器的可能和决定，假肛或造瘘之可能与必要，以及病情危笃、抢救风险、成功的把握不能估计或预料……凡此种种，也是不能轻描淡写、虚晃而过的。

强调问题的严重性，不是推脱责任，不是担心"秋后算账"，而是强化责任，是重视或谨慎的表现。病家的理解与合作，会给医生带来信心和力量。反之，也使医生犹豫不决，缺乏自信及丧失克服困难的勇气。有丰富经验的临床医生和通情达理的病家的术前谈话应该是友善、理性、和谐的，这也必将有益于病人的治疗和结局。

记得著名小儿外科专家张金哲院士说："术前谈话与其说是说服病家接受手术，不如说请他们审核你的决定是否符合逻辑。"

也记得一个病家告诉我："谈话让我明白了你们的周密计划、完善准备和良苦用心。我们全家信任你们、鼓励你们，就像是对出征将士的期许。"

随时等待呼叫

"大夫的时间不是属于自己的,是属于病人。"因为大夫随时被医院、病人的事呼叫,无论何时、何地、何种情况。

"我是一辈子的值班医生。"这是林巧稚大夫的话,林大夫一辈子就是为着妇女的病和病的祛除而奋斗,她是妇女的保护神。

为了使医院和医生始终保持通畅的联络,随叫随到,就有了各种呼唤装备。

老协和是用灯号呼叫,那时没有现今这样的联系工具和系统,每个大夫,特别是值班医生都有一个呼叫灯号,医院的各处都设有灯箱,显示灯号,如"568""952"……看到自己的灯号闪烁,要赶紧回话,应急到位,谁都不得迟延。以后医院发了工作手机,则更为便捷顺畅,手机必须随身带,24小时开机,严禁"三不"(不带、不开、不接),违者以脱岗论!

大夫就是这样永远被医院、被病人"拴"住了。一个大的、困难的手术，一个危重的病人，一场突如其来的事件，你随时被呼叫，那是任务，那是命令。你在休息、在吃饭、在睡觉、在朋友聚会、在参加婚礼、在看剧听音乐……一切都不重要，唯有呼叫最重要，马上起来离开，奔往医院，奔赴现场。这就是呼叫的力量，这就是呼叫的权威。

我有一个病人连续几次习惯性流产，都在妊娠4到5个月，甚为可惜，诊断子宫颈内口松弛或机能不全，施行了内口环扎手术。术后告知她注意宫缩和流血，警惕再流产，也要提防一旦宫缩发动，要及时拆除缝线，避免子宫破裂。我告诉病人："毫不夸张地说，这根线缝在你的宫颈上，实际上也是勒在我脖子上。我们要共同度过这半年多的紧张、不安和期待……"

有人说，你都这么高年资了，不会那么多呼叫了。是的，一般性问题是少多了，但一旦呼叫，必定是大事、重要的事，于是，丝毫不可懈怠，我时刻等待呼叫。

王主任找我谈话

王主任是王文彬教授、产科专家,二十世纪六十年代,他是林大夫的副手,任妇产科副主任,主管科里的行政及日常事务。

那个时候,我工作不久。一天早上,王主任给病房打电话,让我去他办公室一趟。现在见主任或"被"见主任是很司空见惯的事,那时与现今不同,和主任见面不那么容易,有点诚惶诚恐。

王主任开头的话很客气:"来两年了吧?听说挺聪明能干的。"我有些云里雾里,丈二和尚摸不到头脑。他话锋一转:"但也要谦虚谨慎,戒骄戒躁,认真负责啊!"接着谈到不久前,我接生后做新生儿查体,左耳前的小肉赘忽略未记。我对主任的批评,心悦诚服,即使上升到"负责"二字,都可以接受。因为,这个毛病的忽视虽然不会造成大的伤害,但如果是严重问题的忽略呢?还是令人出冷汗的。

我进行了反思,却也有不解之处:我的上级大夫为什么不直接给我指出,而径自上报主任呢?其实,上级大夫无论多么严肃、严厉地批评我,我都无话可说。而且,他给我指出后并向主任报告,也无可厚非。但不跟犯错的人说,却报告领导,则有心地不善之嫌。

这是我年轻血气方刚时候的想法,而今则觉得这种做法也是无所谓的了。

不过,我始终介意或不屑这种"打小报告"的做法,我是有教训的:

其一,大学三年级,我的职位是团小组长。但因为上课看小说(包括泰戈尔的《游思集》《飞鸟集》等,都是我喜欢的),被"告密",以违反课堂纪律,被罢免了组长。其实,我听课是很好的,甚至可以用隶书写笔记,下课和课后经常有同学借抄我的笔记。直到今天,有的应聘者都标榜自己是学生会主席、部长以为荣,我则不以为然(时代变了,亦不可固守成见)。

其二,大学四年级,同学们在宿舍里随便聊天,谈到找对象,我说:"那当然要漂亮女孩呀!"不幸,又被"报告",并认为是"小资产阶级思想"。到毕业分配,要从700多人里挑15个优秀者到北京协和。我是候选人之一,但年级党支部有的领导仍以"找对象"的"资产阶级和小资产阶级恋爱观"为由反对之。所幸,没有成为主流意见和最终决定。

我做主任二十余年,有逢资深大夫反映下级大夫某些问题时，我的习惯性询问是："你跟他本人谈了吗？""你有责任先跟你的下级大夫谈……"

这叫出于公心，开诚布公。

我的一天

这是一个普通医生的一天，顶多算个老医生忙碌的一天。我敢说，比我年轻的医生比我还要忙碌。

我睡得晚，家又离医院很近，所以我六点半到七点起床就可以了。不吃早饭是我的不良习惯，开始于当住院医生，那时很辛苦，通常午夜一两点睡觉，早晨六点多钟要到医院给病人抽血化验，根本顾不上吃饭，于是日后也就废此朝食了。

七点半肯定到医院了。看看网上来件及回复。八点多会有敲门声，一般是"叩门不迎客"，除非有约，都在八点半之前。这之后我要去查房、上手术。

全科9个病房，几乎每天都可以有我的手术。其实同事们手术都很好，我也相当放心，我要上的手术有三种：其一，是手术比较困难复杂，他们也能做，我去"壮胆"，当"靠山"，更直白地说，我去承担责任。其二，的确很困难，我去解决问题。其三，一些特殊病人、特殊情况，或者危急重病例的处理或抢救。主任应该到场——解决问题、承担责任兼而有之。

中午能有个空隙,打个盹儿,当然是期望的,哪怕半小时。同事们还真尽量照顾之,但外科大夫少有这么规律。

下午仍然随时 on call（应召）,还有门诊。我的门诊是普通教授号,而非专家号,很是便宜。但并不对外挂号,都是预约号,多数是术后随诊的病人,或者是同事们转给我的疑难病例。病人情况复杂、处理困难,学生们愿意跟我看门诊,看的例数也不很多,可以讲解、讨论,做不到轻松,却不觉得紧张。

医院会议不多,这很好。周一下午的院周会只有个把小时,的确是简短而有效。科里事务随时碰头商量,较少开会。各位副主任各司其职,日常杂事我早已放手。一天下来,似乎有间歇,而实则毫无空闲,查文献、看书、写作乃是见缝插针,提高效率至关重要。

五点半是下班时间,但五点半到六点半是我最宝贵的时间段。这时没有来访者,没有叩门,没有电话,可以安静下来做点事情、写点东西。一天工作的"消化",像一头老牛趴在那儿"反刍"。晚一点回家,还有一个"不可告人"的秘密,即到家就可以吃饭了。夫人已经将晚饭做得差不多了,不过,也要到厨房问问:"辛苦了!让我做什么?"回答是:"假模假式的……等着吃吧。"正合吾意!

从早上七点半到晚上六点半,辛苦地工作十几个小时,几十年如一日,若在工厂里早应该是模范老工人了吧。我2005年刚当上劳动模范——不是怨言,我是要说:"很多大夫都是这样做的,很正常呀,他们也都应该是劳动模范!"

"劳动模范"的劳动还没有结束,新闻是吃饭时候看的,其他节目是工作间隔,端着咖啡或茶从书房出来休息时"浏览"的。很多工作要晚上继续完成,所谓"业余",是"夜余",故有笔名"叶维之"(即夜间而为之)。

我切除了最大的子宫肌瘤

李姓病人,子宫肌瘤长了十多年,腹部明显膨隆,如孕妇一般,行动不便。又有红细胞增多症,血压高,满面赤红。年届40岁,尚未婚嫁。虽看去是快人快语、豁达乐观之人,找到我时,痛苦与忧虑溢于言表。因为,她已看了很多家医院,都没找到适合的治疗方法。

的确是个棘手的问题:年龄大、瘤子大、并发症多,手术会很困难。特别是这么大的肿瘤,性质也待确定,如果是恶性的,手术范围、转移、出血等考虑接踵而至。

我得做如下几方面的策划和准备:第一,大瘤子需要有足够大的切口,腹腔的粘连会很重,瘤子是否能"搬动"?第二,突然"失重",心血管系统的适应和调整。第三,血液病的影响。第四,恶性情况如何应对?第五,麻醉管理、出血及损伤的预防和处理等。

领袖说得对,"不打无准备之仗,不打无把握之仗"。有了准备、有了把握,这仗才能打、这仗才能取胜。手术很困难,手术挺顺利。子宫肌瘤重达18公斤,相当于怀揣6个足月大的婴儿。完整地切下来了。膀胱被牵拉到脐部,不好分离,有个小破口,其他没有损伤,出血也不多。手术过程中,麻醉管理甚好,生命体征平稳。术中肿瘤冰冻切片病理报告,肌瘤生长活跃,是良性的。应该说,治疗成功了。

我做过很多子宫肌瘤和子宫切除的手术,但像如此巨大的肌瘤手术还是第一次,以后大概也很难遇到。中央电视台在拍我的《大家》节目时,曾录播我们手术及肌瘤的照片,令人惊愕。其实,关键并不在于肿瘤的大小,在于作为医生如何为病人周全考虑;不在于手术技巧,在于手术的决策和周到准备。我们常说:一个完美的、成功的手术,决策占75%,技巧只占25%。当然,这25%也很重要。

手术第二天,病人就可以下地了,但她却不习惯站立和走路了。因为突然"减肥"36斤,重心不稳,失去平衡,仿佛太空人,轻飘飘的。扶她练习行走,当然无比轻松,心情比体重还轻松。恢复甚好,第五天出院。

她出院时,跟我说的竟然是这样两句话:"谢谢您,帮我减轻了沉重的负担。""我没有衣服穿了……"

找位大夫一道查

找位大夫和自己检查病人,是我们这里的一个习惯,一个传统。

上级大夫,或教师带下级大夫或学生检查病人,是习以为常的事,我在这里讲的是另一层意思。

找位大夫一道查,是商量、是会诊、是认真、是负责,无论找的是下级、上级还是同辈。

那时,我和连利娟大夫、吴葆桢大夫都是同一天出门诊,又都是在一个大的诊室里,经常会一道查些病人。我请他们一道查很正常,他们是老师,有经验,检查时的一举一动、一言一语都是"传道、授业、解惑"。我清楚而深刻地记得连大夫查病人的姿势,左右手的配合;吴大夫会告诉你,什么时候必须做三合诊,必须摸一下锁骨上淋巴结……我现在也一样,叮嘱年轻医师,哪怕是最基本的操作,也要规范、准确。

如若是反过来呢。连大夫或吴大夫有时会叫你:

郎大夫,请你来查查这个病人(请注意,这里有个请字)。开始,有点不甚明白,受宠若惊。显然不是示教性质,而是让你再查查,商量一下。我记得林巧稚大夫、宋鸿钊大夫这些泰斗大师都这样招呼过我们。后来,大家也都习惯而自然。

上级大夫、前辈老师"请"你一道查,商量问题,虚怀若谷、平等尊重、诚恳认真,你可以体会到科学家的态度和优良作风的传承。

有一次,检查一个病人的盆腔内包块,B超扫描也有发现,可是我检查不满意,难定是否。我请一位主治大夫也查一下,他说查到了,在后方较高部位。后来,我给病人一点缓泻剂,几天后又重复检查,果然比较清楚地确认了肿物,施行了手术切除。

我在和吴葆桢大夫一道管病房时,曾开展"盆腔检查优胜赛"活动,即大夫们对病人施行检查,并登记与描述记录,再与手术相对照,月终总结,打分数排名次。不是考核谁,而是激励全体医师,大家很有兴致,很有收获。我和吴大夫出资给优胜者发些小奖品,如钢笔、卡片盒、专业书等。

其实,在有些情况下,甚至明文要求两个人同时检查,以定初步诊断的。如子宫颈癌一直沿用的是临床分期,而不是手术病理结果回报后的"手术病理分期",因为有些宫颈癌是不做手术而用放化疗的,没有切除的组织病理标本。所以,宫颈癌的分期要求两位有经验的妇科肿瘤医师一道检查,商定后给予一个临床分期。这时，共同检查是一种程序和规定。

下级医师请上级医师共同检查，应该不会不好意思；上级医师请下级医师或同级医师共同检查，也不必不好意思。

多一个人检查总比少一个检查好。

病　案

协和三宝：教授、病案、图书馆。

协和三宝使她成为高级医师的摇篮，几代人才辈出，薪火相传。

协和的病案质量高、保存完整，我们可以找到孙中山、张学良、宋美龄等的病历。现今的学术会堂大厅有病案展览，中外医生都为之赞叹不已。

首先要写好病历。协和对书写病历要求极为严格，各种病历书写规则明确，青年医生要花很多时间书写病历。医生也看重病历，不消说它是临床科研的基本资料，也是一个医生的脸面。一翻病历，字迹是否整洁清楚、排列有序，单据是否井井有条等，便可大致知道这位大夫是否认真、细致、负责了。

其次是病案管理，这是一门学问，一项工程。协和有一批病案管理专家，从王显星老先生，到马家润、刘爱民等，还把国际疾病分类（IDC）引入。近年又施行电子化、条形码，便于索引、查找，方便病人，方便医生。

重要的是病案质量，质量包括基本的程式、项目完善（"缺项"会造成资料缺失、研究作废、医疗诉讼等），也包括内容充实、记述准确、学术丰富，从描写讨论到会诊分析，病历成为了胜过教科书的活教材。协和不仅有病案专家检查病历的基本规格上的问题，评出等级，也请相应科室的临床教授重点审查专业内容，作出和绩效挂钩的评判。

好的临床大夫，都会写出好的病历。在协和病案展室中，我们可以看到张孝骞、林巧稚、宋鸿钊书写的病历，中文的、英文的，还有绘图，精彩之极，宝贵之至。外科大师曾宪九写手术记录通常写两份（那时还没有复印机），一份放到病历里，一份自己保存，以备总结应用。而如今，竟有拷贝病历者，真应为之汗颜！

二十世纪七十年代，我们开始推行卵巢癌细胞减灭术，手术复杂、程序繁多，为记录方便、完整，我们设计了专门的卵巢癌手术记录。还是用钢板刻写油印的，配有手术解剖绘图。四十年了，还在使用。是学术记录，也是历史纪念。

我在为"全国病案展览"的前言中，最后写道：一个医院、一个医生，将用历史和毕生在病案中书写（无论是手书抑或计算机）对医学、对病人、对生命的敬畏，也是在医疗过程中最真实的体验和庄严的仪式。

上台易，下台难

这里的台，是指手术台。一个外科大夫、一场手术，能够顺利地按时结束，是件令人舒畅的事情。下不了台，也时有发生，肯定是出现了"情况"。

手术比较大，比较困难，或者比想象和预计还要困难，手术时间拖下来，都还算比较正常。所谓"出现了情况""下不了台"，则是发现了新的难以解决的问题，或者出现了严重出血、损伤，或者生命体征危笃等紧急"事件"——这是对外科大夫的严峻考验！

处理这些"事件"有些是在术者的经验和能力范围之内的，只是需要一些时间，需要冷静、耐心、认真，结果会"有惊无险"，围观的年轻医生甚至会赞叹："精彩！精湛！"

有些则不那么简单，情形会很复杂，状况会很严重，术者难以胜任，需要"领导"指导、帮助或者亲自上来排除险情，或者需要别的学科，甚至多科协助，方可化险为夷。这样，时间会持续很久，不是几个小时，而是十几个小时或者更长。没有人赞叹了，有的是着急、出汗……

20多年前，在鞍山汤岗子召开学习班，由吴葆桢大夫和我做卵巢癌肿瘤细胞减灭术表演，非常严重的盆腹腔广泛转移。盆腔包块切了2个小时，包括膀胱部分切除；巨大的大网膜转移瘤切除2个小时；清除盆腔及腹主动脉旁淋巴结，包括血管损伤止血花了2个小时；结肠转移肠切除造瘘2个小时。足足八个小时，吴大夫大汗淋淋（这是他本人住院手术前三个月），我们接着还要再答疑2小时。这张光盘，几乎没加修剪的"毛片"把卵巢癌手术遇到的一切问题都囊括了。我一定把它找出来，明年三月献到吴大夫墓前，以祭他的英灵！

有一次，江公（山东江森教授）应邀手术，因为出血、止血，从早上八点一直做到晚上九点钟。我们全体专家赶往医院，以示对江公的关心、支持和慰问。

可见，上台容易，下台难啊！一个成熟的外科大夫，要有明智的策略如何上台，也要有更明智的策略如何能下得了台，如何应对意外和险情，甚至何时适可而止。正好，前两天请一位外科主任帮我们做一台手术，就谈到上台、下台，他说："咱们和当官的不同，当官的不愿意下台，外科大夫则愿意下台。"虽然是戏说，也信哉斯言。

妇科手术大家

> 也许，我们学习得很不少，
> 只是实践得不够。
> 也许，我们实践得也不少，
> 只是思索得不够。
> 也许，我们不是记忆得少，
> 而是忘却得多……
>
> ——题记

这是我为我们出版的一本新书《妇产科临床备忘录》所写的条幅，印在封面的折页上。其中之一的意思是，要想掌握的东西多，得与忘却作斗争。不要忘却知识，也不要忘却历史；不要忘却那些技术，更不要忘却那些大师。

大师代表着一项技术、一种思想、一个时代。

我要写妇科手术学历史上的几个洋人，大家可能都知道，却不详细。但不能数典忘祖、厚洋薄中。

我还是要先讲讲对中国妇科手术有贡献的几个中国人。

苏应宽（1918—1998），齐鲁名家，其实他是广东南海人，康有为的同乡。他当过山东省立医院的副院长，20世纪50年代就出版过《妇科手术学》（1958年），到1966年已5次印刷，达28640册，内容主要取材于伯克利、邦尼和铁林迪的书，翻译得非常好，可以说是那个时代我们唯一能得到的妇科手术参考书。70年代又改为《妇产科手术学》（1973年），印数是106500册，大概是妇产科医生人手一册了，相当于"红宝书"。和苏大夫齐名者是江森，他们是山东的两面旗帜，江比苏小几岁，但他们人品皆佳，合作之好当为楷模。

江公一直在做手术，有求必应，耄耋之年还极认真地主编《现代妇产科进展》。江公是安徽人，会讲上海话，未听过他的山东腔。

柯应夔是天津"方面军"之首领，协和1933年毕业生，同期的名家有邓家栋、王跃云等。柯氏的贡献巨大，二十世纪五六十年代，妇产科医生读的书基本都是他的：《生理产科学》《病理产科学》《中国女性骨盆》，涉及手术的是《子宫颈癌广泛性切除》，还有后来的《子宫脱垂》。1991年的《临床妇科学》是杜梓柏等继承遗志之作。俞霭峰也是天津派，专攻妇科内分泌学，1973年主编的《妇科手术学》也印了110000册，当时人们看不到什么书，一时间也是"洛阳纸贵"。

山东的刘新民、天津的糜若然，当时都算少壮，辅助老师做了不少工作。他们两位都擅长绘图。广东李孟达的外阴癌和子宫颈癌手术都做得很出色,手法娴熟、细腻,我将之称为"岭南派"。上海的张惜阴是妇癌手术的前辈,再版了两次该方面的专著。张志毅的腹膜后淋巴结清除术为其拿手活,他的腹主动脉旁淋巴结清除手术做得胆大心细,也是国内少有的能做盆腔廓清术的一位。他设计三叶自动牵拉器,刻上了江(森)、郎、张三字。浙江的石一复是能做、能写的全才。四川的曹泽毅长于子宫颈癌手术,后来当了部长、会长,还愿意做手术,他主编了《妇科肿瘤学》和《中华妇产科学》,应是对我国妇产科学的贡献。

最后,我说说我们协和的几位前辈和师长。

林巧稚(1901—1983)是我国现代妇产科的开拓者之一。我20世纪60年代到协和医院,她已不太做手术,听说她动作很快,这从她的日常活动便可理会。她更擅长产科,她指点过我做臀牵引和剖宫产,记忆颇深。

宋鸿钊(1915—2000)以根治绒癌闻名于世,其实他的手术做得相当漂亮,他的视力不够好,但动作却十分到位,他以剪刀剪切腹膜,像裁布一样推剪下去,停止处正是膀胱上缘。我看过他的绘图,如素描般细腻。他曾经想编一本妇科手术图谱,未能如愿乃为遗憾。

葛秦生原来也攻妇科,她在国内首先报告了皮瓣移植法做人工阴道成形术。连利娟后来成了协和妇科手术的"掌门人",

我们的很多基本手法都是她教出来的。她手术精巧、清晰，出神入化，人工阴道的羊膜法是连大夫首先报告的，例数也最多。

吴葆桢（1929—1992）是一位杰出的妇科专家，他中西合璧，今古皆通，做起手术来可谓艺高人胆大，建立卵巢癌肿瘤细胞减灭术功不可没。我受其教诲提携甚多，为良师益友。1988年，我们在沈阳做卵巢癌手术表演，录制的录像带和光盘至今畅销不衰。

我之所以陈述如上，恐有挂一漏万，意在对前辈的深切缅怀和思念，他们有的已经仙逝而去，也是"人由恋德泣，马亦别群鸣"（韩愈语）。有些是我的同龄，都有一种共同的责任在肩。

下面，我进入本文标题的叙述。

霍华德·凯利（Howard Atwood Kelly，1858—1943）

美国著名的妇产科专家，妇科手术的先驱。

我们每天手术都要用的血管钳就叫"Kelly"，是由他发明的。膀胱颈括约肌的折叠缝合治疗压力性尿失禁，也成为"Kelly"氏手术，也是他的首创。

他可以称得上伟大的教育家，他于1889年约翰·霍普金斯医院（Johns Hopkins Hospital）开张时便做了妇产科主任，他的规划和设计是如此影响巨大，妇产科领域的三部巨著《威廉姆斯产科学》（*Williams Obstetrics*）、《铁林迪妇科手术学》（*Te Linde´s Operative Gynecology*）和《努瓦克妇产科病理学》

都出自他的学生和助手。

1898年凯利就出版了《妇科手术学》，这便是至今已风靡了半个世纪的《铁林迪妇科手术学》的蓝本或基础。在凯利的年代，妇科手术还是非常年轻的学科，但他已经从癌瘤手术的角度认为："从发现和征服方面，整个腹部外科应作为我们的领域。"

恩斯特·沃特海姆（Ernst Wertheim，1864—1920）

奥地利维也纳妇科专家，1898年11月16日施行了第一例经腹根治性子宫切除术，至今我们常把子宫颈癌的根治术称为沃特海姆手术。他解剖了输尿管隧道，解剖了宫旁、宫底韧带组织以及部分盆腔淋巴结切除。虽然，他的第一例病人于术后第八天因严重贫血而死亡，但第二例（1898年12月13日）却生存了六年之久。沃特海姆的勤奋和经验是令人钦佩的，他几乎每十天做一例这样的手术，达八年以上。开始手术要两个半小时，而后来只要1到1.5小时。手术开始阶段，手术死亡率为30%，到1911年他报告手术500例，死亡率已降至10%。

沃特海姆手术后来有许多改进，我们依然叫做沃特海姆手术。直至1902年，也是维也纳的Schauta发明了经阴道的手术方式，这便是Schauta氏根治术。我在加拿大的伦敦维多利亚医院参加过几例这个手术，但未独立施行过。我国安徽的张其本教授曾写过一本经阴道子宫颈癌根治术的书。

维克多·邦尼（Victor Bonney，1872—1953）

英国伟大的妇科手术学家，他总是衣冠楚楚，风度翩翩，富有教养，有广泛兴趣，出生于英格兰切尔西的一个医生世家。他与伯克利（Comyns Berkeley）爵士合著的《妇科手术教科书》出版于1911年，第五版、第六版是其自己完成的，再以后是他的继承者，从第八版始冠名《邦尼妇科手术学》。邦尼是沃特海姆手术的推崇者，1941年他报告了500例子宫颈癌手术，五年治愈率为42%，手术死亡率为14%。这在当时是非常高的水平。邦尼是"保守性手术"的先驱，即保留子宫和卵巢的手术，如子宫肌瘤剔除术、卵巢囊肿剔除术，这两方面的专著分别在1946年和1947年出版。我引用过他的名言："为了半打纯属良性的肿瘤而切除年轻妇女的子宫，不啻一次外科手术的彻底失败。"令人惊叹的是，1947年在Middlesex Hospital，75岁的邦尼完成了数量最多（258例）的子宫肌瘤剔除术。

1910—1945年，邦尼设计了很多妇科器械，如为了减少肌瘤剔除出血用的宫颈钳。他是一位自学成才的艺术家，他书中的很多图都是自己画的。他的最大兴趣是与其夫人共舞，他们没有孩子。他的另一些爱好是飞竿钓鱼、听音乐和读弥尔顿（Milton）等人的诗。

铁林迪（Richard Wesley Te Linde，1894—1989）

以《铁林迪妇科手术学》闻名于世。他是凯利的学生和后来者，1939 年成为约翰·霍普金斯医院的妇科主任。《铁林迪妇科手术学》1946 年出版第一版，时名《妇科手术学》，至 1996 年恰值 50 周年纪念。第一版至第四版为铁林迪主编，以后的主编则是他的继承者们，于 1977 年第五版始用铁林迪为书名。

铁林迪的妇科手术贡献和外科思想在他的巨著中得到完美的体现。他强调妇外科医生须有内分泌学、泌尿学、病理学等坚实的知识基础。他提醒我们，只有三种原因需行手术：挽救生命、解除症状和纠正严重的解剖畸形。否则，手术就有可能是错误的（现今，还有第四条是为了生育）。铁林迪指出：手术哲学和手术技巧同样重要。吴葆桢大夫于 1982 年留美时曾见过铁林迪，并合影留念，我曾见过这帧照片，可惜现在已是人去片无矣！

外科医生的"台风"

> "台风"是素养、品格、技术与经验的综合体现,是外科医生个人风格和全部特质的集中展示。
>
> ——题记

外科医生的"台风"就是手术台上的作风

无论从事何种职业,也无论做什么事情,都有一个非常重要的作风问题。外科医生在手术台上的作风,就是他的"台风",不论你是否注意到,"台风"已明确昭示于众人面前了。正像一位教师站在讲台上,一位运动员竞技在运动场上,一位艺术家表现在舞台上……

应该说,外科医生的"台风"是其素养、品格、个性、技术和经验的综合体现,"台风"是其个人风格或者全部特质最突出、最集中的展示。因此,看中一个外科医生的"台风",就是看中外科医生的一个人!培养良好的"台风",就是造就一个好的外科医生。

"台风"之所以如此重要,是因为手术台是外科医生的主要战场,是"正视淋漓的鲜血,直面惨淡的人生",只有好的"台风"才能所向披靡,战而胜之。虽然,外科医生的成熟不仅仅在手术台上,术前诊断、鉴别诊断、手术方式是决定性的成功,手术台上的失败是彻底性的失败。因此,手术台上不是我行我素、任着性子、耍耍手艺的事情。严肃外科医生的"台风",严格外科医生的手术,乃是一种精神、意志和技能的完美结合。

优良的"台风"是这样表现的

优良的"台风"是一种科学、艺术、哲学和人文景观。它常常包含以下诸方面的优秀品质和表达:

睿智、机敏——这是外科医生最堪称道,也是最基本的表现。因为手术台上情势复杂,变幻莫测,术者必须非常敏锐,准确判断,迅速反应,果断处理。始终处事不惊,气定神宁,却又不差之分毫,失之偏颇。

沉稳、练达——这是与上述表现相辅相成的。看到这样的外科医生做手术,你会感觉非常可靠,踏实放心。整个手术过程会流畅无阻,化险为夷,转危为安。看似不慌不忙,实则进展顺利,手术时间反倒可以缩短。

谦和、协作——外科医生是手术的主体,术者无疑是这场战斗的指挥和主要实施者。但手术是一项集体的劳作，任何一个角色都是不可缺少的。术者要有团队精神，尊重助手和护士，尊重麻醉师，重视他们的意见和提醒。我观摩过、邀请过，或有幸和一些著名的外科医生做手术，他们的友善、谦逊，给人一种有道行的长者风范，不仅技术令人叹为观止，术中的作风也让人尊重有加。

言教、身教——通常有年轻医生，或在教学医院有实习、见习医生以及进修医生参加或参观手术，因此，手术还有示教、表演的意味。外科医生主要是完成手术，但也要牢记教学使命。术者在手术过程中始终振奋精神，要有一种激情，也可以有点诙谐和幽默。要为医学生讲讲实体解剖，为下级医师讲讲手术技巧，甚至对术中遇到问题讲讲经验教训。这一定是非常生动、印象深刻的教学活动，也是调动助手和旁观者的参与意识、积极性和活跃情绪的好办法。

总之，成熟的外科医生在手术台上就是舰长，驾驭船舶在惊涛骇浪中前进。同时能够营造出一种团结、紧张、舒畅、和谐的工作氛围，形成良好的"台风"，组成优秀的手术团队。

克服不良"台风"

不良"台风"应该加以克服和改造，这些不良作风，大致有以下几种：

慌张、忙乱——似乎缺乏经验，遇事不沉稳，总是慌慌张张,甚至手足无措;或者为了贪图快速,呈现忙乱无序状态。给人一种不安定、不可靠的感觉。往往是处处"触礁",欲速则不达。好像在赶路,好像在比赛,其实都不是,那便成了一种坏习惯,一种不良的作风。我很欣赏做显微手术的一句箴言:"请你把手术慢下来"——并不是让你磨蹭,而是让你稳妥。

犹豫、沉闷——并非真的深思熟虑,却是犹豫不决,不知如何或不敢下手;或拖泥带水,不平顺、不流畅;或重复一个动作,像是在踏步不前;或者遇到一点问题、麻烦,便唉声叹气,非常有负面感染力。手术过程显得沉闷,缺乏生气,振奋不了,也调动不了大家的情绪。诸如:"唉,怎么搞的!"或惊叫:"啊呀,又出血了!"……这样的语言和声音显然有害无益,说是涣散和扰乱军心也不为过。

松懈、疲沓——这也是手术台上很忌讳的事。我们说,紧张才有力量,松懈、疲沓、漫不经心,并不意味轻松、娴熟。更不好的,却是不少见的,是在手术中的闲聊,诸如买了什么车,如何考驾照,哪里理发好,评论新上映的电影和电视,谈笑风生,绝不是手术室里应有的气氛。有时病人并不是全麻,无菌巾下的病人可以听得清清楚楚,试想会是怎样的感受。有时病人处在不十分清醒的状态下,医生们说的事她可能理会得不全面,造成不少麻烦。有一次主刀医生让台下护士数一下剔除肌瘤的数目,回答说"差一个"。可是病人却以为落掉肚子里一个,始终耿耿于怀,心神不定,最后还是对簿公堂。

粗暴、无礼——这显然和一个人的修养有关。在手术台上要威风的外科医生不乏其人，稍不顺心（不一定是助手或护士配合不好）便训斥、骂人、摔打器械、扔掷物品。无论你是怎样的外科"大腕儿"，都会给人缺乏修养的感觉。而真正的外科大师恰恰相反，谦和、友善。"凡事要多作自我批评"，这曾是革命领袖的教导，我以为也是外科医生的律己准则。打结线断了，未必一定是线不结实，自己的劲儿使得如何？针找不到了，也不一定是护士没有接好，也许自己没有放好……不要总是指责、埋怨别人，良好的合作是靠相互尊重维系的。

树立良好的"台风"就是培养优秀的外科医生

如何树立好的"台风"呢？主要有以下几个方面：

其一，丰富学识，提高技术，积累经验。这是外科医生的专业和技能基础，如是，才能沉着老练，应付裕如，流畅如行云流水，气度犹信马由缰，别人看来轻松潇洒，实则是胸有成竹。

其二，加强人文修养，提高整体素质。外科手术是技能性很强的工作，但人文修养亦是基本的人身修养。外科医生也要学点文学，通点艺术，讲点哲学，并把它们融入自己的技术实践中去。这样，你的一启齿、一举手、一投足，便会有所改善；你的思想、方法、观念，便会有所升华。手术台展现的不仅是一种技术，也是一种艺术、一种风采。在你讲手术中暴露的重要性时，你不妨引用鲁迅的话："我家后院有两棵树，一棵是枣树，另一颗也是枣树。"于是可以说："手术中最重要的是两条，一条是暴露，第二条还是暴露。"你还可以举引一位哲人的意思而说："仅仅暴露是不够的"，提醒助手全身心地参加到手术中来。你可以把静脉比作动脉的影子，把某些血管枯萎的终末支说成是干涸的河流……已故吴葆桢教授在行卵巢癌肿瘤细胞减灭术时，对于肠转移手术可能损伤肠管的态度说成是"一不怕，二反对"，不是非常贴切的吗？他还颇为风趣地说：对于卵巢癌的广泛转移，我们要"消灭一点，舒服一点；消灭得多，舒服得多；彻底消灭，彻底舒服。"谁又能认为这是戏谑呢？

其三，团队精神，集体观念。外科医生首先确定自己的位置，也要认定助手的地位和作用，共同合作，相互照应。即使是术者，人家给你提供方便，你也要给人家提供方便。好像你打完结让他人剪线，总得留个空，看得见。器械护士是你的手术团队的重要成员，要体谅，甚至应该有点宽容，不能让人跟随你上台，总是战战兢兢，动辄得咎，无所适从。

作为外科医生，我们崇尚自己的职业，它的庄严、神圣，给人一种信念；它的挑战、风险，使人增添力量。我们在每一天、每一次手术中，捶打、锻造自己，诚如磨炼一把剑。于是，便形成了术者自己的风格，锻造出一个优秀的外科医生。

外科医生与烟、酒、咖啡和眼镜

外科手术,一半是技术,一半是艺术。只有技术,没有艺术,手术难以尽善尽美;没有技术,手术又不能完成。

而统帅技术和艺术的是哲学。没有哲学,手术便失去方向,没了灵气。

——题记

这是一个很怪的、有点不伦不类的命题。只是想描述、表达一下,外科医生经过紧张和辛苦手术之后的心境、情绪,也涉及一点调适和修养,其实也是外科医生生活和工作的组成部分。

烟——吸烟是人们最常见的嗜好之一,戒烟则是医生对预防肺癌等的最常见的忠告。可是外科医生吸烟的可不算少。前些年,我曾看过一幅漫画,画的是一家肺癌防治研究所,三层小楼。别具讽刺意味的是,每层楼的窗口,都在向外喷吐着浓烟,似乎里面的医生及研究人员等都在吞云吐雾。

并非医生言行不一。医生宣传戒烟是为了人们健康，医生自己吸烟则是个人嗜好。外科医生工作紧张，一台手术下来，体力的消耗还在其次，精神却犹如绷紧之弦，需要松弛一下，吸一支烟显得惬意得很。吴葆桢大夫是外科大师，又嗜烟如命，手术完毕，他赶回办公室的目的就是可以吸烟。国外有的医生手术休息室，医生一边吸烟、一边把手术经过口述到录音带里（有专职秘书将录音打成文字）。因此"一袋烟的工夫"便把手术记录完成了，可谓工作、休息两不误，下一台手术又精神抖擞地干起来。

我并无鼓吹吸烟之意。吴大夫因肺癌病逝，他说，每天吸烟两包，长达四十年，这个患病"指数"恐怕在劫难逃。还有一位胸外科老教授，成天给他人开胸切肺癌，自己却是除了上台烟不离口。我们都说，只要你看见他，手里必定夹支烟。他有一个习惯是将烟折成两段，每次只吸半支，既不减少次数，却能减少"剂量"。但后来还是过早地出现"阿尔茨海默"。一位一向衣冠楚楚、修饰有加的教授变得不修边幅、疲疲沓沓，见了还算能认识的熟人，就死缠着给他开药，很有些凄楚。有一次竟在门诊将一杯水莫名其妙地倒在病人的头上，事情就严重了，不得不住进医院。

因此，外科医生还是少吸烟为好。

咖啡——茶和咖啡是重要饮品，嗜者众矣。我更喜欢喝咖啡，味道浓重些，更有一点刺激。其实，对咖啡品评的能力平平，什么意大利、南美、非洲的，并无多少评价和偏好。说实在的，是愿意欣赏那种氛围，体会那种意境，享受那种情调。

手术下来，办公室一缕咖啡的清香，疲倦顿消。如果使用咖啡壶煮的，整个房间都弥漫着浓浓的香气，会禁不住深深地呼吸，有点飘飘欲仙。略作小憩，信手拿起一本解剖学，浏览着、思索着，真不知是回味手术，还是品味咖啡？是完成手术的快乐，还是享受咖啡的快乐？

晚上，一杯咖啡在案头，会带来不少灵感，下笔如有神。妻子戏曰：这就是你的幸福生活！答曰："然也。"不会影响睡眠，因为我已经"利用"它了，"消耗"它了。我会睡得更安逸。

有时赶上周末假日略有闲暇，约几位朋友，也多是外科大夫，到咖啡店里坐一坐，是很惬意的。也不一定是星巴克之类，那有点奢侈。只要安静、咖啡味道不错就可以。谈谈手术的得意之处、有惊无险的场面，兴味和咖啡搅拌在一起，煮沸在一起，使思想格外活跃，观点特别容易交流和渗透。我们会从这种舒畅的交谈中得到启迪，也增进友谊。

我爱咖啡。

酒——人们对酒褒贬不一，正说明事物一分为二。外科大夫工作时间不可以饮酒，至于工作之余则是另外一回事。我曾通过坐车聊天对北京的出租车司机做了一点调查研究，70%—80%的司机，在紧张的一天下来，太太总要炒两个菜，端上一杯酒，让丈夫松弛一下，解解乏。哪怕是西红柿炒鸡蛋，有了酒就甘之如饴了。而且，北京司机愿意喝"二锅头"，大概因为一是价格比较便宜，二是度数也高一些，比较醇浓。我也说，我们外科医生跟你们一样，也是每天走钢丝，人命关天，晚上喝两口酒也未尝不可。夏天更愿意喝冰镇啤酒，时间久了，"啤酒肚"也"喝"出来了。

外科医生喝酒误事伤身者有之，我有两个突出的例子：一位是肿瘤外科教授，经验丰富、技术高超，在当地是"一把刀"。也许是平时工作太紧张，养成了饮酒的习惯，后来已经是"不可一日无此君"了，甚至把酒放在办公室抽屉里，稍有空闲，便自酌起来，"总把平生入醉乡"。日久天长，以致手术时手也抖了，更可悲的是患上了肝癌，英年早逝，呜呼哀哉！另一位是妇科肿瘤大家，1984年我赴斯堪的纳维亚，就是要投奔在他的名下，他著文二百余篇，颇有建树。可是，当我到了他的肿瘤医院，接待我的却是他的副手。这位副手抱歉地告诉我，专家已无法工作，前些日子到美国开会，因为饮酒过度，竟然无法参加会议，被护送回国。这时我才知道，他是个"沉湎于酒，无复昼夜"的酒仙。我想去看望一下他，被告之"不宜"。令人内心苦涩的还有，我竟然带了一瓶"茅台"以期馈赠，真奈何也！

所以，我们还是少喝些酒，多吃点菜。

眼镜——近视、远视都要戴眼镜，似乎乏善可陈。但也不尽然，现在主张所有的外科医生手术室都应戴眼镜，哪怕是"平镜"也好，是为了防止病人的血液溅到眼睛里，病毒等致病微生物被眼结膜吸收。戴眼镜的人知道，术后镜面常有血点，无影灯上亦是斑斑点点，说明这种机会肯定存在。外科医生刺破手指遭致细菌、病毒感染者绝非罕见，大名鼎鼎的白求恩大夫因受术中感染而死于败血症，有外科医生感染艾滋病而蒙冤难辩。

阴道镜使妇科大夫视力的倍数放大，而腹腔镜、宫腔镜是视觉的延伸，我们已经从直接观察，转到荧屏，在二维空间或三维空间立体地监视和施行操作，甚至通过宽带远距离会诊、遥控完成手术。

外科是个庄严而神圣的学科和职业。

外科手术紧张，富于挑战，充满风险。

外科医生生活比较单调，少有浪漫，更少休闲。不知道"充实"二字是评价还是慰藉。

我对上述生活琐事作点议论，权作杂感，是想让我们的同行们轻松一下，调剂一下。

麻醉打好了，手术又要开始了，只好搁笔。

林巧稚大夫

忆林巧稚大夫二三事

我们默默地站在林巧稚教授的遗体旁边，低低地垂下了头……她的面容如同往常一样安详，像是在凝思。她，满头的银发、清癯的脸庞、劳瘁的心脏。我们也如同往常一样聆听她的教诲：怎样做医生，怎样做人……

作为医生，我们总以为治好了病，就是救活了人，该算是尽职了。可在林大夫看来，这恐怕只对了一半。"人不是机器，病人不等于出了毛病的机器，人有思想、有感情、有家庭、有亲人。"有一位病人怀孕三个月，发生子宫出血，经验查诊断是宫颈癌。按一般处理办法，不仅孩子不能保存，还要立即切除子宫。这对病人和她的家庭是多么巨大的不幸！病人转到林大夫那里，她审慎地诊视了病情，她为病人想得很远、想得很深，决意在严密观察下将这次妊娠继续下去。经过六个月的悉心诊治，孕妇平安，胎儿成熟，林大夫为病人做了剖腹手术。"大人好，孩子好，一切都好。"林大夫舒心地笑了，病人、家属也笑了——这才是治病救人啊！

林大夫经常跟我们说："有时你开了刀，救了她的命，但她并不快活，她得到了生命，却失掉了幸福。医生不能只为治病而治病，我们要为人民的健康和幸福而工作。"这就是林大夫的心。她把每个病人都当做自己的亲人，把每一个孩子都当做自己的儿女，为他们焦虑，为他们操劳，同他们一道经历痛苦的折磨，同他们一道享受幸福的欢欣。邓颖超同志曾经说："林大夫不是一般的大夫，她对病人有一股特别的吸引力。"我想，她对病人深切的同情和关怀，病人对她真诚的信任和寄托，就是这股吸引力的来源吧。

谁都知道，林大夫在病人中有一种神奇的魅力，不是吗？手术前的病人顾虑重重，愁肠百结。林大夫来了，她检查了病情，安慰几句，病人的疑团云消雾散。产妇在待产室折腾不已，林大夫来了，她摸摸胎位，听听胎心，为病人擦擦汗，拉拉手，产妇破涕为笑，产程居然也加快了；遇到疑难重病人，连比较有经验的医生也难决断，林大夫来了，她的几句话会使人顿开茅塞……她不是神医，但她经验极其丰富，学识渊博，观察锐敏深刻，动作简捷准确，谁人不为之钦羡、景仰！临床医学是一门特殊的应用科学，医生是一种独特的职业。对于病人只怜悯是不够的，还必须有为他解除病痛的能力。有技术也是不够的，因为有些疾病是单凭技术解决不了的。林大夫是医生的典范,是把理智与感情、把高尚的医德与精湛的医术结合起来的典范。我们会从她在病人面前的一举手、一投足、一启齿中看到这种结合的完美体现。

林大夫心地如水,清澈见底。她虽饱经沧桑,但稚童般纯洁的心一尘不染,她不为世俗所惑,又是近乎天真。她常在医院附近的副食店买些蔬菜水果之类,安然排在队里。售货员、顾客都认识这位辛苦的老人,请她提前买货,她总是摆摆手,谢谢人们的好意。有时排上半个小时,东西卖没了,她莞尔一笑,悄悄地走开了。她在晚年记忆不算好,时常会把眼镜、扇子、钢笔等丢在病房,同志们为她收起来,等她想起来,大家便开玩笑地说:"主任得拿巧克力糖来换。"过后,她真的把糖拿来了。"馋嘴的孩子!"她说。我们品味的又何止是糖呢!可是,谁要是不把工作做好,她也会狠狠地批评一通,甚至会发脾气哩。

林大夫尊重同龄人,爱护后辈。我想起了她给我们讲的一件事:五十年前,林大夫在英国伦敦进修学习。有一次,她去参加一个学术报告会,人生地不熟,走了好久也找不到会址。她问路,路人总是回答:"往前走就是!"等她赶到会场,却已快到会议结束的时间了。林大夫苦笑着说:"也许我的口音别人听不清。不过,我吃了苦头,却养成了一个习惯——此后,凡是有人向我问路,我定要指点个明白,有时还要陪着走几步。"问路与指路本是生活小事,却有一番做人的哲理。林大夫想着的都是别人："自己的活是为了别人更好的活。"向她求教问题，她是从不厌烦，从不敷衍的。在科学研究上，她同样耐心地给学生和助手指路，她的思路、她的提议、她的支持，甚至她的失败，奠定了一项项科学研究成果的基础。学生和助手科研取得了成绩，她高兴欣喜，却从不为自己计较分毫。她说，我只是为你们"垫垫肩、铺铺路"。

林大夫过世了，她为我们留下了什么？无法估价。病中，有人问及："林老，您接过多少生？"她喃喃地说："千——千——万——万。"她给后人留下的宝贵的精神财富，却是千万个数字也难以回答的啊！

三种外科大夫

卵巢恶性肿瘤的诊断,特别是早期诊断和治疗业已成为妇科肿瘤学的重要课题,国内外学者均投入了极大的精力进行艰辛的研究,但卵巢癌预后之改善尚不理想。李教授集自己三十余年之临床经验,撰成此书,乃我国妇科肿瘤学一大幸事。

经典之癌瘤治疗包括手术、化疗药物及放射三种,近年来,生物治疗发展甚速。但对于多数妇科肿瘤,手术切除仍是基本的治疗手段。在某种意义上说,妇瘤科医师是女性盆腔外科医师(卵巢恶性肿瘤的手术亦常超越盆腔之外)。

外科医师可分为三类:一是乐于开刀而不疲,手技好,经验多,但不擅(或无暇)坐而论道或于纸上叙短长。二是理论博广,研究深高,长于讲授,但刀下功夫并不十分精彩。第三种则是两者兼具。笔者并无厚此薄彼之意,无论哪种,居其一者也实不易也;如若文武皆优更难能可贵。

李孟达教授手术娴熟，经验丰富，并长于思索总结，属文武双全、刀笔均锋之能手，令人钦羡，亦为青年医师学习之模范。我赏观李教授手术，手法细腻，清晰流畅，吾称之为"岭南派"。而化疗、放疗也是他的拿手好戏。这些在本书中得到了很好的体现，读者可以仔细研讨，从中获得裨益。外科医生之乐在于手到病除，为患者解除病痛；还在于外科不仅是一门技术，也是一门艺术、一门哲学。经过多年磨一剑，外科医生会有一种"得气"的感觉，一招一式见功夫，做到得心应手。

有幸先一步拜读孟达大作，并推荐给广大读者和同道。而有感所发之议论，但愿不是画蛇添足。

是为序。

注：本文是为《卵巢恶性肿瘤的诊断和治疗》一书写的序，该书作者李孟达是中山医科大学附属肿瘤医院教授。

论妇产科男医生
在广东省妇产科男医生联谊会上的致辞

妇产科男医生是人群中的特殊群体,

是男人中的特殊群体,

是医生中的特殊群体,

是妇产科医师中的特殊群体。

因为特殊,人们都会特殊地看待他们。

百姓说:"一个大老爷们儿干这行,有病呀?"

对象(山东人把女朋友和妻子都称对象)说:"当哪科大夫都好,开胸换瓣、割痔疮锯大腿都比这强。在你面前,一点神秘感都没有,你能在意我吗?你能在意我妈吗?"

甚至女同学(或男同学夫人)、女同事很想让你为她做手术,却说:"太熟了,敢下手吗?肚子里尽管看个够,随你折腾;但肚子外边吗?可不行……这咋做手术?"

咳,妇产科男大夫!

但是,妇产科男医生对女性比妇产科女医生更能体贴、更能关爱女病人。我们不会说：生孩子谁不会生，喊什么！叫什么！

妇产科男医生更纯正、更庄重、更神圣！

无论是青年妇女，还是年迈老妪；

无论是漂亮活泼，还是丑陋残疾；

无论是富有权贵，还是贫困无助……

我们都会一视同仁：她们都是我的病人。

没有技术傲慢，

没有金钱傲慢，

没有权力傲慢，

没有人格傲慢。

因此，妇产科男医生愈来愈多地受到社会和百姓的尊重；愈来愈多地受到女友和对象的喜欢。2007年中国/联合国人口基金第六周期社会性别平等项目评出"十佳时代男性"就有一位妇产科男医生（那就是本人）。2008年全国妇联举办的最佳职场女性，除10位女性，又专门推出一位"最受女性尊敬的特别奖"给妇产科男医生（那也是本人）。2010年再度有妇产科男医生被评出（我们科的沈铿大夫）。

我们为妇产科男医生自豪、光荣、骄傲！

妇产科男医生队伍在发展壮大。据2009年中国医师协会妇产科分会调查统计，全国10万余妇产科医师中，男医师占10%—15%，但比例在增加，且在各个领域中领衔者也在不断攀升。北京协和医院妇产科男医生占35%。

越来越多的男医生愿意做妇产科；越来越多的女领导愿意要男性做妇产科医生。因为男妇产科医生多干活，少说话。全天候上班，不休例假，不休病假，不休产假。

这里并无性别歧视，正是消除性别歧视。最不歧视女性的是妇产科男医生。

咳，妇产科男医生太好了，太牛了！

（老黄牛之牛，非吹牛之牛）

最后是"三要、三不要"：

一、要听话

要听政府的话，听党的话，听女领导的话；

要听太太的话，岳母的话；

要听女儿的话，孙女的话……

二、不要做

不要老往外面跑（除非看病人、应急症），

不要回家太晚，夜不归宿（除非值班、做手术），

不要抽烟，可以少喝点酒（非工作时）……

做一个纯粹、中性、伟大的妇产科男医生！

（注：此系联谊会非正式即兴发言，多有调侃之语，但本意不错，照登未修。）

医生与病人

医生和病人,第一次见面,最初的印象很重要!

对于病人——无论是年轻,还是老迈;

无论是漂亮,还是丑陋;

无论是富有,还是贫穷;

无论是权贵,还是百姓……

医生都一视同仁,他们都只是病人:

没有技术傲慢、没有人格傲慢、没有疾病歧视、没有阶层偏见。

医生给予他们的都是关爱。

对于医生——无论是男子,还是女性;

无论是清涩,还是老道;

无论是率直,还是婉约;

无论是快捷,还是沉稳……

病人都一样尊重,他们都是医生:

没有金钱傲慢、没有权力傲慢、没有年龄歧视、没有性别偏见。

病人给予他们的都是信任。

医圣希波克拉底早已有言：医术包括三方面——疾病、病人和医生。

病人必须和医生一道对付疾病。

医生和病人相见伊始，就应心连心，手拉手，齐步走向前：健康之路才能宽广，生命之树才能长青。

病人和医生初见，彼此还陌生；虽天长日久，仍会有差异。

医生与病人的感受不同：患者是按照自身体验看待功能障碍或者问题的，医生是按照医学规律去审视病情决定处理方案的。所以，行医实际上是对另一个生命体的悉心体察和感情交流，如果没有同情、怜悯（这个词没错）、关爱与救助的感情因素，知识和技术的价值将大为降低！

医生和病人的价值观不同：医生更想减少诊治风险及控制疾患进展，常常是相对的；病人则想没有任何痛苦和副作用，甚至彻底摆脱病患及获得痊愈，常常是绝对的。两者要拉起手来，缩小距离，斩断任何一只手都不对；两方面要弥平沟壑，坦诚相会，任何一方不努力，都不可取。况且每一个医生和每一个病人都有其不同的文化观念、社会环境、生活方式和人际关系等，谁都不能把自己的观念强加给对方。重要的是双方都应感到平等，并相互之间心存感激。

行医是个过程，医生的一招一式，体现的是技术，更是内在品格。就医也是个过程，患者每时每刻，关注的是结果，更是内心感受。

医生在临床工作中有三条基线：心地善良，医生给病人开出的第一张处方是关爱；心路清晰，从繁杂的现象中清理出诊治方案；心灵平静，会遇到各种难治的疾病，也会有些难相处的病人。病人在接受诊治中也有三条基线：心地善良，病人给医生的第一感觉是尊重；心路清晰，把自己最痛苦的、最需要解决的、最强烈的要求告之医生；心灵平静，有时是治愈，常常是缓解，总是去慰藉。

医生和病人都应有四个敬畏之情：

敬畏生命，生命属于每个人只有一次而已。

敬畏病人，敬畏医生，病人把健康和生命交给医生、病人是医生最好的老师；

医生负责病人的健康和生命，为此不遗余力。

敬畏医学，医学是未知最多的瀚海，是庄严、神圣的事业。

敬畏自然，自然不是神灵，是规律和法则。

病人和医生之间就是应该这样的啊！

关于伤与痛

叔本华说："我们对痛苦何其敏感，而对快乐相当麻木。"也许，哲学家和文学家对伤与痛的理解和感受是不限于身体的，甚至也不囿于精神的，是呈泛化的、概念的。

医学对伤与痛的表达和描述比较直面，主要指身体的，当然也有精神心理的。

伤痛是一种感觉，有时我们用各种检查或检测都未能发现伤病在何处，或者其伤病与疼痛的主诉很不一致，这使得对疼痛的理解扑朔迷离，对疼痛的处理束手无策。

现在通用一种疼痛的计量表，对其疼痛程度给予评分，加以比较，依然是自我感觉，而非客观标准。好多医院设立了疼痛门诊，是对遇到的各种疼痛病人，经过详细检查仍然无法确定病变，或者寻找不到疼痛原因者，请疼痛专家给予处理。主要是镇痛治疗，似乎是对症、治表之法。

有效镇痛的最大贡献之一是对外科手术，这便是麻醉学。真正麻醉学的建立只在百余年，现在已有全身麻醉、局部麻醉及区域神经阻滞麻醉等，途径多、方法多、药物多，可以认为没有不能止的痛！但手术镇痛是暂时，而对于慢性的、长期的、多方位的或不定方位的疼痛仍乏理想之术。

由此可见，对于疼痛的处理有四个关键目的：其一，尽量寻找疼痛的病因；其二，尽量选择适宜的、个体化的止痛方法；其三，尽量发现、选择有效的止痛药物；其四，注意精神心理在其中的作用，并发挥其功能。

这第四点尤为重要，因为疼痛或痛苦、痛楚有着更广泛而深刻的内涵，尤其是苦字、楚字（疼痛只是肉体的感觉，痛苦就有了"味道"，而痛楚则达到了心灵深处——叶维之：《一个医生的非医学词典》，北京联合出版公司，2013）。

痛苦的泛化和深入，使其具有了哲学和宗教等意味。哲学以为痛苦是"知识"，是"智慧"。法律依痛苦"回报"，譬如刑法体罚，包括动刑、鞭挞，甚至凌迟（虽然多数已成历史）。宗教将痛苦作为"救赎"，教人欣然面对和接受。医学则把痛苦视为不幸和伤痛的预告，或者本身就是病患和损伤的表现和组成部分。

如果我们突破了伤痛的纯医学意义，我们的思维意境就会变得开朗而精彩。我们甚至可以说，舒适和幸福有"否定"性质，而痛苦与不幸具有"肯定"性质。于是，我们总是要适当的劳心与劳力，包括承载痛苦与不幸，正像船只有装上一定的压仓物，才能平稳驶航。正像溪流遇到障碍，卷起漩涡而过。

就是从纯医学而论，疼痛也是必要的、常态的，痛苦使我们有感觉、有反应，完全没有疼痛，或"麻木"的"无痛人"，反倒最容易受到伤害，甚至无法生活。因此，伤痛才能使我们感觉事物和生活。哲人说，为了消灭痛苦，让我们痛苦吧！革命者说，面对痛苦，我们放声大笑！医生说，对于伤痛，不要怕。精神上战胜它，想办法对付它。

罗曼·罗兰说：我们不能只赞扬欢乐，痛苦也应该赞扬——因为两者同样是神圣的。如是，我们是不是会轻松了许多……

女性疾病地图

一个人很难不遭遇疾病，正像一个人难免会有缺点一样。

女性的一生可分为新生儿期、婴幼儿期、青春期、生育期、更年期和老年期。不同的阶段，有不同的生理特点、不同的疾病过程、不同的健康问题，于是，我们就可以勾勒出"女性疾病地图"。新生儿很少罹患妇科疾病，婴幼儿期与青春期有相似之处，更年期与老年期有雷同之点，所以就以青春期、生育期和更年期作为主要的经线，再以主要疾病为纬线，展示每个"区域"的特点。

青春期最容易"暴露"先天性畸形和发育障碍，如两性畸形、性早熟等，妇科炎症较少，痛经、月经紊乱常见，所谓青春期"功能性子宫出血"（"功血"）。此期子宫肿瘤不多见，卵巢肿瘤却不少。少女亦不可忽视妇科检查，附件包块尤应警惕。

生育期，炎症骤起，从阴道炎、宫颈炎到附件炎都很普遍。与产科有关"事件"时有发生，流产、不孕、宫外孕及各种产科问题。肿瘤会悄然升起，特别是子宫肌瘤、卵巢囊肿，与妊娠有关的特殊疾病是"绒癌"。有15%的生育年龄妇女会得子宫内膜异位症。

更年期，卵巢功能障碍的烦恼、围绝经症状不期袭来，月经紊乱与青春期相呼应。也是各种肿瘤易于发生的"多事之秋"。盆底薄弱、功能障碍致使器官脱垂、尿失禁，生活质量堪忧。

由此，我们可以概括地说：

20岁以前的幼女和青春期少女主要的妇科问题是发育畸形、"功血"、痛经和闭经。

20—40岁，或成年及生育期是生育及妊娠带来的问题，易患各种炎症、子宫内膜异位症及肿瘤。

40—50岁，更年期或围绝经期的"功血"、更年期症状及肿瘤最常见。

50岁以后，主要是各种肿瘤肆虐，而且有相当比例的恶性肿瘤。

这图景似乎可怕，但很多疾病是可以预防的，可以早期发现的，也是可以治疗及治愈的。如是，我们就可以重绘美好的图画，奉献的箴言是：

青年要调整好功能，

成年要处理好生育，

老年要提防长肿瘤。

女性疾病观象。

常言道：月晕而风，础润而雨。

妇科疾病繁多、复杂，但也有其主要特征和共同之处，可谓疾病的阴晴风雨。略知一二，可观病象，这便是：

血、带、块、痛。

血——指各种不正常的阴道出血、月经周期紊乱、月经过多、月经过少或闭经。绝经后出血是"危险的警号"——不论血量多少，哪怕是一点点；不论持续时间多久，哪怕只是一天；不论次数多少，哪怕只有一次。都要检查，以探究、明确其来源和原因！因此，也可以说，正常规律的月经是妇女健康的一个标志。

带——所谓白带是指妇女的阴道分泌物，白色适量，稀薄或略带黏液。这种分泌物的量与质的不正常，可以称为这里的带。

数量过多，或过少干涩。

质量异常包括泡沫状、鱼腥味，常有阴道炎、阴道病；奶酪状是念珠菌（以前通称霉菌）感染的特征；水样白带要追究输卵管问题。血性白带尤应注意，从阴道、宫颈及宫腔逐一检查，以定来源部位及缘由。

痛——这里指的疼痛是下腹部或盆腔痛、腰痛、肛门会阴部痛以及性交痛等。盆腔炎以下腹痛、腰痛为主，80%的内异症患者有盆腔痛、腰骶部痛，甚至性交痛。生殖道肿瘤可因压迫、肿瘤蒂扭转、破裂以及侵犯造成疼痛，或是肿瘤发展、恶变。疼痛或急或缓，或重或轻，但任何疼痛都不可小视和忍耐！

块——肿块是实体瘤或妇科肿瘤的基本特征，当然有些炎症、内异症也可以形成肿块，肿块也有良性与恶性之别。肿瘤是需要"搜索"和检查的（自己或大夫），能够自己摸到的肿块通常就较大了。

从外阴到腹腔里的子宫、卵巢都可能长出肿瘤。主要检查是妇科检查，B超扫描简单易行，更"高级"的影像检查由医生决定，不必过于积极而破费。

肿块加疼痛乃为"警报"！

你可"对号入座"，以示警觉。但我的忠告是"保健靠自己，看病找医生"，是不是真有了疾病，还是大夫说了算。

器官不是器管,不是试管

我们身体的很多器官系统都是由管腔或管道组成的,如消化器官系统,从口腔、食道、胃、小肠、大肠,直至肛门;女性生殖器官系统从外阴、阴道、宫颈、宫腔、输卵管开口在腹腔,与卵巢接近;泌尿器官系统,从肾脏、输尿管、膀胱到尿道。

看来,消化科大夫、泌尿科大夫和妇科大夫都是"管工",维修管道是也。但这些管腔、管道都不仅仅是通路和输送器,功能或称官能颇为复杂。因为组成这些腔管的不只是一层壁,它们有黏膜、有腺体、有肌层和浆膜等数层;有分泌功能、有吸收功能、有蠕动或舒缩功能;有激素学、有动力学;有微环境学、有药物学……

涉及疾病的治疗,我们可以口服药物。有的药物是为了胃肠疾病,这种作用主要是胃肠道本身的;有的药物是通过胃肠道吸收作用于全身的,这时的用药不仅考虑到所期望的全身效果,也要注意对胃肠本身的正负面影响、吸收状况和相应反应。泌尿系统虽然较少直接用药（膀胱腔内可用药），但很多药物是通过泌尿系统排出体外，这些药物对肾脏的作用，甚至毒副反应应当重视。

最有意思的是阴道和宫腔用药，可用四字概况之：奇特、混乱。宫腔用药通常是将药物加在宫内避孕器上，有缓释持续作用之功效，如治疗子宫内膜异位症、子宫腺肌症、子宫出血、子宫内膜病变等。用带有抗粘连的药液进行输卵管通液，可"疏浚"通路，以利生育。

阴道内用药最多、最滥！阴道是女性的重要的、特殊的器官，它是性交的场所、分娩的通道、生殖器的门户，子宫的血（如月经）由此而出，外部的微生物由此而入。它连通体内外，它可视见、能触及。因此，阴道本身容易遭受感染，又可以将感染带入体内。此外，不仅医生可以施药，自己也可以用药。阴道炎是非常容易发生的女性生殖器官炎症，能在阴道内上的药多达几十种！有个病人得了阴道炎，前前后后用了一二十种药，从医院医生开的处方药，到报纸、电线杆上的小广告，能见到的、能搞到的，都用过了，非但不好，愈来愈坏，痛苦不堪。她来见我时，精神萎靡、愁云满布、一筹莫展。我复习了她的病史，做了认真的检查，我的医嘱是：停掉一切药物，两周后来复查。她半信半疑，惊愕地高叫，你没有药了？我说，对你的最好治疗是不去治疗。两周后，她来了。自觉很舒服，分泌物也少了，精神不错。阴道状况也好，清洁度明显好。她对处理不可思议。

其实，阴道虽然是个管腔，却是一个有复杂生理活动和生物学特征的器官，身体要维持阴道的微环境，保持一定酸碱度，有"自净"功能，防御外来侵犯。阴道内也有一些微生物或细菌，维持一定的平衡，有些细菌只是在环境改变时方可致病，所谓"条件致病菌"。只有在某些致病微生物，如念珠菌（以前通称霉菌）、滴虫感染才有可能罹患相应的阴道炎症。人乳头瘤病毒（HPV）还可以引起子宫颈、阴道的上皮内瘤变。获得性免疫缺陷病毒（IDS）感染也会遭遇危险。所以，要区别对待，不能把阴道当成一个试管，随便往里放药，不对症、乱施药，只会把环境搞糟，并招致更多的疾病，或者把本来不复杂的疾病搞得难治起来。

我们的身体或机体更不是一个大容器，有很多复杂、协调的抗御外来致病因素的能力。比如各种保护膜层、免疫防卫机制、清除减毒系统、维护正常的全身与局部环境等。当然，当这些系统和机制、环境和能力下降，或平衡失调时，就容易遭受内外不良因素的侵扰，发生疾患。因此，我们在身体保健、疾病治疗时必须考虑这些因素的影响而不是把身体或某一个局部当做一个容器或试管，以为放进一样东西或几样东西，就可以发挥作用。归根结底，人是一个活的机体，器官是个有功能的器官。正是：重视器官系统是整体、是平衡，大"气候"、大环境与小"气候"、微环境相互影响，用药施治需考虑、需谨慎。

"郎大夫不来，我不麻醉"

这是一个颇为尴尬的局面：病人被推进了手术室，护士和麻醉师忙着术前准备。一切就绪，麻醉师要给药、插管。但病人此时却说："郎大夫还没来，先别给我麻醉，我见到郎大夫再麻醉。"

我是应该到场，但临时有个急诊得去处理一下，随后就到。我的一助手，也是位资深的教授了，向病人说明了情况。"我们都在这儿，先麻醉，郎大夫就来。"病人不同意，直至我赶来。

我为病人的信任而感动，我为我的迟到而不安。

我们要理解一个推进手术室等待手术的病人的心情。那是忐忑不安、错综复杂、忧虑难耐、期许祈愿……有的甚至把这称为"等待宰割、等待宣判的时刻"。

因此，这个时刻是神圣、庄严的，或者是神圣而庄严的使命和工作的开始。

在麻醉之前，手术医生应该到场。我们医院如是规定,非常好。因为,见到了手术大夫,特别主管大夫、主刀大夫,就是真正"开始"的声明,病人会感到心安、踏实,就会坦然、安静地接受麻醉和手术。这种麻醉前的到场与看望,几句叮咛的话语,是手术成功所不可缺少的。

一个成功的外科大夫,一台成功的外科手术,可能有诸多因素,但这种人文关怀则是必备的。关怀出自医生的良知,会形成一种习惯,会上升为一种制度:

手术前的晚上,要去看病人,重申注意事项,好生休息。

手术当日早上要到病房去看病人,鼓励病人,安抚病人。

手术麻醉之前,要去看病人,让她安心,让他坦然。

手术后当天晚上,要去看病人,这是手术安危的关键时刻。麻醉恢复情况、意识状态、生命体征、几个通路……

接下来,是病人恢复体温、排气、排便、饮食、下地、活动……

啊,医生总是要经常看病人,为他操心、操劳。因为,他是你的病人!

2004年纪念林巧稚诞辰103周年,连利娟教授(右六),沈铿教授(左三),范光升教授(左二),边旭明教授(右五),向阳教授(左一),丰有吉教授(右一,上海)

"我是一辈子的值班医生"

我是一辈子的值班医生。这是林巧稚大夫的话,这句话陈述表达了她一生的追求,这句话是每个真正医生的终生信条戒律。

林大夫还说:"大夫的时间不属于自己,而是属于病人。"这是忘我无私,这是奉献大公。

初始,我们会觉得这些话语、理念、境界,很高远、很神圣,似乎难以企及、难以做到。可是,做医生久了,则会知道,这是医生的良知、职业的使命,并非高不可攀,是实在而自然的事。

医生有值班制度,轮流去门诊、病房及手术,但当你做到主治医师、主任医师、主任或者院长以后,则随时可能被召唤。无论冬夏寒暑,无论白天黑夜,无论刮风下雨,无论平时假期,任何时候、任何地点,你将都会被医院召回。召唤就是命令!因为那是关乎病人生死攸关的大事!

每个医生,特别是资深医师都会对此习以为常,时刻准备、不会厌烦、不可敷衍、不许拒绝。

　　林大夫晚年，我们不忍让老人家再从家里跑来，用电话请示。她高兴我们打电话给她，电话里询问详情，作具体指教。但千万别忘了，要把处理结果告诉她，因为她在等着呢。如果怕再打扰她，不好意思回话，那可是害了她，她会彻夜不眠。

　　林大夫是一辈子的值班医生，说到、做到了。我们学习林大夫，也要做一个一辈子的值班医生。这是必须的。

我喜欢解剖学

大一上解剖课，五十五年前了，那情景依然清晰、历历在目：解剖学的王老师讲下肢及足部骨骼，当时没有幻灯片，只有挂图或者板书。令人惊愕和钦慕的是王老师面对我们，用教鞭向背后指点挂图，准确无误，那解剖、那足部小骨头完全融入老师的脑子里，可谓"指哪儿是哪儿"！

解剖学是临床医学的基础，更是外科学的基础。解剖就是行车路线，解剖不灵，寸步难行。

学解剖、记解剖、用解剖，有个不断提高，甚至升华的过程。开始肯定是工作需要，"被逼无奈"，死记硬背，什么"里尺外桡""里胫外腓"，或者变成顺口溜，可以说是学解剖的"小儿科"。后来，有了外科手术的实践，图谱上的解剖变成了血肉鲜活的人体器官组织（手术图谱和手术有什么不同？图谱无血，手术有血——宋鸿钊），并且反复印证而成为自己手下的"解剖学"。而后，解剖已刻在脑子里，并且是 3D 立体，可动可变，活现于心了。

恰好，这不正是从一般解剖学到临床解剖学、数字解剖学到"虚拟人"的形成和发展过程吗？只不过，计算机技术帮助我们实现了这一向往。我们也应该感激南方医科大学钟世镇院士，他对此作出了卓越贡献，在他任总主编的丛书下，我也主编了《妇产科临床解剖学》。

我喜欢解剖学的另一个理由是它能丰富想象思维，训练记忆能力。无论如何实践和联想，解剖仍然是要强制记忆的，并且要反复增强、巩固的。有一次在复兴门地铁站，那张路线图与我们的盆底解剖何其相似！立马拍下，插入解剖学 PPT 中，效果甚佳：解剖就是行车路线！

无论你多么熟悉解剖，也还是应该不断翻阅解剖书，在办公室、书房、卧室，所有你待的地方都要放一两本解剖书，随时可得，随时可查：解剖就是生命线！

那次讲保留盆腔自主神经的根治术，辨识神经很难、解剖保留神经更难。我说有三种情况：一是手下有神经，脑中无神经——手下的神经，不一定是神经；二是脑中有神经，手下无神经——手下功夫不及；三是脑中有神经，手下也有神经——这就对了。

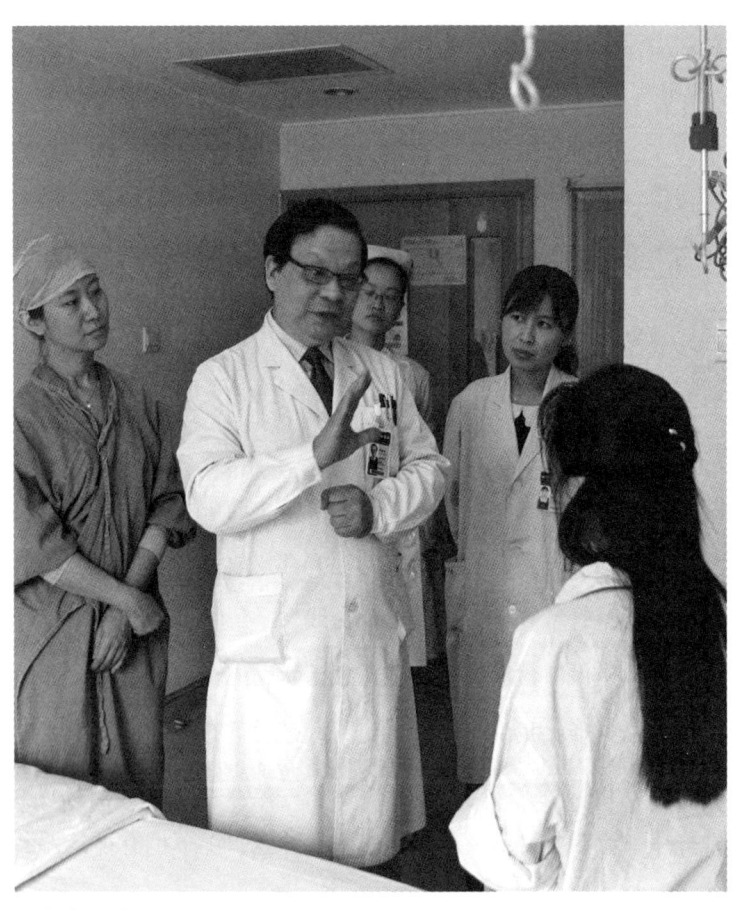

作者在查房

医生，请去看病人

精湛的光导纤维工艺使光亮几乎可以达到身体的各个角落；电子计算机技术使影像检查生动、剔透；生化、免疫、核素等检查使我们能及时准确地"捕捉疾病的踪迹"……科学技术延伸、增强了医生的感官能力，经典的视、触、叩、听似乎是操场上的"一二一"，令年轻医师乏味生厌。

但是，许久以来，我有一种忧虑：医生是不是离病人越来越远？

医生的主要工作是与病人直接接触完成的，虽然医学模式已经从经验性过渡到实验性，但经验仍然是基本的。经验是一种文化，一种认识和处理事物的潜能，有经验的医生可以从一瞥一嗅中作出令人惊奇的判断。即使是电脑给了超乎寻常的显示，它必以我们存入的经验和信息为基础，而对其结果的认识和使用亦需要经验。因此，一个医生没有任何理由小视与病人面对面的工作——临床第一线的实践。

医学是人类情感的一种表达，医生的职业要体现人道、善良、关切与爱护。医生的对象是有思想、感情及各种家庭、社会背景的人，而不是发生了什么毛病或故障的机器。所以医生绝不是机械工程师！否则，情感的交流变成了数字的传递，诊病变成了冷酷无情的判断。如果医生只注重检查结果，可能只见病，不见人；如果病人也只相信仪器，可能只见药，不见医。这样，仪器、实验室就将医生与病人隔离开来，这将有悖于医学的宗旨，也是当代医学的新危机。

实际上，再高级的仪器也不万能。比如疼痛，似乎没有办法去测量，那是一种感觉，一种因人的敏感性、耐受性而异的反应。如果你只是将简单的"是否""有无"放入电脑去计算，岂不要上当。我们常说，教科书中关于疾病的典型症状，可能最不典型。因为同一种病发生在不同人身上，可以千变万化——医生之难盖出于此。著名医学教育家张孝骞曾说："医生的真正教师是病人。"脱离开病人不可能成为好医生。林巧稚大夫经常告诫我们，要永远走到病人床边去。这些医学哲人们教诲我们的正是从医的真谛。

不仅在疾病的诊断上，在疾病的治疗中，人的心理要素也起着巨大作用，忽视这一点，再好的药物也难奏效。况且，有的病就是精神心理问题。只会开处方，不愿接受咨询，不会作解释工作，只能算半个医生。

另一个值得注意的问题是，现代技术一方面给人带来恩惠，一方面也会掺杂弊端。某些检查会导致损害，药物可能引起疾病；机器的滥用还会造成经济的浪费；自然与人体平衡的破坏，会发生新的失调和紊乱。

我们当然愿意接受和采用新技术，也无意于呼吁医生返璞归真，只是我们要正视自己的病人。

2011年与学生们在一起

我带研究生

迄今，我带的博士研究生近百人，不敢称桃李满天下，却可谓"多产籽"者。其中不乏能人、贤人。

带研究生是件很辛苦的事。从选题、设计、实施、总结、分析、撰文、发表，犹如一个农夫从选种、播种、耕耘、田间管理、收获，一年、两年时间或更长，问耕耘，也问收获，正是"汗滴禾下土，粒粒皆辛苦"！

一位新学生来后，我要作"三次谈话"：第一次谈话，我要告诉学生，我正在做哪些方面研究，状况如何，需要解决什么问题。使学生有个全貌的了解，可以选择其感兴趣的。第二次，是选择了一个方向，相互讨论，"双向选择，达成一致"。第三次谈话，是在这一方向下，确定具体的工作目标或切入点，是为其研究课题。然后，要完成一篇正式的综述，掌握国内外动态，进而着手实验设计，进入研究实施。

有时我会琢磨我是管得多了，还是管得少了。

这种想法始于听秦伯益院士讲的一个故事：他的单位一个学者考取了美国研究生，师从1953年诺贝尔医学和生理学奖获得者利浦曼，研究三羧酸循环。但到美国后两个多月，老师根本未找他，还是同事告诉了老师的行踪，在机场堵上了老师。老师拿了一张纸，画了一个圈，又画了一个箭头，写了个CO_2，就算交代了课题和任务。那位中国学者出色地完成了研究，"你给我解决了一个非常大的难题！"老师感谢地说。何等艰苦的努力和研究，研究生的独立思考和创新能力又何等重要。

带研究生是件很快乐的事。年轻人的聪明才智、活力激情，是一种感染和推动。无论在门诊或者病房，我们都会有很有意思的讨论。我会提出问题，我看重的不是回答的对错，而是思维方法。更看重如果这次未回答出来或者答得不对，下次能否答出来、答得对，说明其是否回去学习了。我鼓励学生们踊跃提问的名言说："没有愚蠢的问题，只有愚蠢的回答。"我也会在他们语声嗫嚅的提问中，理解中肯的提醒，那是教学相长。

每逢节假日他们自制的精美贺卡，几本费心汇编的论文集、照片的剪影集锦，甚至我的"语录"，都令人怦然心动、爱不释手。

带研究生是件很费心的事。这不仅在于做课题，还有毕业与工作等。推荐给某医院毕业学生要对学生负责，也要对推荐单位负责。"看重的不仅是能力，更应是品质；看重的不仅是现在，更应是发展""给学生找工作遇到的问题，远胜于给我自己孩子找工作。"我常如是说,其实也是如此。

他们会汇报工作的感悟、乐趣及进步,也会倾诉遭遇、问题及苦恼,我们会共同分享与应对。留在协和的学生,我会说:"此后,我们是同事,不是师生。从年龄和辈分上,你们和其他人一样,不会有特殊。具体的问题和要求,去请示相应的副主任。"我将"一碗水端平"。

学生们有个微信群,起名"狼窝",我未加入,一定很有意思。"老狼"在外面,让他们在"窝"里玩吧。

我对文字敏感,甚至看学生论文,先看最后的"致谢"。有三个"致谢",让我难忘:一说导师童心未泯;二说导师把工作当做生活一部分;三是通篇用的文言。

学生们真可爱!

2012年率妇产科团队进入全院运动会会场

团　队

团队是完成任何事情的基础和保证,团队要有人,团队要有精神。

可以把团队的建设比作铸造或耸立一个金字塔。她的基底是一个队伍、一组志同道合的人,以及追求和梦想。要形成团队的哲学理念和文化,要有明确的信条或宗旨,以共同努力、奋斗完成使命(塔尖)。金字塔的两个边线是温暖、可爱的大家庭和彼此尊重、信任与沟通的和谐氛围。

我曾在《我做科主任》一文中,提到科室管理的几个"准则"——"垂拱而治论"(提倡自觉、自律),"400米跑道论"(鼓励多竞争、少碰撞),"大树、小树、森林论"(大树剪枝、小树成材、形成森林)。这里补充的另一个"三手论",即对老者要尊重,要搀扶着手;对后生要爱护,要提携着手;对同龄要团结,要牵挽着手。这样,一个团队,不同年龄、不同层级,都能心气一致,彼此相助,和谐愉快,形成坚定向前的方队。

一个团队,一个单位,应该有个信条、有个规矩、有个梦想。北京协和医院曾提出:待病人如亲人,提高病人满意度;待同事如家人,提高员工幸福感。这就是一个很好的行医做事的口号。

我在美国一个实验室里,看到一篇醒目的"单位规则",共十条:微笑、相互尊重、支持、分享知识、促进团队工作、尊重他人隐私、消除负面影响、化解矛盾与问题、灵活与适应、交流。

很朴实、很具体,也应该能做到,做得好。让人感觉在这样的集体里工作会愉快,一定会做出成绩。十条之后是一行大字:享受工作与生活!

如此,一个学科、学派才能形成、建设和发展,才可能创新和超越,我们看看超越(OVERSTEP)的8大要素吧:

Object:	丰富的对象和广阔的空间
Value:	学术价值
Experience:	经验和实践
Recept:	被认可与接受
System:	形成体系和制度
Team:	良好的团队
Effect:	富于成果
People:	有利于人的生存、生活与发展

医学新名词

科技发展突飞猛进，医学紧跟不舍，新名词层出不穷。

分子生物学、免疫学、遗传学等基础医学不断有新的分子、因子涌现，临床医学也有新的观念、理念诞生，甚至形成了新的亚学科、亚专业，使得临床医生应接不暇。

循证医学较早闯入临床医学，是让医生重视证据，通过设计良好的随机对照研究或荟萃分析获得满意的终极指标，以指导临床决策的制订和实施。但证据不代表决策，决策还要考量其他，诸如平衡证据、资源和价值取向等，依据实际情况，涉及社会、经济、伦理等人文因素，作出合理决策。于是"循证医学时代"面临尴尬，应有新的对策。就是指南（以循证为基础）和实践有差距，沟壑要弥平。循证和个体要相加，效果会更好。这里的个体包括病人个体化，也包括医生的经验。所谓"一个没有临床经验的人，即使十分熟悉证据，也无法给病人看病"，即循证医学并不能完全取代临床经验，在研究证据不足或不存在时（这种情况经常遇到），临床经验是实践和决策可依的唯一证据。

其实，重视证据，就是重视调查研究，重视经验积累。领袖早已有言："一切结论在调查研究之后，而不是调查研究之前。"循证理念并不鲜为人知。

近年，转化医学崛起，甚至有了转化医学大楼、转化医学中心、国内国际转化医学大会和转化医学专家。转化医学的理念当然是应推崇的，即从病床到实验台、从实验到临床，打破生命科学、基础医学与临床医学、预防医学及药物研究之间的障碍，建立联合与合作，更直接、有效、快捷地推动医学发展和大众健康事业。也可以合理、有益地利用经济资源，和谐、实际地施行社会卫生保障。

但稍加琢磨，转化医学不过是"认识论"、"实践论"在医学科学上的应用和翻版，乃为临床与基础相结合，理论与实践相统一，这既是医学之本源，也是研究之目标，也是领袖早已深刻论述的"实践——理论——实践"的模式。

此外，将内镜手术理解为微创外科；将保守、姑息治疗改换为舒缓医学；关注人文情感，善于医患交流并贯穿于医疗实践中的叙事医学；以及强调整体辩证观念的整合医学和强调价值观和经济学的价值医学等，都是有进步意义、对医学健康发展有推动作用的概念、理念或技术能力。也多数是"舶来品"。

但我们在理解和应用过程中，应看清和捕捉本质，避免表面的、文字的、概念的炫耀，或者只是如同网络上的流行语。

当我们认真研读医学巨匠威廉·奥斯勒的《生活之道》时，可以说，上述的概念，早在百年前已被深刻地阐述过了。而这些新名词的哲学内涵则在更早，也被中国古代圣贤和希腊哲人以及后来的思想家们精辟地论述了。

"我们却常常把传统的梦想遗弃，而拼命追逐这新世界快速前进的车轮。"

诊断与治疗的"陷阱"

萨克雷在《鳏夫洛弗尔》一书中写道:如果你从来没做过傻事,那么你大概不会成为智者。

医生做的傻事就是诊断与治疗做得不对,做错事,诚如一个人难免犯错误。可能有各种原因,我们可以将其喻为临床诊断与治疗的陷阱。

规避陷阱是多么重要的事啊!

医学有两大特点:局限性和风险性。医学的局限性是对人体、对疾病认识的局限,漏诊、误诊及治疗不当都可发生。医学的风险性在于所有的诊治都是在活的人体上施行的,诊断有创伤,用药有毒副作用、耐药与过敏,手术的麻醉问题、出血、损伤与感染都可能发生。于是,先哲们告诫:临床医生要如临深渊,如履薄冰。

可以认为上述诸项都是误区,都是陷阱,如何提防呢?

首先要培养正确的思维观念和思维方法,强化人文意识和哲学理念（请注意，我并没有首先提出技术实施）。因为正确的诊断和处理源于正确的决策，正确的决策源于正确的思维观念和思维方法。在思辨考虑制定决策时，正确的思维观念和方法可以使我们避免陷入误区，比如主观性和随意性、盲目性和偏向性、机械性和乏辩性、纯科学性和非人文性……凡此种种，都会使医生思想僵化，认识片面，发生诊治错误。

这就是我们通常说的，一个成功的治疗（包括手术），决策占75%，而技巧只占25%，当然具体技巧及细节也很重要。临床决策的基本原则是：充分的事实和证据，周密的设计和方案，审慎的实施和操作，灵活的应急和应变，全面的考量和考虑。

我们要深切领会，医生有"特权"进入人体，那是神圣、庄严、要极端负责的，现今要尤其注意现代技术下的数字化、去感情化和离床化阴影；又要善于跟病人（病家）进行沟通和交流，这是医疗纠纷防范的关键环节，也是医德的重要体现。

伟大的医学教育家威廉·奥斯勒说：医学是不确定的科学和可能性的艺术。一个不确定性，一个可能性，这正如前文所述医学的局限性和风险性。一个医生，一半是技术，一半是艺术。只有技术，没有艺术，诊治难以尽善尽美；只有艺术、没有技术，诊治又不能成功。而统领技术和艺术的是哲学，没有哲学，诊治便失去了方向，没有了灵气。

有两个法则，像警钟一样永远在我们耳边鸣响：

墨菲定律——当一种危险的潜在因素存在时，这种危险迟早会发生。

海因里希法则或称"1∶29∶300法则"——当一个企业有300个隐患或违章，必然要发生29起轻伤或故障，另外还有一起重伤、死亡或重大事故。

可见及时认识、及时发现、及时解决问题隐患或轻度问题至关重要，未雨绸缪，防微杜渐，才能避免铸成大错。

我们也时刻铭记：不论过去，抑或现在及将来，不论年轻医生，还是比较有经验的医生，甚至技术专家，都有机会遭遇不同的危险！

妙手易作,仁心难当

这是描写医生的长篇小说《阿图医生》封面上的一句话,这部书中译本已经出版近四年了。所以,我写这篇小文,既不是推介,也不是评论,而是我在2011年春节期间读了两季(册)后,写了整整一小本札记。今天,复习起来,仍觉得《阿图医生》书中的情景清晰再现,又让人思忖。

《阿图医生》两册的封面都是外科医生及手术图景,有很强的吸引力和亲切感。

美国《时代周刊》说:"作者有一支犀利如手术刀的笔,一双如X光能够透视的双眼……"这应该是每一位同道或有幸致力于文学创作的外科医生应该具备的素质和能力。如此才可以在临床上明察秋毫,并把与病人合拍的生命跳动和情感波澜展现出来。

重要的就在于医生和病人之间的交流和理解。医生自己明了,病人和百姓也应该明了,我们的知识、经验与掌握的技术，与要解决的问题有着很大的差距。临床医学病象复杂混乱，有相当的不确定性和难以解释，诚如威廉·奥斯勒所言："医学是不确定的科学和可能性的艺术。"我们甚至认为医学是一个时刻变幻、难以捉捕、耐人琢磨的知识、技术和意识系统。

因此，我们可以看到作者描述的每一例病案故事都像是惊悚的小说。

这部小说也让病人和公众理解了医生的踌躇不解、错误和失败。医生不是神，可经历好运，也会遭遇倒霉。医生要经历的是热血冶锻、非凡捶打的自我修炼。

小说给我们的思考是在这个浮躁、功利、动荡和快速向前的世界里，居于其中的医生如何脱俗于迷惑、脆弱和利欲，即使不敢说独善其身，也要认真严肃地总结、反思、调整和纠正自己的从医轨迹。

看完两册书，可以借鉴的是：

其一，中国医生如何树立对医生职业的正确认识，人文观念是队伍建设的根本。

其二，中国作家，尤其是医生作家应该拿起笔来写中国医生的思想、生活和工作，他们的理想与困惑、快乐与忧虑……

其三，中国百姓应该读这类书，现有的表现医生的书籍、影视似乎还不够真实和深刻。

其四，所有的中国医生和中国百姓都应该读读这部书，想必是最好的"医改"教材之一。

又回头翻阅《阿图医生》，才发现书的原名竟是 *A Surgeon's Notes on Imperfect Science*（非完美科学的外科医生笔记，第一季）和 *A Surgeon's Notes on Performance*（外科医生手术笔记，第二季），对于第一季，我有一个《医道》相对应，对于第二季，我的手术笔记却不是小说，有点遗憾。

颠覆医学

前些时候，读了一本书，让人沉思良久。

书名直译应为"医学的创造性破坏"。肇始于二十世纪中叶，经济学家约瑟夫·熊彼特（Joseph Schumpeter）提出，由于高科技迅猛发展，使得社会、生产发生了根本性创新和转型，所谓世界的"创造性破坏"，即"熊彼特化"。

在医学领域，由于信息化、大数字化、网络及开放化，也面临着"熊彼特化"了。

医学，这一相对保守的"王国"要迎接严峻的挑战！

的确，靠一般书报、杂志、照片阅读知识的时代似乎要过去了；靠一般的生命体征和化验检查获得病人信息显得简单而缓慢了；靠一般的解剖、生化来解读生命密码和疾病根源有很多不足和肤浅了……

传统医学，甚至我们狭隘概念上的当代医学，面对的是云计算、互联网、无线传感、三维重建、打印器官、基因组学……甚至一部手机如同一个多功能干细胞，几乎可以染指全部生活和工作等，借此，似乎是到了被"颠覆"和"崩溃"的边缘了。作为临床医生，我们有点手足无措，过早地患上了阿尔茨海默症。

我们当然要跟上时代和社会科学与技术发展的步伐，开放和分享人类进步带来的恩惠。这些"新式武器"或者数字化突破了医学困囿的"茧壳"，高分辨、高精细技术敲碎了难解的医疗"坚果"，甚至对医疗改革和决策，以及新的医患关系的建立都会发生巨大影响，展示了医学和医疗发展的全景视野。我们要学习，掌握新观念、新理论、新技术、新方法，以裨益医学和病人。

但是，接踵而至的问题是，仅靠这些超级融合的概念和技术能力，就可以推动医学向前发展吗？回答是否定的。

因为，医学本源是不应该被撼动的。医疗与其他任何行业的重要或根本区别在于，它研究或服务的对象是人！一个医生的培养、一个病人的诊治，都在人的身上，这里不仅有技术，更有情感和关爱。医生和病人面对的都不仅仅是信息、知识库。是群体世界，更是个体现实；是活生生的机体，而不是虚拟人。总之，不是面对数字信息，而是具体的人。

所以，笔者坚信，不应该让医学本源遭遇颠覆，而只是获得进步。我们不要"熊彼特化"，我们要"狼人性化"。

做个白求恩式的大夫并不难

那时候,学习"老三篇"中的《纪念白求恩》,领袖说:白求恩同志对工作极端负责任,对同志极端热忱。这两个"极端"境界是很高的,似乎可望而不可及,成为了我们做医生的目标和追求。

后来不背了,也不说了,仔细品评几十年的从医生涯,又似乎觉得做到对病人极端负责,并不高攀,甚至可以说,一个合格、成熟的医生就应该是这样的。

医生的负责精神是必然、普遍的,是职业精神、是职业习惯。今天你做了一台大手术,下班以前一定要去看看——生命体征、病人诉说、尿量、引流……一切正常,方可放心回家。晚八九点钟一定会电询情况,作出叮嘱。如若有问题,会随时转返医院。翌日,无论周末假日,一定会去病房检视病人……即使不是什么特殊要关照的病人,也根本没有"加班费"。因为,他是你的病人,你是他手术的大夫。

出去会诊、手术也一样,无论到得有多晚,或者有领导接见,或者招待饭已备好,都不重要。重要的是去看病人、检查病人,准备是否完备、周全,甚至每一个器械是否合适……想起白求恩大夫到了战地医院,第一位的任务就是去看伤员,个人休息等均抛在脑后。

极端热忱源于对病人的关爱,源于对生命的尊崇。热忱当然是医生执业的仁爱、善良和怜悯。因此,这种热忱是一视同仁的、是普世的,也是自然的。有时,年轻医生会关照老医生,想尽量减轻他们的操劳,但在"病人第一"面前,却会遭到老师的批评,甚至是严厉的教训。请看下面两组对话:

其一

老师:这个手术,为什么没叫我?

学生:我想手术不太复杂,可以自己完成。所以……

老师:要知道,这是他第三次开刀了,不能再失败了。手术虽小,关系甚大!

学生:是的,知道了。

其二

老师:夜里引流管脱落,为什么不及时插上?

学生:病人不愿意,又觉得太晚了,没敢打扰请示您。

老师:不可以。你是主管医生,病人是可以解释说服的呀。什么时候都可以问我。几个小时没引流,我们的修补手术可能前功尽弃!

学生:……

这似乎是生活中的枝末细节，工作中的司空见惯，但一个医生的关爱之心都是在这细微中体现的。没有什么比病人、病情更紧急、更重要，一切考虑，都应以此为基准。

我们还可以说，绝大多数医生都可以，也都应该做得到，或者已经做到了。

医生很辛苦，学习白求恩大夫更辛苦。我的一双儿女都不学医，他们的口头禅是"从小到大，看你们两位医生，就已经很累了……"也许他们并非完全害怕辛苦，而是我们引教的不够。不过，我们还是认为学医最好，当一个白求恩式的医生最好。

在医院里消费什么？

有一段时间，病人对医院、医生有意见，可以到"消协"（全名大概叫"消费者协会"吧）去投诉，以解决问题。如若涉及不合理收费等，似乎也还说得过去，但将医院列为消费单位，将医生视为售货员，总觉得别扭。

到医院看病，是要花钱的，即使有了全民健保，或者在医疗体制非常健全的国家，也还是要缴纳一定费用的。然而医院毕竟不是商店，更不是交易场所。

到医院消费什么呢？是身体健康还是宝贵生命？当然都不是。

医院治病救人，是社会的福利和慈善事业，是健康和生命的保护与关爱。医生和护士是这一使命的实施者，或者是公众及病人的服务者。应该没有消费关系，医药有价，生命无价。如何评价医护的价值？病情好一些、病情差一些，显然也不是估算价格的筹码。

现今，政府将医药"分家"的政策是很好的，不仅可以摒弃医院"消费"的弊病，也回归了医院和医生的职能本源。医生的任务是看好病、治好病，心无旁骛，秉真行事。没有利益驱动，减除商业扭曲。医院、医生和患者、病家都会和谐舒畅。

我去过很多医院，挂号大厅、过道走廊张贴着专家、教授的照片，供病人选择；病房里也有医生、护士的名字排榜，任病人投票画圈。本意是尊重病人意愿，促进医护工作。但我依然觉得不像是在医院里，似乎也不完全是导医。

有的医院还在施行"点名手术"制度，如若患者都点一个人，怎么办？手术是由一组人共同完成的，不同的病，是由不同层级的医生施行的；完成了手术，又要有很多人一起管理的。每位医生都在发挥自己的功能作用，手术没有"独胆英雄"。二十多年前我做业务副院长，就没有建立这个制度，至今协和也没有点名手术，手术的质量和安全也都有保障。当然不是说一定废止于斯，作者也不是卫生局长或院长。

医院是块圣地，人命关天。少一些功利，少一些商业，也少一些消费观念，包括理性的服务观念，诸如表扬信、锦旗之类，甚至红包、馈赠等，都不是医生的追求。忠于职守，关爱病人，不求闻达于诸侯。唯有如此，才能成为一个好医生。

第三部分

科学而人文的医学

医学是人学，是艺术
通天理、近人情、达国法
得意、得气、得道
了解、理解、谅解
乐趣、兴趣、情趣

一切为了生命,为了生命的一切

这是我在推介最美乡村医生洛松江村时的感悟和说的一句活。

洛松是西藏东北部昌都地区边坝县沙丁乡的乡村医生,这里海拔3600米以上,16个自然村中有13个不通路,怒江环绕,山高谷深,悬崖峭壁,只能靠步行或骑马巡回医疗。

洛松吃苦耐劳、克服困难的工作自不必说,他竟在那样艰苦的环境下,为400多难产的孕妇接生,在录播中我看到了几百个可爱的孩子排列的长幅照片,令人感动不已。

所以,当主持人问我:"你到过很多地方进行医疗,最深刻、最难忘的是哪儿?""西藏阿里。"又问:"最重要、最困难的是什么?""生孩子。"

我于1973—1974年在西藏阿里地区巡回医疗,到过6个县,翻山越岭,风餐露宿,有"晕头没转向,气喘不费难;火烤胸前暖,哪管背后寒"的诗句。

有时为三五个帐篷，需用一天的时间，要牵着马尾巴爬上山。十余个小时的骑马，已将屁股磨烂，只能横坐在马背上。淳朴可爱的藏族向导怕我坐不稳，徒步为我牵马前行……

我仅仅在那儿一年，洛松却已是十七年了！

可以想象，在那样地广人稀、条件恶劣、交通不便、医疗落后的情况，生孩子是多么严重的事情。到医疗单位生孩子是办不到的，转诊处理是不可能的。1973年冬，另一个县的医疗队员给我打电报（当时最快捷的通信）征询一个难产的处理意见，并问我能否去。我只回答了八个字：就地处理，即做手术。我知道他是外科大夫，施行剖宫产当无问题，而我即使赶去，至少也得两天，岂不误事。那年我33岁。

可想而知，洛松多么不容易，他必须对整个地区孕妇情况了如指掌，定期检查，适时安排好接生，还要很好地掌握难产的处理，以确保母亲和孩子的安全，还要为小孩预防接种……现在洛松也只有33岁！

洛松为我们书写着、践行着"一切为生命，为了生命的一切"几个鲜明的大字。对生命的敬畏和热爱，是每个人都具有的，而医生的职业天性，不只是对自己，更应该是对别人，甚至对别人生命的珍爱。洛松经常遇到道路中断、马匹中毒、翻越高原大坂等种种危险，他曾从马上摔下，造成骨折，发生过胃出血……但他十余年如一日，就是铭记着"一切为了生命，为了生命的一切"。

在我未见到洛松江村医生之前，我就在想，藏族同胞那样淳朴可爱，而为他们勤恳服务的医生也一定更加淳朴可爱。真是这样！我们向乡村医生学习。

生命的本源表达　医学的终极关怀

生命的诞生或者生存，当然是科学的、生物学的，但也是神秘的，甚至是被神化的、宗教的。死亡，也是科学的、生物学的，却也是神秘的，或者被神化的、宗教的。无论怎样，人本身就是自然中的一物，大概最终要回归于天地，抵抗这种规律纵是徒然。

科学已经发现人类细胞有46条染色体，每一条染色体中至少有15万个基因，并且可以绘制基因图。但凭此合成细胞、制造生命仍然是困难的，也许现今科学仍然不能完全知道生命是什么！哲学认为生命的本质是变化的、持续发展的，试图诠释它的偶然与必然（创造），亦远不如科学丰富、壮丽。宗教把生命提升到灵魂的层级，但既看不到、也摸不着，成为超时空的永恒生命神话。医学又该怎样看？如何做？

医学是将上述观念和学说结合起来的，即科学与人文融合的认识和实践，甚至不仅是科学的认识和实践，也是人类社会的认识和实践。我们对人体的认识、对疾病的认识，是对自然规律的认识。而对其的各种干预措施（预防、检查和治疗）又如何打破规律、顺应规律，还是改变规律？医学的命题变得沉重！

这里讲的终极关怀，不是人们常说的临终关怀，而是对生老病死，特别是生与死的关注和态度，医学或医者的使命是将人类善良情感和帮助作为社会职责来完成和表达，其终极目标也只能达到特鲁多所述"有时是治愈，常常是帮助，总是去慰藉"。我们的确在寻找消除病痛、延长生命的药法，但也应避免无意义的，甚至是善意的扰乱。

医学实践，特别是临床医学是很具体的诊断治疗活动，但必须以辩证的哲学理念和深刻的人文思想为指导，否则达不到真正的终极关怀。亦即哲学来源于医学，医学要归隐于哲学。

现代西方科学源于古希腊哲学，哲学家们通常是医学者，都是从反对神学开始。但基督神学产生后，又把系统规律推给了"上帝"，而注重具体科学的研究。于是荒芜了"本源"的思虑，冷落了"出路"的探索。及至二十世纪以后，现代科学技术渗入医学，虽然提升了诊治水平，但高效的检查技术和治疗流程导致辩证统一的缺失，活生生的人作为整体却可能被分割成"流水线"上的一个部件。分科过细有助于深入，也易于造成分离。因此，现代医学的弊病日趋显著：历史洞察的贫乏、科学与人文的断裂、技术进步与人道主义的疏离（威廉·奥斯勒）。

因此，我们必须回归生命的本源和医学的真谛，乃是真正的善意和善行的相合、灵与肉的兼顾。现代社会和科学技术总是试图抹去身体或忽视心灵，即无视人的血肉之身和精灵之躯的结合，而这种割裂至少不是医学！试图主宰自然、挑战极限的尝试或许屡战屡败。人体，包括其心灵具有特殊地位，其自然存在和自我表现也理应受到尊重。我们应该关注科学技术的"去人性化"，临床医生心智"板结"和"沙漠化"是令人担忧的。我们不能蜕变成匠人和控制仪器、操作数学报告的纯科学家。

所以，医生只有从医学本质上修炼，才能真正提升职业洞察、职业智慧和职业精神。公众只有从医学本质上认识，才能真正理解医学的深奥、医疗的无奈和医生的责任。

"四环"医学

要想把病处理得好，有四个环节最为重要，这就是预防、筛查、治疗和公众教育，可谓"四环"医学。

预防疾病是第一位，应以预防为主。预防疾病有两个范畴：一方面是整体的、全身的，整体是指整个卫生体系的，涉及医疗体制、保健政策、防病措施、饮食用药、环境保护等，具有全民性、全社会性。全身的是指锻炼身体、增强体质和防病能力，注重身体检查、防病接种等个体保健措施。而另一个方面是针对某个疾病的具体预防，如禁烟对于肺癌、避免人乳头瘤病毒（HPV）暴露（感染）对于子宫颈癌、艾滋病预防的几个途径等。

筛查是从人群中检测出某种疾病，或者癌瘤的癌前病变。筛查可以是流行病学调查，包括疾病的发病状况、分布、地域与民族、发病的因素及特点等，对疾病的防治极为重要。好的筛查方法应该是技术方法的可行性（卫生经济学）、公众的可接受性（依从性）和普遍公平性，因为筛查应是"大面积"的，多数人的，少则几千、几万人，多则百万、千万人。筛查与诊断疾病并不完全是一个概念，对于诊断当然也主张或争取越早越好。

治疗则强调早期治疗，其意义不言自明。不用说，对于一般疾病早治疗不仅可以免遭诸多痛苦，也容易治疗，减少复发，就是最难治的癌瘤，"早诊断、早治疗、预后好"仍然是基本原则。早治疗也是减少医疗花费的重要举措。早治疗源于早诊断，早诊断源于公众教育。

无论如何良好的医疗设施、医疗服务和医疗制度，都不可能为每个人配备一个观察所有疾病的"检测仪"。每个人自己的医疗知识、保健意识就是最好的"检测仪""报警器"。所以，公众教育至关重要，它是全民健康水平的体现和保障。人们现在可以通过各种媒体渠道获得医学知识、保健常识，但首先要保障这些知识或常识来源是可靠的、科学的和有益的，不可靠的、伪科学的宣传，甚至比不宣传还要有害！比如说，子宫颈糜烂（不屑说这个词儿本身就不对）是癌前病变，于是，人心惶惶，过度治疗比比皆是，不仅要切除宫颈，还要切除子宫。又比如说，子宫颈癌是由于感染 HPV，但感染 HPV 不一定就得宫颈癌（这种机会只有 2%，而且有一个从感染状态到发生子宫颈上皮病变，再到癌有个过程。而且多数情况下，HPV 可以被自身免疫能力所排除）。若流行"有 HPV 感染，就必须切除"之说，岂不"滥杀"无辜！

可见，预防、筛查、（早期）治疗和公众教育四个环节环环相套、相辅相成，才是防治疾病的坚固锁链。如有一个环节薄弱或断裂，都不会达到防治的预期目的。简言之：

预防为主，筛查在先。

治疗宜早，宣传要准。

"3P"医学

科学迅猛发展,各学科向医学渗入、促进、融合,使医学获得了长足进步。临床医学的诊治观念、诊治技术都发生了重大改变,甚至突破。

基础医学家们也许很有信心地说,我们可以预测(Prediction)疾病、预防(Prevention)疾病、完成个体化(Personalization),叫做"3P"医学,也有增加至"5P"者。这无疑是医生的一种理想追求,是对公众的一种巨大鼓舞!

无论是医生,还是公众都会异口同声地质疑"3P"能做到吗?

从理论上,从发展上,我们似乎是可以达到的。预测不是诊断,目前临床上的检查方法和检测技术都只是诊断,预测的功用很小。预测是针对"始作俑者",要"风起青萍之末",或者"没有任何动静之时"。比如基因检测、疾病或肿瘤标志物,我们现在有的可以做到,而多数做不到;能够做的,也没有达到理想的准确性（率）。

疾病的预防，在于病因的明确，知其病原，知其发病规律，比如，我们知道人乳头瘤病毒（HPV）是子宫颈癌的致癌病毒，没有HPV感染就可以不得宫颈癌，预防HPV感染就可以预防宫颈癌。甚至有了HPV疫苗，注射后几乎有100%的保护率，像我们用了有关疫苗就可以不得天花、小儿麻痹一样。这已经达到了一级预防的水平，但如此成功的预防方法少之又少。多数还是"养生""劝慰"式的，"对预防或减少患病有好处"而已。而个体化则尤为重要、复杂了！因为个体对遭遇疾病、疾病表现、治疗反应、结果预后都是千差万别，对每个人的个体化方案乃为医疗之本，更为医疗之难。

因此，当我们为"3P"医学欣喜若狂之时，临床医生不能不抬起头来正视医疗现状，不得不低下头沉吟如何作答。

临床医生会"很没出息"地说出这样的"3P"：大概（Probable）、可能（Possible）、期望如此（Prospective），也可谓"3P"医学。

为什么这么没出息、没底气呢？就是因为临床上遇到的疾病、遇到的病人太复杂、多变，很难用一种检验技术方法、一项结果报告来论定，不完全是风险问题，也攸关生命。在临床工作中，我们的信条是"多质疑，少允诺"。说一种诊断方法100%准确，抽一滴血可以查出50种癌，说一种治疗技术100%有效，大概都是值得怀疑的。说一种机器能够治愈任何疾病，而没有任何副作用。毋宁说，什么都能治，大概什么都不能治。没有任何副作用，大概是没有任何作用！

《易经》称"易者数也""世事皆数"。正是这些数让人头晕目眩、颇费踌躇。80%的诊断准确率、80%的诊疗有效率，已经相当不错了。可是那剩下的20%，反倒更加重要了。如何提高？如何预防与个体化？用"太极生两仪，两仪生四象，四象生八卦"来算一算，亦无不可，并非就是迷信，而是全面辩证分析，所谓用自然法则剖解现代科学。当然，我们更喜欢、更善于用现代科学技术方法去进一步"探索""分流""确认"其中的奥秘，但也说不定是"西卦""洋迷信"。

各种技术纷至沓来，古今中外各种学说层出不穷，但在临床上患者比什么都重要。我们常常把梦想遗弃，只是为了追逐这时代飞转的车轮。但我们务必看准方向，知道自己该上哪里去。

"ABCD"原则

"ABCD"原则,是基本原则,是起码要求。

"ABCD"原则是指态度(Attitude)、行为(Behaviour)、同情(Compassion)、对话(Dialogue)。

"ABCD"原则主要是对医生的要求,但作为病人亦何乐而不为呢?

态度是首要的。诚恳、信任的态度拉近了医患的距离,使之成为"同一战壕的战友",共同对付疾病。

不良的态度是:傲慢、生硬、冷淡、猜忌、歧视……

关键是行为。一启齿、一举手、一投足,都应体现友善和关爱。医生要走到病人床边去,做面对面的工作,不要只凭检查和化验报告作结论、下诊断、开处方。离床医生不是好医生!

不良的行为是:冷酷的脸、面无表情,总以为病人是脏的,只盯着检查报告,对病人都不看一眼……

同情是医生的天性。同情就是仁爱之心、慈善之心，乃为医生的根本情怀，或从医的本源。同情病人的遭遇和不幸、同情病人的痛苦和伤感、同情病人的困难和纠结、同情病人的意愿和难耐，为的是帮助他们、解救他们、慰藉他们。

不良的情绪是：不关心、无怜悯（怜悯这个词并不错）、缺乏体恤、看病如同修理机器（没有感情交流）……

对话是交流、沟通、诊疗的一部分。对话需要尊重与倾听、耐心与接受、坦诚与沟通、肯定与澄清、引导与总结。善于对话是医生的基本功。"缺乏共鸣（同情）与交流，与技术不够一样，是无能力的表现。"（福冈宣言）

不会或不善于对话的表现是：简单、粗糙、教训、罗列局外人听不懂的术语、不耐心、自以为是、似是而非……

可见，"ABCD"原则，几乎不是医学知识和医疗技术本身。纵然你有丰富的医学知识、高超的医疗技术，连"ABCD"都不懂，连"ABCD"都不会做，又怎样能施行好的医疗活动呢？

因此，我们说医学是一种知识，一种技术，但又不仅仅是一种知识和技术，它要通过医生和病人双方合作来完成。医生和病人都是活生生的人，医疗活动和医患关系就变得复杂起来。医学的人文性、社会性在其中起重要作用。

医学不是一门纯粹、完美的科学，是一个时刻变化（可以用变幻）的，难以捕捉、难以琢磨的知识、技术和意识构成的系统工程，因为其对象是活的机体，是有思想、感情、意识、意愿以及家庭、社会背景的人。还因为，医生和病人（或病家）的体验、感受以及思维路线、思想方法也不相同。当我们迷惑不解或苦思寻觅医学的核心价值观和医疗规则时，首先应该牢记的是"患者第一"，如是，我们的"ABCD"原则就都是以病人为中心了！

医生要善于交流

1995年世界医学教育高峰会明确地指出：要重新设计21世纪的医生……新时代的医生必须是细心的观察者、耐心的倾听者和敏锐的交谈者。

可见医患交流之重要。中国传统医学早就非常重视这种交流，"望闻问切"就是交谈、就是交流，医患亲近、医患无阂。只是现代医学，机器检查、操作化验将医生和病人隔阂开来，仅剩不多的医生与病人"面对面"，变得短促、简单、例行、冷冰、生硬、粗糙。

"医患交流是交心"这句话说得挺好，其实就是彼此尊重、坦诚。尊重和坦诚是医患关系的基石，病人是医生的老师，医生是病人的守护者，没有理由互相不尊敬、不信任。医生对病人不可颐指气使，病人对医生不可鄙薄轻视。坦诚不仅关乎医患和谐，还是疾病诊治科学性、可靠性的一个保证。

双方都要耐心和接受。耐心听取对方的意见、诉说，是平等的表现，是尊重的态度。医生要善于用通俗的语言讲述医学问题，使病家易于理解和接受。医生也要考虑、接受病家的意愿和要求，也是诊治个体化、人性化的出发点。

有时是需要讨论和澄清一些问题的。病人是依照自己的感受表述和看待功能障碍、痛苦和问题的，医生是按照疾病规律和诊治原则去认识和处理问题的。病人看病要求诊断无误、疾病痊愈，有些绝对化；医生治病则要尽量搞清诊断、尽力改善结果，有些相对性。我们不能"斩断"任何一方的手，而应该拉起手来。所以，有时必须讨论和澄清，梳理观念的不同，分别"对"与"不对"、"合理"与"不合理"、"可行"与"不可行"，弥平沟壑、达成理解与共识。

主要的谈话，包括入院、术前、术后、出院，医生交代问题，尽量清晰明确，有引导，有结论。有时常常让病人选择，病人常常说："我也不是大夫，我怎么选择？"比如做不做剖宫产，产科医生当然要全面分析孕产妇的全身状况、产科情况，提出分娩方式的建议。再征求产妇和家人的意见。有些疾病的诊治，我们很希望病人同意我们的方案，经过耐心细致的说明达成一致，这种理解与配合至关重要。如果仍未达成共识，或者病家坚持自己的意见，也要交代利弊，尽其可能做好相应准备。无论如何，我们希望医患之间的交谈是讨论，而不是争论！

医患交流也像医患关系一样，也会比较复杂，毕竟不是聊天（尽管我们想如是做）。有经验的医生必须有足够的信息、明确的诊治、坦诚的交流和真切的理解。首先是同情和理解，"缺乏共鸣或者同情，与技术不够一样，是无能力的表现。"（世界医学教育高峰会宣言）

"医生给病人开出的第一张处方是关爱"——是看病，也是交流。

医生要会画图

这是一个在医学教育和毕业后继续医学教育中被完全忽略的学习、训练和要求，就是医学绘图。

画图可以准确明了地表示病变和手术状况，尤其是语言难以表达，或需用非常繁琐的书写也未必能说清楚的问题。画图也有利于向患者解说诊断和处理，便于患者的理解和医患沟通与交流。在一些医院甚至有印制好的简图和便签，医生勾勾画画，说清了多少难解的医学术语。

特别是对外科大夫来说，绘图可以认为是和手术技术一样的基本功。绘图表达了外科医师的解剖概念和精确技术；可以叙述手术的过程和术前后的图景（切了什么、没切什么、术后追随注意什么等）；绘图也是形象思维的最好训练和表现。请看看北京协和医院的病历展览，近百年的病历不仅完好无损，而且书写正规、详细、耐读，手术记录的画图更是令人击节赞赏，是学术珍品、艺术瑰宝。宋鸿钊大夫高度近视，但绘图细腻如工笔画，连利娟大夫、吴葆桢大夫所绘虽像草图，却清晰到位。正是在这些前辈大师的言传身教下，我们才养成了绘图的习惯。

现今的医生绘图基本，是一种天赋和兴趣，可画可不画，我行我素。有规定、有要求，才能形成习惯和制度。作为一种训练和基本功，或者非专业画者，我认为要有清晰的解剖概念、形象的表达习惯和基本的绘图技法。这技法，根据我的经验，是"绘图四阶段"，即想、看、摹、画。想者，是"日间练武，夜间习文"，回顾、"反刍"检查手术过程，构成形象概念。看者，一是看现场手术；二是看手术解剖图谱，思索解剖与手术；三是看绘画作品，体察绘画意境、熏陶艺术品质。摹者，是鉴赏，是临摹描绘，并根据专业观察体验，形成自己的构想。画者，就是解剖熟了，观念形成了，画法掌握了，表达裕如了。画图乃成。

我们要提到杰出的医学绘图艺术家奈特博士（Dr. F. H. Netter，1906—1991），他研究绘图艺术，又学医科，获医学博士，做外科医生。有13卷的《奈特医学图集》，内含达20000余幅画图。我们也许只能望其项背，但应谨记他的名言：阐明主体是绘图的根本目的和最高标准，作为医学艺术作品，不管绘制过程多么美好、多么有技巧，如果不能阐明其医学观点，就将失去价值。就是说，或画得精熟，或画得笨拙，或漂亮，或难看，只要表达清楚准确，就是好图画。熟能成巧，功到自然成。

这就是我们不惧困难、不怕涂鸦,而一定要掌握这项技能的基本原因。

医生还要会写

著名外科大师裘法祖教授说:"一个外科医师要多学、多想、多做;要会做、会说、会写。"

学、想、做,自不待言,说、写的功夫提出来了。"医生要善于交流"讲的是说,那么在这里主要讲写。

现今,"写"已经无须在这里强调了,晋升要写论著,申请基金要写标书,开会写讲稿……似乎不写、不会写是不行了。

无论学、做还是说、写,都需要勤奋。要善于发现问题、总结经验、表述观点。

我有一个学生,在任第三年住院医生时,将平时上级医师查房、讨论的内容,每日均悉心记录整理,又查阅相关文献,居然敷衍成册,逾三十万言,我鼓励其出版,命名《妇产科临床备忘录》。因其内容丰富,理念先进,又提纲挈领,言简意赅,颇受欢迎,竟成畅销书。几次重印后,又新添内容形成二版,成为广大医师,特别是青年医师的手册、备忘和指导。可见青年医师只要有心用心，勤奋努力，也可以著书立说、有所建树。

要形成一种良好的气氛和激励机制。我们鼓励、支持青年医师写文章、发文章和积极参加会议，科室给予资助保障。并对综述、病例报告、临床或基础研究提出要求、指导和检查。养成善于实践、善于思考、善于总结的好习惯，形成一种能力。提倡的是坚持不辍、日积月累、滴水成河、集腋成裘。

我以自己的经验，做如下要求：在临床上每年至少总结两个疾病方面的问题形成论著，同时有 2 到 3 篇综述完成。如果坚持 10 年、20 年，就可以深入复习几十个病种，这就不仅仅是发表文章，更积累总结了相当多的临床经验。再申请一些科研基金，会得到临床或基础研究的训练和成果。这是医疗、教学、研究全面成长所必需的，而且是一定可以达到的。

我在《妇产科临床备忘录》一书的扉页上，这样写道：也许，我们学习得很不少，只是实践得不够；也许，我们实践得也不少，只是思索得不够……

修身养性

古训：修身齐家治国平天下。

做医生，亦应修身养性，成大医然。

医生要有"四性"：

首先是仁性，包括仁心、仁术、爱人、爱业。

这是医学或医疗的本源使然。这种仁心，不仅仅是做人的基本准则，更是作为医生的终生责任心。"我们也许做不了伟大的事业，但是应该以伟大的爱心去做一些小事情。"

其次是悟性，包括反省、思索、推理、演绎。

前两者是思维习惯，后两者为思想方法。临床医生终日忙碌于诊断处理疾病，几无暇余，但一定要静下心来，镇定思索一番。"一日三省吾身"不可或缺。诊治中善于推理演绎，并贯穿唯物辩证，形成哲学理念。

再者是理性，包括冷静、沉稳、客观、循证。

疾病的发生、发展复杂多变，患者、病家情况各异，所以临床上"一种疾病，一个病人，各有一样"，医生既要掌握循证原则，又要结合自己的经验；注意普遍性，探寻特殊性；依据规范化，实施个体化。并始终谦逊谨慎，如临深渊，如履薄冰。

最后是灵性，包括随机应变、技巧、创新。

临床医疗的所有活动都是在人的活的机体上完成的，医生不是修理机器的匠人或纯技术专家，要随机应变，所谓"君子不器"，君子用器而非器。又要在实践中掌握技巧，有所创新，形成风格，突出特长。既要做专家，又要做基础雄厚、见识广泛的"杂家"。有诟病于专家云："专家者，就是别人都不知道的，他知道；别人都知道的，他不知道。"前者甚好，后者避免，才是真正的好专家。

医生，面对医学，未知的瀚海起伏；面对患者，人命关乎天地。的确是耗其精髓，苦其心志。需时时修炼，处处小心，尚不知何时修成"正果"。我在某一天的日记中，这样描述自己的感受和心境：

也许我们没有惊心动魄的工作，没有传奇的经历。我们只是一个临床医生，诊断与治疗的风险也很严峻，但表面并不轰轰烈烈。日常生活毕竟平淡无奇，学术进步、生活境遇似乎都风平浪静，但仔细回顾生活与工作，却也不乏艰辛。

觉得自己像一块铁，注定要经历千锤百炼，直至死去。命运会把我们丢进焰焰的洪炉中，然后再提出来，在我们身上不断锤击,接着投入冰水中淬火,喷出哭泣的蒸气。然后又是重新冶炼,又是翻来覆去地锤打,又是淬火,再又轻松地吐出一口气……虽然不死,却要经历磨难。

要百炼成钢,总要如此经历,不要寻求安逸!

作者与夫人华桂茹教授、女儿郎晴,摄于1998年

兴趣与责任

兴趣是发明、创造的原动力,是成就事业的燃料。不要低估兴趣,不要以为兴趣只是个人喜好。

大发明家从此诞生——爱迪生好奇"孵卵";牛顿凝望"坠果";阿基米德从浴缸中裸起,高叫:"我找到了!"

医生无论从事临床或者研究,都会遇到令人感兴趣的疾病和问题,常常是深入研究的"扳机"。

我从二十世纪七十年代搞妇科肿瘤,主要是卵巢癌。后来,发现子宫内膜异位症的患者愈来愈多,甚至占妇科病人的1/3。疼痛、不育严重影响中青年妇女的健康和生活质量。不仅病因不清,就是归属于何种病也难确定,是炎症、肿瘤、内分泌问题吗?又都不是。连教科书也都将之单列一章,成为"单列病"。令人迷惑、感兴趣!特别是开过1998"魁北克会议"(每两年开一次的国际大会)之后,则是下决心攻克内异症了。十多年过去,完成了几个课题，培养了四十几位博士生，对这个病的发病、诊断和处理进行了广泛、深入的临床和基础研究，做出了一些成绩。

当初的兴趣和决定显然非常重要，而后，则是一种学术良知和社会责任。在这个过程中，从开始思索，到设想（也许是"猜想"），进而有结果，达到目标。或者几经挫折和失败。可能没有大路，只是荒凉小径；可能没有目标，要自己去设定或寻找。是艰苦的，却是快乐的。

我很欣赏 2003 年 SARS 流行期间，记者王治采访钟南山院士，王提问："钟院士，SARS 这么凶顽，你就不怕被传染上吗？"钟院士并不是冠冕堂皇地回答，而是说："我对这个病感兴趣，不是感冒、不是肺炎，是什么呢？我们要把它搞清楚！"一个正直的、有社会责任感的科学家的回答！

科学家的兴趣当然应该与科学发展及社会责任结合起来，并将最终回归社会，惠及人民。其实，一个有良知的科学家，特别是医生，总是会将自己的兴趣和注意力聚焦于国计民生、大众健康最迫切需要解决的问题上，完全钻在自己筑巢的"象牙塔"里孤芳自赏者，不会是有出息的科学家。

出路是走出去，到社会中去，到民众中去。

决策与技巧

我们常说：一个成功的手术，决策占75%，技巧占25%。表明了决策和技巧的关系，表明了决策的重要性。

不只是对手术而言，任何临床医疗实施也同样如此。决策起决定作用，技术实施是具体过程，当然也很重要，有道是"细节关乎成败"。

临床医疗的决策包括详细的病史询问，认真全面的体格检查和相应的辅助检查和化验，诊断和鉴别诊断，治疗方案。

如若手术，则有手术方式，甚至考虑到入经或切口、手术范围、术中可能遇到的问题和应对措施及准备，术后辅助治疗，随诊……一个完备严谨的计划方案，便是决策。

术中的操作技巧、各种治疗的具体实施，是实现或完善决策的过程，亦应周全、细腻。

人们可能更在意技术，年轻医生也可能更注重技巧，这些固然没有错，但关键仍然是决策。医学不是纯科学，临床不是纯技术。

论技巧，一个医生的手技无论如何高超，都不及一个普通的杂技演员，那种技巧可以做到丝毫不差、天衣无缝、臻于完美。

医生实际做不到，因为临床技术是在一个活的机体上完成一种仁爱之举，而并非一尊雕塑。当然，好的熟练的外科操作也是一种美！

林大夫曾通俗而深刻地说："街上的鞋匠，经过训练也可以完成一个手术，但他当不了大夫。"匠人好做，大夫难当。使我想起"文革"期间，要打破"医、护、工"界限，我们一上班要墩地、要铺床、要开饭，护士要上台手术。我带着她们做，像带人跳舞一样，怎么说怎么做，也可以切下子宫。当然，护士还是当不了大夫，因为不知道为什么切子宫？术中遇到问题怎么办？没有决策、不懂决策，仅仅会一些操作显然是不行的。

"廉颇老矣，尚能饭否？"对于一个年迈的外科大夫，也许人们更关心他还能上手术台吗？烈士暮年，壮心不已。也许他真的老了：眼睛花、手发抖、反应慢，新的器械不太熟悉……但仍是年轻医生的主心骨、靠山、后盾，因为他善决策、有经验，能明方向、去迷津。也许他只是来参加术前讨论，或者手术时看一看，或者只是在医院里，都是镇定、都是力量!

又使我们想起诸葛孔明坐在推车上,羽扇纶巾,樯橹灰飞烟灭……

通、近、达

我在河北的一座庙宇里，偶然发现中国古代一位思想家、政治家的一句话：通天理、近人情、达国法。

我想，做人做事要如此，做医生从事医疗也应该如此。

医生要通天理。天理就是人的身体、心理、生理、病理状况和特点，特别疾病的发生发展规律、临床表现及其转归。对天理的通晓，就是对自然的认识，对人体的认识，对疾病的认识。

医生要近人情。这个人情不是一般意义的人情，是指病人的思想、感情、意愿、要求，以及家庭与社会背景。这对诊治疾病和医患交流沟通都甚为重要。

医生要达国法。是指疾病的诊断治疗规范、技术路线及实施方法，行医戒律、工作规则以及相应的政策规定和必要手续。

可见，通、近、达都有走之，乃为行走归途也，亦即基本路线、基本准则、基本目标。

为了通、近、达，医生要逐步实践、具备和完成职业活动的"三要素"，即知识、技术和自知。分别是在医学院学习、临床实践和与病人的医疗活动中实现的。医疗对象不仅是生病的器官，而是患病的人，或者深刻地说，我们面对的不是某人得的那个病，而是罹患某病的那个人。医学，虽然是一种知识和技术，却不仅仅是一种知识和技术，如果离开了人文关怀、哲学理念，那知识和技术的价值实际是微不足道的。这是医生必备的自知之明和智慧之源。

如果我们缺乏这种自知之明和智慧之源，我们就可能模糊了疾病的图景、混乱了施治的方案，甚至迷失了诊治的目的。也就是做不到通天理、近人情、达国法了。

作者于欧洲

外科"三忌"

外科大夫最忌讳的事情有三件:开刀落空,没发现"东西"(Nothing to find, N);病人死在手术台上(Die on the table, O);遗留异物(Thing, T)。这些都是要避免的,应该说"不"(NOT)。

N. 开刀落空是指术前诊断有问题或肿瘤,应手术治疗而开进去后却没有什么发现,手术等于白做了,这当然不好。这里的"开空"与有计划的、有意向的探查不同,前者是因病情复杂不清或诊治需要而进行的。

由于术前详细认真的病情调查,以及影像化验等检测,"开空"的发生已经很少了。况且,现在还有各种微创内镜检查,有时也是必要的"探查"技术,避免了更大的或者不必要的手术。

O. 病人死在手术台上当然是很不幸的事情,对医生也是一样,而且会处于很难过、尴尬的境况。

但事情的发生却是很复杂的,患者的病情、全身状况、心肺功能；手术的范围、创伤的大小；还有医院条件、应急抢救能力、医生的经验与条件及配合等，都是问题发生以及应对与抢救能否成功的条件和因素。有时，事情的发生只是个难以预料的意外（如麻醉等）。真正由于手术者失误造成的死亡则十分少见，甚至也要具体情况具体分析，如解剖异常造成的误伤、突然的心肺功能衰竭等。

"不好的事情，我们通常愿意从不好的方面作想。但有时却并非都是不好之所为，甚至也并非不好的事情。"哲人告诉我们分析事情的两方面或者多方面。

但无论如何，这毕竟是件"不好的事情"，是应努力避讳之忌。手术医生在术前、术中都要做到周密严谨设计，认真谨慎施术，并做好各种情况发生的应急和应对措施。要多学科全力配合积极抢救，尽快结束手术，或者坚持到转送加强监护中心继续挽救病人的生命。

T. 遗留异物是不可以发生，绝对不应该发生的过错！它完全可以避免，是无法解释和不容原谅的。一个医生一辈子都不要犯这种错误！

究其缘由可能是，手术野过大，如盆腹腔完全暴露，手术物件容易进入；或者手术野过小，术者则要努力填入纱布等以显露器官；或者为了暴露术野及压迫止血，用纱布或纱垫填压；或者术中情况紧急危笃、抢救慌乱。

关键在于别遗忘、别遗留！

有经验的外科医生始终气定神宁、井然有序、心中有数。特别在深的部位、特殊的间隙放置了东西，会及时取出。清点器械、敷料及各种手术物品是手术室最重要的制度之一，医生和护士（台上及台下的）要极端重视、认真清点、毫不含糊。一次不清，二次；二次不清，三次。数目少了不行，数目多了也不行，必须悉数核准。必要时要行放射或超声检测（亦有可显示的纱垫及器具）。还要注意敷料、铺巾、地上、脚凳等各处的寻找，也可用吸铁石搜索小金属物件（如缝针等）。

内镜手术器械的各种配件，会发生脱落、损坏，而且特别难以找到，尤应注意。器械经常检修，术中要时时检查。

作者之所以不厌其烦地叙述遗留异物的防范，可见其极端重要性。哪怕只有一次，也可以毁掉外科大夫一生的英名！

四个敬畏

一个医生要做到四个敬畏：敬畏生命、敬畏病人、敬畏医学、敬畏自然。

首先要敬畏生命。生命对于每个人只有一次而已，最为宝贵，其他一切都不可相比。而病人把生命交给你，无论你是男医生、女医生，资深的还是年轻的，病人都把你视作"长者""圣贤"，遵为"天使""恩人"。

所以，要尊敬他们，看重他们，决不可冷漠、轻慢和敷衍。此外，病人才是医生真正的老师（张孝骞语），医生的技术与经验，不是在教科书和文献上，而是在临床实践的病人身上。无论我们的诊断成功还是失败，没有病人的理解、了解和谅解，没有病人的合作、意愿和宽容，我们的医疗活动寸步难行。况且，他们还有为医学贡献自己的鲜血、组织、器官，以至遗体。因此，我们不仅要敬仰他们，还要有畏惧和讳忌。

我们要敬畏医学，因为医学是个未知数最多的瀚海，需要我们认真思索、小心求证、谨慎实践。医学是个庄严的事业，有幸从事医学的人，会牢记"如临深渊，如履薄冰"。从医生涯中，无论巅峰和低谷、受苦和犯错、喜悦和哀愁，只要和医学同步、同病人合拍，就一定会让光辉冲淡阴暗，让激励驱赶气馁。

我们更应该敬畏自然。自然不是上帝、不是神灵，自然是规律、是法则。诚如一个疾病的发生、发展规律，一项治疗的适应、禁忌，必须去认识、去适应、去遵循，违背自然去办事，必定要受到惩罚！

我们这个社会当然很美好，但一定要多点敬畏：尊敬老人、尊敬师长、尊敬同事、尊敬学生；要有畏惧，守规矩、忌放肆、谨行事、勿非为。我觉得我们做得不够，或者还没有完善或发展到那个阶段。

作者在外地与同道们讨论

什么样的人来做医生

据说"医不过二代"了,是说医生的子女都不愿意考医学院校,不想跟父母一样当大夫了。古话却说"医不三世,不服其药"(《礼记》),表明人们对医学世家的尊崇和信任。今非昔比,令做医生的我有些悲哀与难耐。

我父母都不是医生,可是他们一定要我学医、做医生,"有技术,行善事"是其信条。我和妻子都是医生,也都算是有名的大夫,我们希望孩子学医,可一双儿女不想继承我们的事业,让我们有些失望和无奈。

西方的医学或学医,更是精英教育。家境好,学制长,学业优秀,又要具有爱心和毅力。当然,学成后地位高、收入丰,是个让人羡慕和尊敬的职业。

什么样的人才能成就一个好医生呢,我认为应该具备如下四个品性:

仁性:仁心、仁术、爱人、爱业

悟性:反省、思索、推论、演绎

理性：冷静、沉稳、客观、循证

灵性：随机、应变、技巧、创新

似乎很高、很难，其实，不高，不难。这几乎是基本要求，或者必备品质，而且我发现，周围的医师们差不多都达到、做到了。

这种成就过程不是医学院或研究生学历毕业就可以完成的，这是一个比较漫长的锻炼、培养、训练和学习过程，不仅是把书本上的知识和理论变成自己的技能和经验，更包括对医生的职业精神、职业作风、职业智慧的理解和树立，历经"磨难"和考验。我曾写道：我们像是在炉火中烧炼，然后在砧石上锤锻，再到冷水中淬火，卷起股股白烟、发出阵阵叹息……一个大夫就是这样炼成的，不仅仅是身体上的，还有精神上的。所谓"十年磨一剑""十年树木，百年树人"。

写到这里，油然而生一种自诩、自恋和自负：当个医生，当个好医生也是多么不容易呢！或者再放肆一点说，并不是什么人都可以做一个医生，或做一个好医生的。

一个医生不仅要掌握科学与技术、理念与人文，还要具备健康的身心状态。

值此，一个医生的心态也提出来了，好医生的心态，应该是可以应对职业环境的。我们生活在一个看似不用紧张，又要保持警觉的世界里，我们当然需要一种保持内心温暖与安全的方式。只要我们明确了什么样的人才能做医生，而且我们做到了，也就心安理得了。

人文精神是基础，是高度

著名的《英国医学杂志》（BMJ）是一本综合期刊，内容丰富，观念新颖，特别倡导的是每期都有医学人文方面的内容。有的短小精悍，如"一个外科医生需要多长时间可以基本成熟"，回答是十年，与我们的"十年磨一剑"如出一辙。有一篇《优秀外科医生的品质》的短文，突出的基本是修养和观念。也有系列长篇，如《优质医疗指南》。

更值得庆幸的是，中华医学会《英国医学杂志·中文版》将原版各期中关于人文的论著文章，收集荟萃，定期出版《医学人文专刊》，受到广大读者的青睐。

2013年英国综合医学委员会（GMC）颁布了继2006年之后新版的《优质医疗指南》，强调了医生为保证患者获得基本医疗保护而履行的职责，并以人文观念贯穿其中，成为执行指南的基础，彰显指南的高度。

《优质医疗指南》（参阅《英国医学杂志·中文版》医学人文专刊第5、6期）从2013年4月22日起实施，有众多的医生和患者反馈和肯定，值得我们去研究和借鉴。

这部优质临床医疗指南条目细腻周全，内容详尽明了。我们仿佛走进阡陌纵横田野的通衢大道；或者阴郁茂密森林的蜿蜒幽径。但总会有醒目的路标，明确的方向。这就是指南、是导引、是规则。

优质临床医疗指南的内涵丰富。"指南"分职业行为准则、知识、技术和表现、安全和质量、沟通、合作与团队以及维系信任等五大方面，以下共计有80个条款。在指南中，强调"你必须"和"你应当"，不是语气，是要求、是戒律，要深入心中，体现于言行。

在临床知识和技能中，不仅指出要提高职业水准、运用学识经验，而且将医疗文书的重要性和注意事项也包含于内。对于医疗安全和质量的叙述非常实际而中肯，我们可以当做告诫和警示来阅读和遵循。团队建设是一般指南较少涉猎的，而在该指南中却足足占据了22条。同样，关于医患关系的"维系信任"部分，也用了27条的篇幅，从沟通交流到法律诉讼，从个人言行到与同事相处，从态度正直到财务诚实，面面俱到，细致入微，为我们修筑了规避"危险"的围墙，也为和谐医疗构建了顺畅的桥梁。

优质临床医疗指南的人文高度在于，指南的纲领和基础是人文关怀、人文理念和哲学思想，诚如威廉·奥斯勒所言，临床工作的三条基线是：心地善良、心路清晰、心灵平静。借此，我们可以透析纷乱复杂的临床医疗中的医院、医生，病人、病家、社会、体制的各种现象和问题，厘清正确与错误、主要与次要、材料与方法，即是与非的界定，以做到"你必须"或"你应当"。

重要的人文理念和哲学思想还包括敬畏生命、敬畏病人、敬畏医学和敬畏自然；以人为本、病人至上；个人修养与伦理准则；技术为器与实践第一等理念与关怀，以上都在该指南中有明确表达，或深刻蕴含。关于和谐医疗、同道协作和团队建设的人本观念更是指南的独到之处和显著特点。

从根本意义上，类似于GMC《医疗指南》是优质医疗实践、医生培养、体制改革和行业发展的基本建设。近年，我们已经逐渐制定、完善和推行了一些执业法规和具体技术专业的规范指南，但全面系统的综合指南尚少，无章可循，有章不循；我行我素、缺乏监管的情况还很普遍。因此，当我们看到GMC指南时，会深切体会到，什么叫优质医疗服务，如何才能做到优质医疗服务。

让我们呼唤、参与并实施我们自己的优质医疗指南吧，制定、出台指南也应是中国逻辑、中国风格和中国特色，或谓中国制造。

我把哲学当成思维训练

我从中学开始就对哲学感兴趣，冯定的《平凡的真理》是在课堂上、书桌下偷着读完的，还写了笔记。其实是懵懵懂懂，不甚了了。考大学，想报北大哲学系，但当时要加试数学，自觉没底，再加上父母之命，学了医。

"哲学"两字就够让人难解、生厌的了。我曾收集了20多条关于"哲学"的定义，愈加模糊虚妄。比如，有的说：哲学是一种乡愁。谁能理解？只能说，太哲学了。再看看哲学名家，一让人尊崇，二让人觉得玄乎——都是非常人也。柏拉图的爱情，庄周的梦蝶、濠梁对话，凡人都觉得不可思议。

还不如回到哲学的原始解释。哲学的英文为Philosophy，源于希腊文，由philein（爱）和sophia（智）两词合成，即为"爱智"，爱智慧，多明了啊！可"爱智"成为大学问，又颇为费解。其实，我认为哲学就是我们对自然或者社会的观念和理解，是思维对存在、精神对物质这些根本问题的思辨，是自然科学和社会科学的"统领"。我甚至简化为：哲学是对思想的思想。比如辩证分析、对立统一、否定肯定等，都是思维论、方法论。我还以为，无论你有意识或无意识、自觉或不自觉地，总是在信奉或实行某种哲学。

至此，我们应该回到医学。一句名言是：哲学始于医学，医学归隐于哲学。（亚里士多德）

从古希腊的哲学家开始，有些就是医学家，因为医学使我们认识自身，认识人和自然的关系。古代《易经》，是文化结晶、是智慧结晶，也是哲学大成，其中就有中国传统医学的精髓。而中医的"阴阳""五行"乃是《易经》的核心思想。"世事皆数"——从老子、毕达哥拉斯到现今，从易数到计算机，无不显示哲学和数学的智慧。

科学兴盛，医学发展。科学技术是否可以解决医学所有问题？生老病死均可掌握？医学向何处去？

回答恐怕不能仅仅是科学技术，还有更重要的哲学问题：①我们，当然包括医生和公众，应该正确认识生与死、苦与痛，这是"终极关怀"（不是临终关怀，或者可以理解为对人的根本关怀）。②辩证地认识医学和医疗，它的相对性、局限性，即真理论。③机体的整体及统一考虑，避免机械唯物论。④医学的人文性和对病人的人文关怀。⑤医生的哲学理念和修养。

不妨读点哲学、读点《易经》、读点"杂书"或读点"没有用"的书（北大校长王恩哥先生曾如是说）。也许，这些会给医生疲惫的头脑及枯燥的生活带来清醒和灵性，会让医生享受科学、哲学与艺术交融的激越美妙，获得相互砥砺的智慧升华！

医学史上的悲剧

人类对自然的认识，我们对人体和疾病的认识，都会有局限性、相对性，甚至错误。

妇产科学史有两个突出的"事件"，发生在二十世纪六十年代。一是应用己烯雌酚（stilbestrol）对一些妇科疾病的患者进行治疗，结果是这些妇女生的女孩子到十六七岁的时候，有相当多的人得了阴道腺病，甚至后来又发展为透明细胞癌。一个习以为常，都来应用的药，在20多年后遭到了"惩罚"，方才"叫停"。

而另一个叫"反应停"（沙利度胺）的药，却又"扳机"了另一场灾祸：始于用"反应停"治疗早孕反应，不幸的是这些母亲生出了短肢畸形儿（又称海豹胎）。1984年我在挪威奥斯陆，正值国王奥拉夫五世的82岁寿辰，人们穿着民族盛装，庆祝节日般地到广场皇宫前，向阅台上的国王一家致意。有82个学生方队欢呼雀跃地从皇宫前走过，令人惊愕的是最后一个小方队，竟然是一群海豹胎畸形儿，他们没有上肢，蹒跚而行，有家人伴随。人们禁不住肃穆起来，老国王甚至走下阅台，走出皇宫，表达他的不胜关切之情！

不是国王的错，甚至也不是哪位医生的错，因为大家都是这么用的。

医学有错，人们的认识有错。

我们在追求真理、探索真理的进程中，实际上受到很多限制，认识是有局限和偏颇的。美国哲学家理查德·罗蒂说："什么是真的共识？不过是一种社会和历史的状态，而并非是科学和客观的准确性。"

我们追求真理，我们敬畏自然。

典型的例子还有，1949年诺贝尔生理学医学奖获得者安东尼奥·莫尼兹提出前额叶脑白质切除术治疗躁狂症精神病。1942—1952年，美国有上万名患者接受这种手术，但术后出现了严重的并发症，医界必须"叫停"这种治疗。

错误和挫折教训我们，使我们变得聪明起来。可以少犯错误，大概很难避免完全不犯错误。此乃认识论之必然矣。

让我们重温《昆虫记》作者法布尔的话吧："不管我们的照明灯烛把光线投射多远，照明圈外依然死死围挡着黑暗。我们的四周都是未知事物的黑洞……我们都是求索之人，求知欲牵着我们的神魂，就让我们从一个点到另一个点移动我们的提灯吧。随着一小片一小片的面目被认识清楚，人们最终也许能将整个画面的某个拼制出来。"

请注意,如此做只是"也许",只是"整个画面的某个局部"!对于医学、医疗,医生应该审慎地这么看,公众应该理解地这么看。因为医学有局限性,医学在发展中。

选 择

医疗有很多选择，正像人生有很多选择。选择很重要，选择决定成败。

医疗上的选择包括：选医院、选大夫、选手术、选药物……我们这里讲的是病人和手术，即病人选择手术，还是手术选择病人？

上述的命题及回答并不简单。

我们通常说，甚至医学教科书也这样写，这个疾病适合某种手术，比如阑尾炎早期可试图用抗菌素消炎，若病情发展，或发生穿孔等，应行阑尾切除术。手术的选择，医学上叫适应证；或者不选择，谓之禁忌证。

但仅仅考虑什么疾病适合或不适合什么手术，是很不全面的。这里漏掉了两个重要的因素，或两个重要的人，就是患者和医者。一定是某位患者罹患的疾病与某位医者给予的治法完全契合，才是最佳的选择。请注意：是四个因素，而不是两个因素。

应该从四个因素去考虑调整。比如改变治疗方法，调整适合的大夫。这也从另一方面警诫我们，避免看病不看人的倾向。

在临床诊治中，患者选择治法的主动性很小，因为病人只是从个人感受，或者获得的某些信息出发进行选择的，未必符合医疗原则。但他们的意愿、要求以及家庭、社会背景应该值得医生顾及与考虑，达到协商共识。而医生的选择既要基于医疗原则或规范依据，也要结合病人和病情，要具体问题具体分析，作出个体化的选择决策。医生个人的经历经验、学识技术，甚至特长偏好，也在其中起重要作用。但是，任何时候，医生的选择和决定都是从病人和病情出发，而不是技术和器械的炫耀，正像我们常说的，手术室里最重要的是躺在手术台上的病人！

病人选医院、选大夫，看似容易，实际会很难，也不见得很准。从媒体网络到医院门口，选一个适合自己看病的医院和大夫，信息很多，看上、看好却不易。这要有一个健全、畅达、方便的体制，包括社区医疗、分级处理、预约挂号、转诊会诊等机制与改革。一些医院，甚至一些病房，把医生或专家的照片或介绍张榜告示，颇为精彩动人，供病人挑选。我们这里倒是没有，否则，也会有点不自在。

再无能的医生,也是圣贤

还是在那个"从医启示录"里,我继续写道:再无能的医生在病人眼里也是圣贤,他认为你可以解决一切。医生之难也就在这里。

病人到医生那里,当然是要解除病痛的,不论医生本事如何,或者能否如愿完成。医生接诊病人,当然要为其明确诊断、解决问题的,无论自己能否做到,应尽力为之。

由于疾病本身的复杂性,以及临床医学发展的局限性,还有很多疾病,我们还不认识或认识不够,各个医院、各个医生的状况和水准也不尽相同,所以诊断搞不清楚、治疗不理想是常有的事情,甚至也是正常的。这种公众的期望落差,也是医患矛盾的重要因素之一。

据统计,即使在一个综合性(或专科性)、高水平的医院里,疾病被完全治愈的,也只占 1/3 多一些;大部分是疾病得到控制、缓解,或者明确诊断,找到了日后维持或巩固治疗的方法；还有一小部分，实际是治不好的，有的始终没有搞清楚。

请重视这"实际是治不好的"这一小部分！医生要重视它，是要攻坚克难，视为研究的重点，使认识不断深入、治疗不断改进、效果不断提高。病人及公众要重视它，是要理解医学的局限、医生的无奈，配合医生尽量改善治疗结局。

为此，医生和公众都应深刻领会，医学的本源是对人生命的尊重，对人身体的爱护，对人性的关怀和友善。这种医学的本源才是医生的职业使命。对于这少部分人的关心、爱护，减轻痛苦、提高生活质量就是医学的任务，尽管我们现在还不能把疾病完全根除。这正应了特鲁多的那句名言："有时是治愈，常常是帮助，总是去慰藉。"

全国病人上协和，这是期望、信任和鼓舞。我在每年给新招聘的医生讲话中强调："我们不能保证治疗好每一个病人，但要保证好好治疗每一个病人。"

再年轻的医生,也是长者

我在"从医启示录"里曾写到:"再年轻的医生在病人眼里也是长者,病人可向你倾诉一切……"

这是病人对医者的尊敬和信任,这使医生要格外地持重和尽责。

那时,我刚从大学毕业两年,做住院医生。一位女士向我详细地描述了她的难言之隐:我一大笑、打喷嚏就尿裤子,所以我不敢笑;我跑着赶公交车,会憋不住尿,所以,我常常赶不上车;我不愿意参加聚会,特别是夏天,怕找厕所来不及,怕有味……这叫压力性尿失禁,甚至成为"社交癌"。我按教科书的套路,继续询问,"你大声咳嗽,也会溢尿吗?"病人当然坦诚,答道:"我一般不咳嗽。"我心里哭笑不得。

还有个病人倾诉他们夫妇性生活不和谐的状况,丈夫如何自顾自己,而她又如何难过,他们的问题得不到解决造成的心理、身体的伤害等。我当时只是一个初涉医事的小伙子。

病人是将自己的感受、痛苦和问题，向医生报告的，不论你的年龄、性别、经验、阅历、能力如何，他（她）的叙述本身就是寻求答案和解决，同时你甚至是唯一可以让病人倾诉或释然的人。于是，无论病人的"故事"，多么私密尴尬，甚至难以置信，作为医生都应该认真、严肃地听取、接受，并给予尽可能的解决和帮助。

年轻的医生当然不能装老成，但必须以老成的态度对待求医者。年轻的医生当然不是长者，但是病人是如此看待你的，你当自重、持重。

医学社会学工作者

说实话,外科临床医生很忙,我们当然知道与病人交谈至关重要,但我们做得不多、做得不够、做得不深入、做得不细致。

二十世纪八十年代,我在挪威肿瘤病房,管过一个小女孩,只有12岁,罹患卵巢胚胎癌,很恶性,手术和化疗都做了,结果不太好。有一次查房,我和她聊天,她似乎知道自己来日不多,却并无多少伤感。小小年纪却透露出如许担忧,她说:"我在想,我要死了,妈妈会非常难过,怎么办呢?"又说:"我若不在了,谁来和弟弟一起玩呢?他一定很孤独、很无趣。"我感动,几乎流泪。一个小女孩面临死亡,全然忘却自己,而想的是亲人的感受,并负愧疚。这孩子太懂事了。

在这家医院有一组医学社会学工作者(Medical-sociologic Workers),他们是精通心理学、伦理学、社会学的医学专家,专门从事病人的心理疏导、纠结松解、抑郁释放，而且配合临床做医学社会学研究。

我们有一次开了这样的学术讨论会，议题：什么是子宫颈癌最好的治疗选择？医学社会学工作者作了中心发言，有根有据地提出手术治疗与放化疗对性功能的影响，虽然放射治疗适应于任何期别的宫颈癌，但早期宫颈癌以手术治疗对性功能的影响小，应首选之。对晚期宫颈癌的放化疗也提出建议。临床医师们都认为医学社会学工作者的调查、分析和讨论是有益的、可行的。这是整合学科、贯通知识技术、提高人文理念、实行人性化治疗的典型例子。

医学社会学工作者的身影在病房、门诊到处可见，他们的工作成效更是随时可以体现。每天查房，七八十岁的老太太虽然刚做完手术，但精神状态非常好，和医生合作十分默契。对话常常是这样的：

医生："您今天怎么样？"

病人："很好呀！"

医生："明天出院可以吗？"

病人："好哇。"

我们有些病人却有无穷的忧虑、不尽的痛楚、诸多的诉说……也许，我们不能仅仅靠打针、吃药和手术解决问题。

一个被忽略的医德问题

"你的手术在哪儿做的？一塌糊涂！"

"这诊断不对呀，啥水平。"

"这子宫不应该切。该切的不切，不该切的给切了……"

"我要是你，就找那个大夫算账去！巫医呀。"

类似的话不乏听到，这是一个医生对另外的医生、另外的医院说的话，是给一个到处求医无助的病人说的话。

是救助了病人？没有。

是帮助了以前的医生、医院改进工作？也没有。

有的是伤害：伤害了病人、伤害了同道。

试想，当病人得知"手术做得一塌糊涂"，治得"完全不对""不该切的给切了"等是何等感受。

这些话带来的伤害远远重于疾病本身造成的伤害。况且，情况也许并不像这位大夫"忽悠"的那样。也许，人家是对的；也许，只是有些不足。就是有些问题,你的责任是纠正、弥补和解决,而不是指责、夸大和怂恿。这不是袒护缺点、掩盖矛盾,而是真正体谅病人、爱护病人、解决问题。或许会涉及纠纷或诉讼,那更是另外的处理。

实际上,在疾病的诊治过程中,在病人就医的辗转中,每个医院、每个大夫都是其中的一个环节,是调查、是补充、是完善。有的医院限于条件,有的医生限于经验,会出现缺陷和不足,甚至错误,都是可以理解的。所以要到你这里来呀,所以要请你看呀。

我遇到这种别家医院、别个大夫诊治有问题时,做法是:

我不评论别人的诊治问题。

我要重新详细进行过程回顾,复查检查,甚至病理切片、影像结果、审慎决定处理。

我要接受别人的经验教训,尊重其人格和工作。不是贬低别人,抬高自己,更不是幸灾乐祸。

我会在门诊结束后,和我的同事和学生们讨论这个病例的"对"与"错"、"是"与"非"、"长"与"短"。

我想,我们也会遭到别人对自己的评论。会是怎样呢?

不要相信常胜将军

古今中外都有一些常胜将军，指那些勇敢善战、谋略过人、百战百胜的军人武士。推而广之，也泛指那些在各自领域创奇迹、无败局的英雄模范，包括杏林名家，或天使神医。

其实，常胜将军是不存在的。诸葛孔明神机妙算，呼风唤雨，也打过败仗，用错过人。所谓"常胜"者，只是胜算赢仗居多，差误败局较少或者避免像全军覆没那样的惨败发生，并能最终获得全面胜利者，足以称得上英明统帅了。

好医生也是这样。医学很复杂，认识有局限，技术难臻善，个体多差异，所以百分之百正确，每一例都治愈，实际上是达不到的。所谓"有时是治愈，常常是帮助，总是去慰藉"（特鲁多）。如有说，从医几十年，经治数万例，从无差误，全部妙手回春，大概是溢美之词。高明的医生是避免或较少犯错误，或尽量避免犯大的、严重影响病人健康和生命的错误。

有一学生兴致勃勃地向我报告："郎大夫，我做了十几例根治术了，都没发生输尿管损伤……"我说："不错呀。不过，你做的还不够多……"

不是说，必须发生这样的损伤，而是说，随着施行手术量的增加，遇到的复杂、困难病例就会增多，遭遇损伤的危险也会增高。不可得意，切忌大意！

一项技术的发展，一个医生的成长，或者其过程中遭遇的问题，都有两个"赛点"：一是初期（或早期），技术可能不完善，掌握可能不熟练，即可发生问题，但通常是小问题、"低级"错误。之后，会有一个相对稳定的平台期（或成熟期）。而当进入更高阶段（突破期）时，则会由于技术发展，难度增加或应用扩大，也是发生问题的"高峰"，这时却通常是大问题、"高级"错误了。

一个连长犯的错误，和一个将军犯的错误不同、后果迥异！

任何一位医生，或者年轻，或者资深，甚至是技术专家，都可能在不同阶段遭遇不同的危险，避免这样危险或并发问题是每个医生不可小视的。所谓始终如临深渊、如履薄冰。

聪明的将军、机智的医生要善于总结经验，接受教训，避开陷阱，开创坦途。

复习"蒋干中计"：周瑜施计并不高明，曹操事后幡然悔悟。诸葛早已心知肚明，蒋干中计一片迷蒙，乃腐儒也！

我的读书

我的读书,还是有特点的,从小养成,已成习惯。

我的读书比较杂。中学的课程不构成压力,所以课外书随便读,很有兴味。大学专业课程基本属于死记硬背,这是我的强项。周末一定要去省图书馆看遍全国各地的晚报,百读不厌的是鲁迅的杂文和泰戈尔的散文诗。当大夫要看的专业书籍、文献太多,但睡前、周末是必须要读闲书、杂书和非专业或"没有用"的书的。这是一种兴趣、一种欲望。这并非电影、电视剧所能比拟,前者有思考的空间,颇多兴味;后者无"反刍"的余地,较少回忆。

谁又能说文史哲与医学无关呢?《剑桥医学史》《世界医学史》就有多个版本,各有所长;有《美的历史》《丑的历史》,也有《妇产科学的历史》,甚至一个病《子宫内膜异位症的历史》,每部书都让你大饱眼福,受益匪浅。从希腊的哲学,到中国的《易经》,居然可以把它们与现代的数字医学联系起来，从中汲取的营养，决非只为了做医生。

我的读书比较多。时间毕竟有限，方法或许别开生面：我一般每一到两个月去一趟三联书店，平均要买20本书，要用一个多月时间把这些书浏览一遍，可谓走马观花，但一本书的要旨、中心内容已于心记下。以后每有"用场"，则会找出来，细读某章、某节、某段、某句，或做笔记，或做感想，或留标记，可能还会再读。

书店、书房犹如海洋，不会让人"望洋兴叹"，而是给人以遐想、激情和力量。书店、书房好像人群，各色人等让你眼花缭乱，但有的人只是遭遇而已，擦肩而过；而有的人让你难忘、留恋，愿再盼顾，或成终生爱人。马可·奥勒留的《沉思录》，奥古斯丁的《忏悔录》，赵启正、保罗的《江边对话》，休斯顿·史密斯的《人的宗教》等，都不是我的专业书，但却始终放在我身边，甚至办公室和家里各有一套，随时翻阅。

我喜欢读经典。我们现今可以涉猎知识和信息的途径很多，报章杂志、网络媒体，很快捷、很广泛，当然非常之好。但这些仿佛是快餐饮料，解饥解渴，有时很需要。而若作为"滋味"及"营养"，我以为应该读经典原著，此乃"正餐"，最为令人受益得意，慢慢品尝、细细咀嚼、深深思味。我们从经典论述中，不仅可以学习知识，更主要的是可以领悟先哲们的思想。我们会发现，那些自以为是、自鸣得意的想法，早已被大师们深刻阐述过了，我们不过只是浅尝辄止而已。"你懂得了子宫内膜异位症,就是懂得了妇科学。"如此深刻的真知灼见竟然出自二十世纪初伟大的医学教育家、内科大夫威廉·奥斯勒的口中,真令人惊叹而汗颜——阅读是快乐的,阅读是恐惧的。

学打字，买打字机

一晃四十年过去了。

二十世纪七十年代，吴葆桢大夫教我们英文。吴大夫从中学到燕京、协和都有英文授课，他又酷爱英国文学，所以英语特别棒。1982年，我国派出首批赴美医学访问学者，他英文好，被委任团长。吴大夫善调侃："我长这么大，从未与长字沾边，这次竟然当了国际团长……"后来，我们参加很多国际学术会议，吴大夫的讲演，不仅内容好，英语也说得好，颇受赞扬。一位洋专家说："你们吴大夫的英语是非英语国家代表中，英语讲得最好的！"所以，请吴大夫给我们补习英语，主要是学习说话。每周可有1—2人在他办公室，选篇英文短章，他念一段，我们重复之。他给予矫正指点，再提点问题，以英文作答，很有收获。

几周之后，吴大夫的英文补习开始变得十分随意，成了古今中外、海阔天空的"侃大山"了。我倒很适应，也愿意与之闲聊，其他人则有点傻听。那时候科研、教学任务很少，吴大夫居然找来一本英文小说《铁血将军》，说"我们翻译小说吧"。我说："我可翻不了。"吴说："你不参加，我也不干了。"真够哥们儿义气的！（其实很遗憾，我想吴大夫的本意是训练我的英语。）

我们又开始学习英文打字。那时没有电脑，吴大夫的老式打字机成了我们的喜爱之物和唯一的教具。吴大夫打得飞快，令人羡慕，他的几盒英文卡片至今我仍在珍藏。他给我们一张练习卡片：左右手、各手指控制的行排和字母，从看键盘到完全不看，只看书稿，并做速度比赛。吴大夫后来又买了电动打字机、彩带打字等，我时常去他办公室干活。

必须有一台自己的打字机。那时灯市西口有个打字机行，我看中了一台"兄弟牌"（Brothers）老式打字机（却是名牌），要价147元。遂向夫人"请示"，她早已看出我的兴趣和需要，毫不犹豫地把存折交出来，"都给你了。"我们的存款只有150元！这台打字机成了我们工作的文物，成了我们家庭的信物。

多少年过去了，提及此，夫人还会嘉许自己，"多支持你呀，全部家当给你买了打字机。" 我说："谢谢了！也是不惜千金买宝刀呀。"

莫把学界当江湖

所谓江湖泛指领域四方，大至天下，小至州府。为生计、为功名，去漂游、去闯荡。所谓江湖亦有观念寓意其中，江湖讲义气，江湖重恩怨。

江湖有医生，医学非江湖。

作为"自由职业者"的医生，云游四方，看病治病，自古有之，的确解决了不少大众疾苦。但难免鱼龙混杂，庸医作祟，"江湖术士"是为贬义。现今要施行多点或异地行医，当应珍重名节、勿贪财利，亦应有管理和监控机制。

再者，旧时江湖之上，重义气，恐悖是非；多恩怨，而少宽容。需防这种习气污染学术，伤害行业队伍。譬如，出自何处"山头"（地域、地界），哪个庙观门徒（学校、导师），以此论长短、划阵线，是不利于学界和谐团结的。

又譬如，科学有分歧，观点有差异，交叉与争论在所难免，甚至是科学发展的动力。如若以人划界限，以观点画圈，拉结帮派，则会禁锢学术争鸣，窒息科技创新。

学界非江湖，在于对科学的认识、对真理的追求，是相对的，而不是绝对的。"真理不过是我们关于什么是真的共识。我们关于什么是真的共识，不过是一种社会和历史状态，而并非科学和客观准确性。"尼尔斯·玻尔（1922年诺贝尔物理学奖获得者）甚至说，真理的反面可能是另一个真理。

莫把学界当江湖，相互之间的"反对"只是一种态度，不是一种罪过，也许殊途同归。

故而，江湖深浅难度，亦有"人在江湖，身不由己"之慨。或可戏谑成如下"词条"：

1. 江湖，江湖，打浆糊。

火轻，不粘糊；

火重，则焦糊。

原料、火候、人操练，

简单之元素，搅好挺困难。

2. 江湖，江湖，只见飘旌旗。

总有作浪，总有兴风。

怎能安度？怎能安生？

最好信步，胜似闲庭！

学点宗教

把宗教认为就是信奉上帝、佛、鬼、神，似嫌偏颇。我欣赏这样的定义：宗教是环绕着一群人终极关怀所编制成的一种思想及生活方式。包括知的（智慧）、爱的（情感）、业的（工作）和修的（品德）特质。

于是可以说，我们每个人都有自己的宗教。

影响我们最大的是儒家和道家，当然还有更多的新的思想教育。习近平主席在布鲁日欧洲学院的演讲中说："中国人看待世界，看待社会，看待人生，有自己独特的价值体系。"其中，特别提到中国传统文化中关于人与人、人与社会、人与自然关系的真谛。

因此，一个研究人体、人生、人与自然关系的医生，则必须学点宗教、懂点宗教，以融合于我们的科学、医学和哲学中去。

在人类寻求对付伤痛的过程中，最初的方式来自巫师的实践，以巫术和宗教活动祈福于超自然力。"医"古字为"毉"，有卜筮之意。希腊神就被描绘为可以治病除魔的神,像阿波罗、雅典娜。后来有医者阿斯克勒庇俄斯、蛇的崇拜、埃及的医学莎草纸,直到医圣希波克拉底。医圣的格言也说:大自然就是医生,大自然会找到自己的办法。所以,所谓巫术,就是自然力。那时为之顶礼膜拜,现今科学发展了,我们依旧心怀敬畏。与其说懂点宗教,毋宁说认识自然、尊重自然,按自然规律办事。

其次,宗教能教给我们一些思想方法。生命,或者诞生,死亡,或者逝去,是神秘的、神化的,或者是宗教的,却也是科学的、生物学的。人本身就是自然界中的一物,大概终归要回归天地,抵抗这种力量终是徒然。

这是关于生与死。关于苦与痛也一样,叔本华说:"我们对痛苦何其敏感,而对快乐相当麻木。"应该说,疼痛是常态,正像溪流遇到障碍,卷起漩涡而过。哲人说:"为了消灭痛苦,让我们先痛苦吧。"——不是很哲学、很科学吗!因此,科学与宗教并不总是相悖的,况且还有哲学可以将其调和起来。冯友兰说:"人不一定是宗教的,但一定是哲学的。而一旦是哲学的,就有了宗教的洪福。"

再者,体悟宗教中的人文理念。让我们节录一段徐志摩的诗吧:

> 我攀登了万仞的高冈,
> 荆棘扎烂了我的衣裳,
> 我向飘渺的云天外望——

上帝，我望不见你！
我向坚厚的地壳里掏，
捣毁了蛇龙们的老巢，
在无底的澡潭里我叫——
上帝，我听不到你！
我在道旁见一个小孩：
活泼，秀丽，褴褛的衣衫，
他叫声妈，眼里亮着爱——
上帝！他眼里有你

在这里，并没有宗教的说教，只是爱的信念和力量。这也正是医者的本源，也应该是所有人要具有的品质。

因此，当我们真正理解宗教内涵的时候，那将是智信而非迷信。美国宗教哲学领袖休斯顿·史密斯（Huston Smith）在其名著《人的宗教》中，详细阐明了中国的儒家和道家思想，无论是从哲学、理论还是宗教上，都是生命的智慧、生存的智慧、自然的智慧。甚至认为如是思考和行事可以把各种"摩擦"降低到最小——包括人与人之间关系的摩擦（就是纠纷和矛盾）、心理的冲突以及与自然的关系，这时，我们会共品智慧传统所广施的喜悦。

人们通常认为，科学家谈宗教似乎亵渎科学，而爱因斯坦"狡猾"的回答是"上帝指明方向，我来完成细节"。其实，医学是最能将科学、哲学和宗教结合起来，或最能将其美妙融合的人文和艺术，而不仅仅是知识和技术。

月报会

月报会是我们科独特的、重要的全科集会。每月第一周周三下午，雷打不动，十余年坚持不辍。

我们科系专业组齐全，病房多，妇产科大夫一百多位。月报会相当于全科大查房，由各个病房总医师报告上个月医疗工作情况：基本业务数据、主要疾病处理及手术、存在的问题，以及有意思的、有意义的病例报告和讨论。还有教学、护理工作通报、全科业务及业绩总结、病历检查总结及评价等，内容很丰富，似乎很繁杂，每月一次，长达三小时。

月报会也相当于主任大查房，教授、副教授前排就座，随时提出质疑，发表高见，总医师要认真准备，不仅报告流利，还要接受提问，作出满意的回答，所以对青年医师也是个训练和提高。

最后由科主任作总结和点评，也有其他副主任对科室工作，以及贯彻医院指示作出布置，应该是一次全科工作会议。

由于有很强的专业内涵，我们的月报会也吸引了市内，甚至外埠医院的同行来旁听，无论是形式或内容，都不乏效仿者。

有心者会善于从月报会上学到不少东西，看似枯燥的各种数据，可以看到各种疾病的发病状况，如剖腹产原因的变化，新生儿畸形问题（发生率始终在3%左右），妇科肿瘤分类、分期及分级的最新观念和治疗对策，围绝经相关问题的处理等，是各专业组的信息交流，是知识和技术的更新，是经验教训的总结和分析……

也有对病历书写问题严重者的通报，有对报告PPT中可笑错别字的调侃批评。如报告者将卵巢泡膜细胞瘤误写为"泡馍"，有人就说了："不是卵巢泡馍，是西安泡馍吧。"丰富、多彩、严肃、活泼，是容学术、知识、人文于一体的家庭式议事和沙龙仪式。

这使我又想起内科大查房，最初的印象是一幅漫画：1941年内科大查房。每个专家形象、个性清晰突出，气氛感人，像刘士豪（生化及内分泌学鼻祖）、李洪迥（皮肤性病学开拓者）、朱宪彝（内分泌学先驱，后任天津医科大学校长）等，还有些洋专家，都个个栩栩如生，他们可能都作古了。

我赶上的是二十世纪六十年代的张孝骞大查房，阶梯教室座无虚席，我不是内科大夫，也愿意参加。张大夫以消化系统为主业，却也精通其他，"敢"于查任何系统的病人，他后来还创立了临床遗传专业。住院医生报告病例，不必照稿，各项化验检查结果详尽流利。前排就座的是内科各专业的"范儿",派头十足,光彩照人。都特别结合本专业进行分析:呼吸科教授朱贵卿身体孱弱,说话慢条斯理,常说:"我看要除外结核。"风湿免疫科教授张乃峥耳朵有点背,声如洪钟,"要考虑干燥综合征……"引经据典,头头是道。这些让我们增长知识,开拓思路,终生难忘。

怎样当个好医生

我们只能说,什么人比较适合做什么,相对而言,而非绝对是否。不是还有老话"有志者事竟成"吗!

也不涉及诸如性别、身高、相貌、个人与家庭状况的歧视,医者"一视同仁",从医者亦"一律平等"。

但作为一种职业,还是有些特殊限定,比如色盲、听力不佳等,会影响医事活动。

我这里讲的是个人品格、修养上的对医者的要求。

现今的医学模式是生物——心理——社会,尤其要求医生要将科学和人文交融起来,应具有:完备的知识基础、优秀的思想品质、有效的工作方法、健康的身心状态。

一个医生大概要静下来,琢磨一下自己,是否具备,怎样充实,如何完善。

医生是个忘我的职业,以此而论,几乎是其他职业所不可比拟的。苦、累、脏已不在话下,时间不属于自己,而属于病人,任何时候都准备或必须应召,心里应该没有怨言,又不可懈怠敷衍,且为终生信条。如果没有这个思想准备,大概不能当医生,或者当不了医生,或者当不了好医生。

医生是尤其需要耐心、细微的工作,因为无论诊断或者治疗都是在一个活的机体上完成的,病人的健康和生命在你手中!我们不能保证治疗好每一个病,但要保证好好治疗每一个病人。

诚如前述,成功的医生需要很多条件:思想方法、学习精神、善于交流、身心健康等,我这里只列举两个众人关注的聪明与才智方面的问题,可以坦诚地讲,聪明才智其实与优秀行医并不完全平行,医生另有一个道行,一个功夫。

一个人聪明到可以当科学家,可不一定能当好医生;一个人机敏到可以当成功商人,可不一定能当好医生;一个人精干到可以当官员或管理者,可不一定能当好医生……从逻辑上,一个医生应该是聪明的、机敏的、精干的,但反之则不一定成立。

耐人寻味的是,什么关键问题在其中,什么契机起作用?

这就是医学的本源、医生的本质:对人的善良和关爱,是情感表达、人性责任。这些不是完全靠聪明才干和科学技术解决的。

一些人不愿意学医,一些人弃医而走,可能有很多缘由,但如果上述问题未解决，或胸怀疑虑，或心存异议，那实在应该悉听尊便。我甚至相信离开医学，他们的聪明才智会得到发挥，会成就其心仪的事业。

一个临床医生千万别把自己当成纯科学家，想在活的人体上完成"躯体的科学化"或者"技术过程"，肯定行不通，甚至可能犯根本性错误。

我们还会继续乐此不疲，无论社会与公众如何评价、如何对待医学或医生，但行善之心足慰平生！

医学是最人文的科学，医学是最科学的人文。

知识的篮子

从中学时,我就有用一个小本随时摘记的习惯,日积月累,这种小本子已有数十个之多,可以称之为"知识的篮子"。

"篮子"里的内容非常丰富,天文地理、历史趣闻、名人箴言……可以说应有尽有。只要是我感兴趣的(不一定有用,也不知道是否会有用——可能都会有用),均属"捡拾"之列,题为"平时多采撷,过后再思量"。

工作之后,主要是专业文献摘要,做成的是文献卡片,中英皆有,可手写可打字,形成有分类的卡片盒子,便于检索查阅。

电脑下载、文件夹则是近年计算机应用之结果,当然快捷方便了许多。但手写摘抄的习惯依然坚持不辍,多为医学专业以外自己感兴趣的,是一种业余爱好,是一块自我耕耘、孤芳自赏的"自留地"。

现今的"篮子",可是有些讲究了:宣纸线装册子,甚至是云南丽江、和顺特产的宣纸本，用毛笔行书记录。不仅仅是摘记，更多的是随想感悟或偶得的小文。居然也积攒了几十本，这其中也把行草书法训练了一番，提升了不少兴致。有时是专门为写字、研读而抄录的，如《心经》《滕王阁序》、奥斯勒《生活之道》的断章等，都有复习与"欣赏"价值。

重新浏览这些记录本，会为自己"活到老、学到老"而自我感动。其实，关键在于"学习着、辛苦着，但是快乐着"，也应了孔圣人的教诲：知之、好之、乐之。做到乐之，夫复何求？——"人不堪其忧，回也不改其乐。"

重新收拾这些"篮子"里的物件，有些已是几十年的老货了，可绝不是破烂，而是宝贝，甚至是珍品。有的词儿、有些话语、有的断章、有些评说，依然思想火花四射、熠熠闪亮，令人回味，甚至像是久违的朋友重逢，勾起许多联想，诉说难忘的故事。

质疑的乐趣

我很喜欢阅读和品味"濠梁对话"的故事。庄子和惠子在濠梁溪水之畔,庄子说:"你看那鱼儿在水中游得多么欢畅呀!"惠子说:"你也不是鱼儿,怎么知道鱼儿欢畅呢?"庄子反诘道:"你也不是我,怎么知道我不知道鱼儿欢畅呢!"

两位智者的辩论,近乎于"抬杠"。深刻的意义,不在水中的鱼儿,在智者的思想。很多未知事物是"我思我在"还是"我在我思",不一定是唯物或者唯心的简单结论,思辨和存在并不悖行对立,也许并行或相融其中。

于是,使我又想起革命导师的话:再愚蠢的工程师也比蜜蜂聪明,尽管蜂巢如此完美。而工程师在美轮美奂的建筑兴建之前,已经有了精美的设计图纸,而蜜蜂不过是靠其"愚蠢"本能构建蜂巢罢了。

多少年来,我们对此坚信不疑,认为蜜蜂不过是如此低等生物,一切活动盖于本能而为之。如果我们依照庄周之诘问：你也不是蜜蜂，何以知道它们没有设计、没有头脑中的蓝图呢？也许没有，也许可以有。

达尔文的进化论，无疑是对"上帝造人""创世记"的有力抨击，"物竞天择""优存劣汰"是自然界的重要规律。但人是否真的是由猴子变的，可也不一定。一个偶然的机会，去参观大象博物馆。一尊7000万年前的大象模型让我驻足良久，那大象与我们现今看到的大象没有什么太大的区别！7000万年前的猴子呢？今天的猴子7000万年之后呢？7000万年后的人呢？它们是变了吗？怎么变的？

据说，达尔文先生的《物种起源》中并没有明确这一点，那又是如何说起的人与猴？再去好好读《物种起源》。

有人说，年轻时容易相信，年老时容易怀疑。并不完全是对的，却有一定道理。尽管随着年龄的增长，知识、阅历的丰富，考量、思索的深刻，问题和质疑会逐渐增多。但一个人理解的局限、见解的偏颇难免存在。因而质疑有乐趣，质疑有苦恼。

医患关系的"结"与"解"

现今,医患关系有些紧张,双方都很纠结。于是,形成了"结"。

这个"结",如若绳团,错综复杂,包括信任危机、期望落差……

这个"结",却是"活结",可以通过了解、理解、谅解来化解。

首先要了解。医生当然要了解病人,但不仅仅是病情,还有人情。这个人情不是一般概念的人情,而是病人(甚至其家人)的思想、感情、意愿、要求、家庭及社会背景。病人也应该了解医疗、医学和医生,可以通过各种信息渠道,以增加自己的知识和选择的主动性。但是"保健靠自己,看病找大夫",找合适的医院、专科和大夫。

其次是理解。医生要理解病人的苦痛和要求,善于换位思考、善于感情交流、善于观念共鸣。病人要理解医学、医疗和医生,医学与医疗的本源是善良与关爱,"有时是治愈,常常是帮助,总是去慰藉"。医学不是纯科学,医疗更不是万能,医疗结果常常不如意,只要医生尽力。就是到协和来,我们也常会说"我们不能保证治愈好每个病人,但可以保证好好治疗每一个病人"。

再者是谅解。医生要谅解病人的焦虑与无助:疾病的痛苦与折磨、家庭的困难与窘境、看病的艰辛与茫然,都可能使之焦躁、不安、无奈,甚至绝望!医生当以善良之缘、仁爱之心、关切之情面对之、接待之。而患者也要谅解医生面对众多的病人、复杂的病情,也会困惑难耐、心力交瘁,或者力不从心。医生要懂得,病人要明白,医学像其他事物的认知一样,会有局限性、片面性,对疾病的诊断与治疗是否正确,有时也是相对的,甚至是不确定的。知识不足、应用偏颇恐怕难免,这在医学史上俯拾即是。医生的责任是对知识和技术的渴望、对真理的追求和理解,以及对人(不仅是病人)的善良、同情和友爱,还有极端认真和极端负责任!

如果医患之间做到了解、理解和谅解,这个"结"就不会勒紧、勒死,一定会松解,或迎刃而解。

可见,医患关系是社会关系、人际关系,体现了医学的社会性、人文性,涉及对医学、医疗和对医生的认识和理解,也反映了医生和病家的观念和行为。我们当然可以通过医疗体制改革、增加医疗投入、降低价格、提高技术、改善服务等加以解决,但上述的人文观念亦应予以高度重视。

医疗或医患,是需要一个好的"场"的,或者环境、氛围,即双方的和谐、诚信和修养。是需要一个好的"道"的,或者观念、意识,即医生的职业洞察、职业智慧和职业精神,也有患者的就医态度、就医素质和就医言行。

妇产科学系会议室。自左至右：林巧稚主任、宋鸿钊教授、葛秦生教授、连利娟主任、吴葆桢主任、孙念怙教授、郎景和主任。

感念前辈

我们妇产科有个不成文的规定,每年十二月二十三日左右召开"纪念林巧稚大夫诞辰"活动,每年三月九日左右去福田公墓为宋鸿钊大夫、吴葆桢大夫和王元萼大夫三位逝者祭奠。前者已三十一年、后者二十二年,坚持不辍,无论什么原因,都风雨无阻,雷打不动。

感念前辈,是一种庄严的仪式。

这几位先人,对协和妇产科的建设和发展,对中国妇产科学的发展,对妇产科医师队伍的培养贡献卓著,受到景仰爱戴,让人缅怀纪念。

可是现今的多数人并没有见过他们,没有跟过他们查房、听他们讲课、看他们手术……但他们依然还在!使我想起,一个城市市长的墓碑上镂刻的一段话:如果你想寻找他的纪念碑,就请环顾你的周围。市长留给市民的纪念是为城市建设作出的贡献,林大夫等为我们留下的不仅是对医学的贡献,还有品格、作风和精神。

我常说：我们要铭记他们留下的珍贵礼物——对知识和技术的渴望，对真理的追求和理解，对人的善良、同情和关爱，以及用毕生力量改善人与社会健康的智慧。

每年十二月二十三日左右，林大夫诞辰日的活动，是个节日，是个纪念日，不仅有对林大夫的缅怀，有林大夫的生平短片，还有青年医师的论文报告。大家都沉浸在回忆、思念和愿景之中。每年三月九日左右，我们去福田公墓，会在墓前"报告"科室发展，甚至趣闻趣事。我们深切地念记："高远之势，在于巨人肩托之功；雷霆之力，赖于大地含蕴之能。先生是巨人，先生是大地。先生张山林枝叶，先生扬瀚海波澜。绿荫呵护我身，甘露滋润我心。"（吴葆桢大夫逝世十周年祭）

最近读了医学史家亨利·西格里斯特的《最伟大的医生》，该书生动地再现了48位卓越的医生。但作者前言中申明的观点非常重要，他说，如果不是活着的艺术家不断重演巴赫和莫扎特的旋律，两位大师就永远地死了。如果没有平常的医生每天贯彻执行巴斯特和科赫的学说，两位大师的生涯事业也就白费了。

因此，我们的林大夫、宋大夫等是要靠我们传承他们的精神和事业的。也因此，我们，当然更包括年轻的同道，有多么重要！妇女的健康，依赖的不仅仅是"保护神"，还有很多无名的、仁爱的、辛勤工作的"小鬼"！

所以，西格里斯特说："我们当然要感谢这些大师，也应该感谢无数的无名医生，他们用无私的默默的行动，履行了伟大医生们的教导。"

弃医者

如今,学医而不为医者大有人在。不仅自己不为医,也不让子女学医,也有之,所谓"医不过二代"。而国人曾笃信"医不三世,不服其药"(《礼记》),是说非医学世家不可信矣,从医者何其神圣!对比之下,颇令人遗憾,甚至有些悲凉。

但学医而不为医者,亦有名人在,更有大作为者!如孙中山、鲁迅、郭沫若、契诃夫……

鲁迅学医于日本,在仙台医学专科学校,实际是1904年8月肄业,没有真正当医生。乃为改变国民之精神而弃医从文,成为伟大的文学家、思想家、中国新文化运动的旗手。

郭沫若也在日本学医,1914年就读九州帝国大学。1921年就有惊世之作《女神》发表,也没有真正当医生,况且其听力不及,也是从医之缺陷。其贡献广泛,从文学、考古、诗歌、历史及至革命文化和社会活动。

坚持做医生的是俄国文学巨匠契诃夫，他出身贫寒，经历困苦，后在莫斯科大学医学系学习，获医学学士学位，得行医执照。从医终生，创作一辈子，产量极其丰富，成为非常有影响的小说家、剧作家。

纵观三位大文豪，我们已经不能从鲁、郭二位身上看到医生的影子了。郭老的浪漫、倜傥、机敏、博学非一般医生所能企及。鲁夫子虽谈及"解剖别人、解剖自己"，显然已经不是医学之解剖，其思想的深刻、冷峻、坚毅，倒是可以让我们沉思"解剖精神"。

契诃夫言称"医生是我的职业，写作只是我的业余爱好"，但其数百部小说和戏剧在业余完成，真是令人难以置信的"业余"爱好！唯以天才加勤奋释之。他坚持不辍行医，也许是对职业的操守，也许是为了生计。我们还可以从著作书名上看到医生作家的色彩：《外科手术》《伤寒》《第六病房》，而著者名"万尼亚舅舅"，则描述了造福后代乡村医生的幻想之破灭……

读过他们的作品，看了他们的传记，一方面思忖医生的渺小、力量的微弱：我们一个一个看病治疗，连续几个小时甚至十几个小时的开刀手术，尚且未必能治愈、抢救生命，可是一场地震、洪水、海啸，一场战争、瘟疫、事件，可使千百万人丧生。但另一方面，作为有社会良知和职业责任的医生，尽其所能也足以平慰终生，而乐此不疲于繁忙、细琐的医事之中。

弃医者

我甚至欣赏一位修女的话：也许我们不能做出伟大的事情，但可以用伟大的爱做些小事情。

孙中山先生是学医、做了医生的，而且开始是妇产科医生，后来成为伟大的革命先行者。如果中山先生继续当大夫，改写的不仅是孙逸仙的历史，也是中国的历史。

子宫"保卫战"

我为一个病人做几次手术的情况,并不少见,如卵巢癌,几次复发,反复做。结果有好有坏,病人的顽强,我的尽力,也值得念怀。但下面的例子较为完美,令人得意。

病人年方 24 岁,在广州,刚刚开始工作。月经多、贫血,子宫上长了肌瘤。到北京来找我看病,子宫肌瘤在肚子上就可以摸到,几家医院都建议她切除子宫。她这么年轻,还没结婚呢,当然无法接受,所以才北上求得既保留子宫又切掉肌瘤的治疗。

要求合理,手术可行。除了一定的工作经验,关于子宫肌瘤的手术,我得益于两本权威性著作,一本是邦尼的《妇科手术学》,邦尼最早提出子宫肌瘤剔除手术的手术技巧和描述,他自己曾在一个病人的子宫上剔除 258 个肌瘤。一本是《铁林迪妇科手术学》,其中写道:"无论病人多大年龄,剔除肌瘤保留子宫的要求都是合理的。"

我为病人剔除了 20 多个大小不等的肌瘤，保留了子宫。3 年后，她结婚怀孕，临近预产期又来找我，我给她做了剖腹产，同时还找出几个肌瘤。如愿以偿，皆大欢喜。

又过了几年，她 35 岁，又来见我。此时子宫长大，达脐水平。她熟知我的名言"在犁过收割过的马铃薯地里还能找到马铃薯"，还笑着对我说"我的土豆又起来一茬，又多又大，咋办？"我问："还想生孩子吗？还想留子宫吗？"她答："不，不。"

我们意见一致，的确不宜再行"保留性"手术，而做了子宫切除。时光倥偬，二十年过去了，她身体很好，儿子已大学毕业，正在做一番事业。我们双方都没有忘记，只是偶尔打个电话。

近半个世纪过去了，我切的子宫和肌瘤是可以用箩筐装了，我曾为母女及姐妹三人都做了肌瘤剔除，也剔除过 200 多肌瘤（虽然没有打破邦尼的记录，也无需打破）。而且现在可以通过开腹、内镜及经阴道多种途径完成。但这都不应引以为傲，而今的策略是尽量保留子宫、保留病人的生理和生育功能。这就是要开展的"子宫保卫战"。

医患交流是交心

1995 年世界医学教育高峰会上明确地指出：要重新设计 21 世纪的医生……新时代的医生必须是细心的观察者、耐心的倾听者和敏锐的交流者。

这昭示了医患交流的重要，但交流是双方面的，医患双方都应该有个基本守则、态度和方法。

首先是尊重、信任和倾听——医生要摒弃家长式的颐指气使，或权威般的生硬说教，应该关爱地、平等地听取患者的诉说和要求。也许你表面和蔼有余，而内里虚心不足，需知这种交流和接触，还关乎病史的采集和诊治的选择，甚至就是诊疗的一部分。中医的"望闻问切"四诊，实际就是医患接触、医患交流，乃为医学人文化的体现。患者或病家同样对医生应该是尊重的、信任的，问题和诉说还在其后。如果一开始就抱有怀疑、心存芥蒂，甚至"早有防备、秋后算账"，把双方置于对立状态，诊断和治疗怎么会顺利、良好呢！

其次是耐心、宽容与接受——医生要面对各种病人，年老的、年少的；有文化与知识的，缺少文化与知识的；能很好表达的，不能或不善于表达的；还有性情、品德、习惯、信仰等差异。而病人面对的医生也是各种各样的，年龄与性别、年资与经验、品性与特长以及当时的工作环境与状态，都会对双方的交流发生影响。

因此，双方都应耐心和宽容，病人的繁琐会使大夫烦恼，大夫的简单生硬会让病人反感，大家都应避免。病人对医生的信赖是责任，是力量；医生对病人的体谅是关怀，是善良。多年以前，我曾写过一段话：再年轻的医生，在病人眼里也是长者，她肯向你倾诉一切；再无能的医生，在病人眼里也是圣贤，她认为你可以解决一切。医生之难也就在这里。

第三是坦诚、友善与沟通——坦诚就是坦白、真诚、实事求是，医生交代病情、解释诊治要科学地讲，也要艺术地讲，有友善之心，有技术之巧。我们常做手术前的例行谈话：包括诊断考虑、治疗计划、手术方案、预期结果。也要交代可能出现的问题：包括麻醉意外、脏器损伤、出血、感染等，小到伤口愈合不好，大到更严重的并发症。悉数交代不为过，过于生硬难接受，病家却步，拒绝手术。双方都有一个观念问题，都有一个思想方法问题，都有一个沟通接受问题。手术可能发生的事情和并发症要交代，更要交代可能性、应急对策和正确认识，做到"讲而有备，知而不畏"，增强理解、树立信心。著名小儿外科专家张金哲院士说:"术前谈话与其说是说服病家接受手术,不如说请他们审核你的决定是否符合逻辑。"

第四,肯定、解释与澄清。医生应该肯定病人提出的愿望和要求,解释其顾虑和疑问,澄清其模糊和不确定认识。

鉴于多数病家是医学局外人,不清楚、不正确、不可行的想法是常见的、可以理解的,应该用经验、数据耐心地向病人作说明,最好用通俗易懂的语言、明确生动的事实说话。美国一位医生曾经开具了"怎样做一个好医生"的25条,就包括"一个好医生应是一个教育家,应对患者及其家属进行宣教"。

澄清一些不确切、不可行,甚至偏颇、错误的想法、提法和要求有时是困难的。病家是按自身体验去看待问题的,提出的要求有时是相当绝对的,应该让其明了这些与医学本身的客观规律、医疗的具体实践可能会有距离,有些可能达到,有些尽量达到,有些不可能达到,这与做任何事情的规则和效果都是一样的,应该得到理解。一位伟大的哲学家都说:"人生有两大悲剧,要么不能随心所欲,要么太随心所欲了。"

最后是引导、共识和总结。从询问病史、交代病情、提出诊治方案、术前谈话、术后及出院后随诊计划等,医患间会有多次交谈,会逐渐深入、广泛。彼此间会增加了解和理解,如果没有特殊情况和问题,双方会愈加和谐亲近,而当发生了特殊情况和意外,则会又平添不少摩擦和麻烦……

每次谈话交流都应该有目的、有结果。

倾听诉说、尊重意见和正确引导、作出决定并不相悖，有些疾病的诊治，我们很希望病家同意医生的方案，经过耐心、认真、细致的说明与沟通，达成共识，这种理解与配合至关重要。这种交流甚至是诊断、治疗、医学发展及医疗纠纷防范的关键环节，也是医疗道德的表现。

个别时候，医患双方对治疗达不成一致，使医疗程序呈现尴尬的局面。这时，医者应重新审视医疗对策，重视病患要求；病家也应认真考虑医者的建议、病情的需要。双方依然要彼此尊重与信任、坦诚与沟通，特别是以病情的轻重缓急、治疗的利弊得失，更加周全、理性地斟酌、交流，争取达成共识，使医疗活动顺畅进行。有时，也必须准备与完善并贯彻执行必要、合理、合法的手续和相关文件，保护患者和病家的利益，也维护医者和医院的权益。

2013年作者作医学人文报告

医疗学术的道与场

学术二字,其实包括科学与技术两个方面,狭义而论,乃学问和技巧也。当然,两者也是相关的、转化的、同一的。

就医学或医疗而言,学术包括医学研究和临床技术。无论是学与术都有道与场参与其中。所谓道者,是指观点、理念、理想、方法、准则、戒律等;所谓场者,是指环境、氛围、团队、人际、关系、资源等。所以,无论是从事医学研究,还是临床实践,道与场可以决定研究之成败、实践之优劣。而建立好的道与场,则是学术之基础和根本。

也许,我们寻访过仙山古刹,参拜过高僧大师,感悟场之神秘、道之高远;也许,我们参观过名校高府,造访过泰斗大家,领略场之博大、道之深邃。于是,我们思忖如何修炼道行,营建场气?

我以为,一个医院必须把医学与科学、哲学和艺术结合或整合起来。科学求真、艺术求美、医学求善，医学将真、善、美集于一身，以人为本，构成强大的气场或磁场，凝聚员工、惠及病人。在医疗实践活动中，无论是医生还是医患之间，都要推行人文思想、人文原则，都要有诚信、修养、和谐，这便是从医之道，就是医之道。如是，这样的医疗环境、医疗观念就一定有益于大众健康，有益于医学发展。

对于一个医院或团队的道场营建，首先要有一个追求、一个梦想，形成良好的医院、科室文化，不仅有明确的宗旨和信条，而且有哲学的思想和理念。此外，要想达到顶点，完成使命，还必须有两大"支柱"：一是温暖、可爱、和谐的大家庭，二是彼此尊重、信任、沟通的氛围。可见，这又是道与场的结合，这又是道与场的作用。

我们似乎不必追究道与场的宗教寓意，因为已经将道与场作了科学的诠释。科学与宗教似乎相悖，而哲学是可以将两者调和的，医学则是可以将三者结合的。大学问家冯友兰说："人不一定应当是宗教的，但他一定应当是哲学的；他一旦是哲学的，他也就有了宗教的洪福。"

医生的"戒、慎、恐、惧"四字诀

这是一代医界宗师张孝骞大夫的警世名言,或称从医四字诀。

张老 1987 年 8 月 26 日仙逝,在八宝山举行公祭,有党和国家领导人到会追悼或送花圈挽联。一位医生获此厚重尊崇,乃为少见,但对张老应是实至名归,因为他不仅是伟大的医者,也是旷世智者。

我当时是北京协和医院副院长,参与操办张老追悼会,写了大堂正面的挽联:

协和泰斗,湘雅轩辕。鞠躬尽瘁,为蚕作丝,待患如母,兢兢解疑难。

战乱西迁,浩劫逢难。含辛茹苦,吐哺犹鹃,视学如子,谆谆无厌倦。

戒慎恐惧座右铭,严谨诚爱为奉献。功德堪无量,丰碑柱人间。

惨淡实践出真知，血汗经验胜宏篇。桃李满天下，千秋有风范。

挽联缅怀了大师的生平历史和卓越贡献，特别提到"戒、慎、恐、惧"是张老的座右铭，也是所有医生的从医四字诀。

戒，为四字之首，应系戒律。出家入佛门有五条菩萨戒：不杀生、不偷盗、不邪淫、不妄语、不饮酒。学医入医道，也有五戒（似乎没人总结过，张老也未道明），我想可以是：不嫌弃病人、不脱离病人、不欺侮病人、不轻慢生命健康、不泄露病人隐私。印度佛的意念是只教一件事，就是苦及苦的消除。而医生只做一件事，就是病及病的消除。戒律的另一层意思是疾病诊治的规范、规矩或指南，是应严格遵守的，是为"以戒为师"。

慎，是谨慎，是"三严"，即严肃、严格、严谨，乃做医生的基本修养。张老的"慎"是引用《诗经》的话：如临深渊，如履薄冰。其实，慎是从医最难做到的，仔细想来，凡事出了问题大多是从不谨慎起由，无论初学还是资深老道，都不可稍许懈怠疏忽，否则便会受复杂变幻的临床现实的惩罚。年轻医生主要缺少的是经验，浅尝辄止；而年老医生则主要失误于大意，或自以为是。

恐与惧，皆为畏与怕，略有程度之别，是一个医生做到一定"次第"时的一种感觉，所谓"医生越做越怕"是也。以前常说"初生牛犊不怕虎",是一种无知的盲目性,并不可取。后来,推崇"明知山有虎,偏向虎山行",勇气可嘉,但必须有充分准备,否则也战胜不了猛虎。

医生的恐惧在于敬畏:敬畏生命,生命属于每个人只有一次而已;敬畏病人,病人把生命交给医生,病人也是医生最好的老师;敬畏医学,医学是未知数最多的瀚海,医学是神圣、庄严的事业;敬畏自然,自然不是神灵、不是上帝,但自有其规律、有其法则,让我们敬,让我们畏,需我们去认识,需我们去遵从。

诊断治疗的"四化"

在诊断和治疗中，我们要推行"四化"，这就是规范化、个体化、人性化和微创化，可以认为这"四化"就是临床医学的现代化。

规范就是规矩，规范也可以称作指南，便是指明行动方向，乃为临床诊断与治疗的可依可行的路线。规范和指南对于保障医疗质量、维系医院管理、合理资源消费及推行卫生改革都是必要和必需的。不可各自为政、我行我素。近年，各科各专业都制定了一些常见疾病的规范、指南或诊治路径及单病种管理，重要的是要施行，并应有监督管理机制。当然，我国幅员广大，经济文化及卫生发展不平衡，医院条件与技术力量亦有差异，实施规范有时也难以等同划一，但规范的原则是要遵循的。先人说：以戒为师。哲学家维特根斯坦也说：规则之后无一物。意思是说，有了规则就应照办，做任何事情均应如此。

另一个原则也非常重要，就是个体化。个体化是具体问题具体分析，特别是临床医学，千变万化，应在规范的原则下审时度势，灵活运用，但也非随意性、自由化。规范化具有普遍性、共同性、必然性或趋同倾向，而个体化则具个别性、独立性、偶然性或趋异倾向，能将两者结合得好的才是聪明、高明的医生。在医疗过程中，规范化和个体化相辅相成，"权重"略有不同：比如在疾病的流行病学调查、筛查时，基本以规范化行事，依共同性为据；在诊治中，则以规范为主，重视个体因素的影响；而在疾病晚期，急危重及复发病例，乃应区别对待，以个体化处理为主。可见，辩证分析、综合全面的考虑至关重要。

人性化乃医学之本源，医疗活动应以人为本、病人第一。包括对医学科学性和人文性的理解，对病人的人文关怀，对病人思想、感情、意愿以及家庭与社会状况的考虑和尊重，对保护（保留）器官与功能的重视等。在这一过程，医生与病人（病家）的相互尊重、对话与交流、协商与选择都是达到人性化所必需的。

微创化是现在临床医学的重要观念和原则，就是以对人体最小的创伤（无创或微创）达到最好效果的诊治目的。比如用内镜手术、介入治疗或通过人体自然腔道（如女性阴道）施行操作检查和治疗。

各种内窥镜已经得到广泛的应用，一项调查表明，妇科内镜（腹腔镜、宫腔镜）的应用，在县级医院可达70%，地区医院及省市大医院则达80%—100%。有些医院内镜的应用占全部手术的70%左右，呈现良好的现代外科趋势。内镜手术技术及设备器械不断提高，直至达·芬奇（或"机器人"手术）的应用，适宜教学、远程会诊手术等。内镜手术已成为二十一世纪外科医生的必备技能。

但我们在积极推行内镜手术时，仍有三点值得斟酌：① 微创是一项观念、原则，并非仅指内镜、内境手术是微创，其他就不是微创。微创的原则适合任何手术，应贯穿各种手术的全过程。② 内镜手术、开腹手术及其他入径（如妇科经阴道）手术，都是可选择的，它们相辅相成、各有所长、各有所短。我们不能要求用一种手术方式代替其他一切手术方式，也不能要求一个医生只会一种手术方式。唯有微创原则适合所有手术。③ 内镜手术可以达到微创，也有其局限性，还可以发生并发问题，所谓"微创变巨创"！任何时候，手术都不是技术和器械的炫耀。手术中最重要的是手术台上的病人！

作者于湖边

医生"三重境界"

2013年8月13日我在《生命时报》上发了一篇短文,名曰:做医生的三重境界。主要是讲做医生,特别是外科医生,大凡"修成正果",要经历"得意、得气、得道"这三重境界。诚如佛门之修行,达到欲界、色界、无色界。

近来,又思索,又读书,又得感悟。

韩非子说:"志之难也,不在胜人,在自胜。"这里的志,是立志,是达志,即为自己树立目标,立下志向,憧憬梦想,实现愿望。这并非易事,故称"难也"。

在这一过程中,影响结局的有诸多因素,所谓主客观条件,所谓"天时、地利、人和",有竞争、有拼搏;要超越,要冲刺。通常或毕竟不是独自苦行,于是便有胜人之举,即抢先、占领、夺冠等,皆为胜人。亦并非钩心斗角、尔虞我诈。没必要谋略伎俩、你死我活。或应公平竞争、友谊比赛。但最终结果仍需靠自己，比如发挥优势、克服缺陷、吃苦耐劳、毅力顽强等，乃为超越自我，战胜自己。方可成其大事，独善其身。

做医生，行医事；做人情，处人事，也大抵如此。其最高境界在于"自胜"！因为，你不能改变别人，只能改变自己。

这和王国维的"三境界"恰成匹配："昨夜西风凋碧树，独上高楼，望尽天涯路。"立志之艰难，立志之重要。"衣带渐宽终不悔，为伊消得人憔悴。"乃是要人胜，还要想别人，为伊人。"众里寻他千百度，蓦然回首，那人却在，灯火阑珊处。"不是胜了别人，是胜了自己，成败皆由之。

再与圣人之说相对照，则意义更为深邃。子曰："知之者，不如好之者，好之者不如乐之者。"这是做学问成事业之三层次，即知之，好之，乐之。知之，只是欲念、认识；为之，即为奋进、竞举；乐之，达到胜己、忘我。必成其功！

时时以古今圣贤、大师为楷模，遵诫训，是人生修炼之本。

诊断治疗的"四学"

近年，医界出现了许多新概念，毋宁说新名称。因为其观念并非全新，或者重新强调、强化，或者修整翻新而已。业内也许不陌生，局外却也应略知一二。

遇到较多的有：循证医学、人文医学、价值医学、经验医学、生物医学、整合医学、转化医学、信息医学、全科医学、数学医学……还不包括各学科下的进一步分解或深入的亚学科。我们不妨选出"四学"，稍析究竟。

循证医学就是以寻求证据，以证据为基础的诊断和治疗。这些证据是要通过大量的前瞻性的研究而取得，更具有客观的可靠性，而不是个人或少数人的经验。像是我们常讲的"请用证据说话"，或亦如领袖教导的"没有调查就没有发言权"。

循证医学是很不错的，但有两点尚需申明：其一，循证是为临床决策提供证据，但证据还不能代替决策,决策还要有其他的考量,如病人状况、思想意愿、医疗具体条件等。其二,临床医生的经验仍然是重要和不可缺少的,一个掌握了证据而没有实践经验的人依然不能很好地看病。循证提供的也不万能,对于少见、罕见病例、复杂情况,个人的经验甚至起决定作用,这些经验也是一种证据。

人文医学重新被重视,是由于现代科学技术冲击医学,使医学与人文断裂给人震动后的醒悟。人文医学涉及医学的本源,即人文关怀,亦即善良情感与助人为乐的表达,科学技术是这种表达的工具,而不是全部和替代。人文医学的核心是人学,是以人为本,应该体现在医疗过程中,医生的主导思想,良好的医疗环境,和谐的医患关系,患者精神心理的考虑、生活质量的关注等。应避免技术与仪器成为医生与病人之间的隔阂,医生要永远走到病人床边去,医患交流的准则和伦理原则的把握也都是人文医学的重要内容。人文医学不是仅仅讲讲唐诗宋词、国学文学,而是人文思想和哲学理念,并从医学真谛去理解和实践医学。

价值医学是被规避不谈而又必须正视的严肃问题,我们不能简单理解这疾病的诊治是否有价值,或者这抢救是否有必要。应从终极关怀(不是临终关怀)的层面去认识生死、伤痛,从医学发展的阶段(或局限)去认识医学、医疗和医生。有时是治愈,常常是帮助,总是去慰藉。要从社会、公众的角度去认识医疗消费和合理应用。生命诚可贵,生活价更高,每个生命都应该有价值、有尊严地活着，医生和医疗只能起到有限的作用，每个医生却懂得自己的责任，并乐此不疲。

转化医学似乎很炫，其实就是理论联系实际，就是事物的认识的过程，实践——理论——实践，如此循环之。现今的医学诠释是从临床（病床，Bed）到实验室（实验台，Bench），即所谓 B to B，反之亦然。这种结合一直是基础与临床学家的久已有之的目标和方向，也是医学发展的必然途径。目前的发展是日趋强烈化、中心化。

转化是艰巨的，道路不平坦，中间有沟壑。从基因、蛋白质组学、干细胞、再生医学等到临床应用，岂能信手拈来，一蹴而就！就是成功的实验研究应用到临床也非易事。临床问题繁复难辨，且有社会及人的诸多因素，可以是正能量，也可以是负能量。基础研究的成果有时甚至也不能企望在短期内就立竿见影，却有推动临床医学发展的巨大潜力。

治疗与治愈

每一位到医院就医的病人,都期望自己的疾病得以痊愈,痛苦得以消除。这理所应当,无可厚非。

但"期望落差"会很大,有的如愿以偿,有的似乎好一点,有的几无变化和改善,有的反倒加重,甚至……影响因素很多,主要是病情与身体状况,治疗反应与结果,也有医院和医生的技术条件、经验水平以及责任与服务等。

病人到医院,或医生接待病人,要完成两点:一是诊断,即搞清楚是什么问题、什么病患;二是治疗,即需要什么治疗、如何实施治疗。有的疾病,诊断不困难,治疗也较为容易;有的疾病,诊断不困难,但治疗可不容易;有的疾病,诊断困难,治疗更困难。有整体的医疗水准,也有具体医院和医生的医疗水准。因此,不可能等同划一,甚至同一种疾病,在不同人身上表现也不相同,治疗结果更会有差异。俄国大文豪托尔斯泰甚至也说出了很内行的话"健康都是差不多的，得病却各有不同"。

前面我们只谈到治疗，尚且没涉及治愈，因为治愈则更为困难、更有差异（甚至是相同的疾病）。一个调查表明，医院里完全治愈者大约只占 1/3（这是总的概率，各种学科、各种疾病会有很大差别）；有 1/3 会有改善，还有不到 1/3 无明显改善，尽管医生尽力，也力不从心、回天乏术。我们会为此而遗憾、惭愧、内疚。

那么，作为医生不仅努力求进，又因何方可自慰呢？那就是在任何情况都要全身心地投入到病人的诊治中去，特别是给予病人无尽的照顾和关爱。病人及病家的理解非常重要，这包括对医学的理解、对医疗的理解、对医生的理解。理解不只意味着宽容，而是和医生一道战胜疾病的信念和力量。

我曾说，"医生对病人的同情不是用眼泪，而是用心血。"把病人的癌瘤切除了，病人痊愈了，内心的快乐无以言表。病人痊愈出院时的笑容，是最高的奖赏！有的病人还需要继续治疗、长期随访，还要经历很多痛苦和折磨。这种痛苦和折磨，在医生心里，一点也不比病人少，不比病人短，也是甚至十年、二十年、一辈子！像一条绳索，一头在病人手里，一头在医生手里，无论冬夏寒暑、节日假期……病人没有熬过来，过去了，无论多么资深的医生，都会深思反省，总结经验，为了更多的病人，为了更好的治疗。

所以，医生的心和病人的心是相通的。

在今年的新员工进院会上,我说:也许,我们不能保证治愈每一个病人,但我们要保证好好治疗每一个病人。这是我的座右铭,是与同仁们共勉的话。

再论医生的三重境界

做人成事都有次第、境界，不独在于成就、阶级，也在于修养、品性。

国学大师王国维先生将一个人做人成事，凝练为："昨夜西风凋碧树，独上高楼，望尽天涯路""衣带渐宽终不悔，为伊消得人憔悴""众里寻他千百度，蓦然回首，那人却在，灯火阑珊处"。多少年来，这成为读书人的一种境界比照、励志交响。

做医生也大致如此，学医、做医生，是一个比较辛苦的职业，不仅责任重、风险大，而且是个需要终生学习不辍的行当，真正的学无止境，技无穷涯。现代科学渗入医学，使得医学多元化、边缘化，而对疾病深广的认识、治疗水平的提升，使得医学逐渐蜕变为技术匠人或纯科学家。此时，医生应该掌握三项基本原则：医学本源的人文性、医学归隐的哲学性和临床实践的个体经验和思想修炼。

这样，一个医生的"修成正果"，大致也分为三种境界：得意——得气——得道。

得意。得意可以是初步领会医学的含意，它的本源和从医的乐、知、趣；也可以指对自己的诊断处理、行医走道基本满意，一种渐入角色之感。这个过程，大约要5—10年，外科大夫有个技术操作训练，时间要长一些。

得气。再在临床上苦行十年左右便可升堂入室，渐进佳境。处理事情得心应手，疑难问题、复杂手术均可应付裕如。似乎有一种"气息"使然，乃为理念、经验形成的技术能量；似乎有一种"气场"在发挥作用，乃为名声、威望，受到业内人士的认可，得到公众与病人的信赖。

得道。道者可意会难以言传也。我们看过张孝骞、林巧稚诊治病人的过程，那一启齿、一举手、一投足，体现的爱与智，似有神使天工！道是理性升华，道是心智结晶，道是技巧游刃……此时的看病才是一种艺术、一缕神韵、一片道场。

得道长矣，得道难矣！我们可以得意、得气，但穷其一生未必得道。我曾说"十年磨一剑，百岁难成仙"，即是此意。

子曰：知之者不如好之者，好之者不如乐之者。圣人称对于学问有三个层次，知之，好之，乐之。知之只第一步，于是才可好之，而能乐在其中，"在灯火阑珊处"，则为最高处之意境。所以，一个好医生尽管如此辛劳，仍乐此不疲，几十年如一日，也是修行到了一定境界的。

看看佛门修行者的"三界"吧：欲界、色界、无色界。欲界是指各种欲念,凡夫俗子难免者。色界不是指颜色,也非女色,而是物质,即形形色色的物质追求。最高一界是无色界,即纯精神生活,乃为空定。我们的理解是超脱欲望和物质追求的理念,也是做事、做医生的道行吧。

从医是技术,更是人学,包括对病人的仁爱,对自己人格的塑造。做个好医生,根本在做个好人,人成则医生成。

太虚大师的著名偈语:

仰止唯佛陀,完成在人格。

人成即佛成,是名真现实。

听诊器

听诊器是医生最常携带的用具,正像战士携带枪支一样。穿上白大衣,带上听诊器,几乎就是医生的象征。

中医的"望闻问切",并未能听到内脏之声。最早的听诊器是一位叫雷内克的法国内科医生发明的,结构与功能和喇叭差不多,可以称为"麦克风"。而后各种听诊器相继问世,借此医生可以听到心、肺、肠、动静脉等内部的声音。产科大夫的听诊器,有一个头圈,乃是借助骨传导,使胎心、胎动更加清楚。

听诊是医生的基本功。重要的是听诊器把医生和病人连接起来!正如林巧稚大夫所说,医生要走到病人床边去,做面对面的工作。林大夫甚至就将耳朵贴在孕妇的肚子上听胎心,无间距的亲切与关怀,会让我们和孕妇都为之感动。

听诊器越来越发展,越来越"高级"了,有立体声听诊器、电子蓝牙听诊器、超声多普勒……的确功能增多了，拾音效果提高了，但医生和病人离得越来越远了，医生成为操纵机器的技术专家。

新型听诊器的应用当然是进步的，甚至一些拾音、记录内脏声学活动的仪器也不断问世，帮助医生诊断处理。但是，还是不要让我们丢掉手中的听诊器吧：我们可要亲耳听听病人的心声、呼叫和动静，我们要看着病人，病人也看得见我们，我们才可以合作、合拍。

最近有两件事让很有感触：

一是美国斯坦福大学的一位朋友送我一条领带，那领带的图案是学校的 LOGO 和一个听诊器，让我沉思，让我喜爱。二是约翰·霍普金斯医院，连续四年被评为美国最好的医院，其广告只是一个听诊器，并没展示其高精尖的设备。人们没有忘记听诊器，这是病人和医生联系的纽带，是医学人文的象征。

记得当实习大夫，买的第一件心爱的礼物就是听诊器。记得开始工作后最舍得钱买好一点的东西就是听诊器。我也喜欢年轻医生带着听诊器潇洒阳光的样子：那听诊器或者是两个耳塞卡在脖子上，膜面放在一边的口袋里（还有与病人接触的其他检查用具），另一边口袋是自己用的东西。或者索性将听诊器横放在脖子上，也注意左右两边口袋放的东西不同。这就是医生的样子，永远的……

保留与保护

印度湿婆大神的教旨是：创造、破坏和修复。行医者的使命与此是一致的：我们维持、恢复和重建解剖，我们斩切、去除和消灭癌瘤病患，我们保护、平衡和提高功能。

也许破坏与去除虽不易，修复与重建更困难。

人性化是本源，是原则。这是一个重要的医学或治疗学命题，就是保护生理功能、器官功能、生育功能，保护精神心理健康——就是保护生命、保护生命质量！

这其中，涉及诊治原则，更涉及伦理、价值、婚育、家庭与社会观念，甚至美学观念。

在妇产科学中，这些原则和观念更加重要，使我想起蒙古英雄嘎达梅林的一句话，他说："只要草原上还有女人和孩子，草原就有希望。"不是儿女情长的凄楚和悲怆，而是英雄的人性和普世的呐喊。

这说的不也是对妇产科医生吗！我们学界正在施行"子宫保卫战""卵巢保卫战""功能保卫战""女性保卫战"。

早在二十世纪中叶，美国妇科手术大师维克多·邦尼就指出："为了半打纯属良性的肿瘤而切除年轻妇女的子宫，不啻一次外科手术的彻底失败。"他最早倡导子宫肌瘤和卵巢囊肿瘤剔除术，他在 75 岁的时候还从一个妇女的子宫上剔除 258 个肌瘤，成为妇科史上的佳话。现今，像早期、分化好的子宫内膜癌也可以施行保守治疗。

浸润性子宫颈癌通常要做根治性子宫切除。但 1987 年法国医生达杰创建了只做根治性宫颈切除而保全子宫的手术，1994 年正式报告，至今世界上已达数千例，60% 术后可得成功妊娠。达杰说得好："外科医生的职责并不是创造吉尼斯纪录，而是让我们的患者信任他们自己，并为患者提供适合他们的治疗手段。"

现今，还有保留神经的手术、阴道延长的手术、生殖器官缺陷或异常的矫治手术、激素补充疗法以及卵巢的保护等，体现人性化，体现对女性的尊重和对女性尊严的保护。

具体实施中，一定会有争议或者误解。来自医生的是手术范围的问题，切除什么或保留什么，是有规范和原则的。当然是对的，但是保留生理和生育功能也是一种观念和原则，都有其适应证和禁忌证，丰富经验，掌握循证，关键是实践。

来自患者的观点是，保留是必需的，切除是错误的。似乎绝对了,凡事要讲辩证,行医应个体化,不可"一刀切",也不可"一刀不切"。比照的不是别人,而是自己,即自己的病情和条件。

好多年前,我管过两个病人,同住一室。我去查房,一位是 33 岁的内科医生,另一位是 66 岁的剧作家。内科大夫罹患巨大子宫肌瘤,要切除子宫。我想她的卵巢可以保留,但她执意要切除卵巢,怕得卵巢癌。我耐心地讲保留卵巢的益处,请她考虑。查到剧作家,也是子宫肌瘤,我建议切子宫同时切卵巢,她不同意,"卵巢多么有用,为什么到这里成了废物?"此时,那位内科大夫"添乱"道:"你给她切,为什么不给我切?"

道理应该很简单明白,真轮到自己身上就糊涂了。

糊涂的时候,听大夫的。

善于等待

等待是生活或者工作的一部分。若论医事，等待是诊断或者治疗的过程，无论是对医生还是病人而言。

因此，我们都要善于等待。

"十月怀胎，一朝分娩。"着急不得，想早点，胎儿未成熟，出来是早产，生命力差；更着急，是流产，成为"废胎"。

检查疾病，要等必要的检验报告。疾病的发生发展有个过程，有时情况不明，诊断难定。治疗疾病，要看时机、要抓时段、要等时间。药物要等发挥作用，疗效要达足够剂量或疗程，甚至成功的手术之后要有一段恢复，或者辅加康复治疗或功能训练。

有时，甚至暂时不用任何手段的治疗，只是在医生观察之下，在病人的感觉之中，所谓"期待疗法"。这时，等待就是治疗过程，等待就是最好的治疗！什么情况下，采取"期待疗法"，期待多久（又不至于贻误病情），这要靠医生的本事，也要靠病人的理解和配合。

所以，等待是要有智慧的。

生命或者生活中，等待无处不在，随时可见：要排队等公交车来，飞机延误司空见惯，着急、怨言、责骂毫无用处。要等雨过天晴、雾霾消散；要等没有意思的讲演说完，早退毕竟不礼貌。要等红灯灭了，绿灯亮了，再过马路，多简单易行的道理和规则，还是不愿遵守，只不过为了一二十秒钟，可是潜在危险会多么巨大！

可见，等待是一种人生哲学、一种心态、一种信仰、一种期盼，更是一种修炼。

我们会时时拷问自己："能耐心等待吗？要等待什么呢？会等待到什么时候呀？"把等待当做生命或者生活的指示命题吧，把它当做随时随地的、永恒的哲学渊薮吧，而不是急功近利的应对或权宜之计。

况且，等待的结果，有时会像我们期待的那样，如疾病的诊断和治疗，如生活或工作的计划或愿望，这固然很好。但有时常常事与愿违，等待成了梦幻或空想，似乎浪费了时间，折磨了身心。但依然要继续等待，或者只能继续等待，当然，我们要有信心、意志和努力。

或者，我们把它当做生活的调侃吧，当做生命的信条吧，就是：

等待的人常常不来，

等待的事常常不到，

依然要等待。

参加妇产科春节联欢会

医生"三趣"

这里讲的"三趣",是指医生的乐趣、兴趣和情趣。

医生是辛苦的,更是快乐的。美国《读者文摘》曾经有一次测试调查"什么人最快乐"。结果是:经过千辛万苦把肿瘤切除的外科医生,完成了作品、叼着烟斗自我欣赏的画家,正在给婴儿洗澡的母亲。

外科医生名列榜首!这可是公众读者的回答呀,表明对外科医生(当然,我认为是对所有医生)的尊重、认可和赞美,让人感动、自豪。也使我深有感触和悲哀的是几年前,哈尔滨的一位年轻医生被无端刺死,竟然有 60% 的网民为之叫好。这是怎样的反差?这是怎样的道德底线?我真企望这 60% 并不代表公众。

医生的快乐缘于从医过程中带来的自豪感、成就感和使命感,在于践行和回报对生命的尊重、对人的关爱和对社会的责任,应该是任何乐趣都无法比拟的。

医生主要的、毕生的兴趣就是弄清疾病、治好病人。像其他科学家一样：爱迪生去"孵卵"，牛顿去思考"坠果"，阿基米德从浴缸里跳起，高呼"我找到啦"。从兴趣开始，不停地思考，进而成为一种追求和责任，又继续进行执著探索。可以忘乎所以，终成正果。

我很欣赏钟南山院士在2003年SARS流行期间，对记者问题的回答。问："SARS是很严重的传染病，你这么密切的接触，难道不怕吗？"答："我对SARS感兴趣，想要把它弄清楚。"完全可以有很多冠冕堂皇的答法，但院士的回答是真正科学家的回答！

医生对医学的兴趣是对维护健康、保护人类的责任使然。医生本身和家人又能得多少病，医疗的风险又无处不在，兴趣已不仅仅是好奇、爱好和趣味了。

一个医生应该有些情趣。医生的工作和生活似乎很枯燥，总要和病菌、癌瘤打交道，始终有痛苦、悲哀相伴随。从家到医院，是两点一线，又时刻有病人在召唤。医生似乎也应该有些别的、有情趣的事情，比如打球、游泳、看戏、听音乐，这些也会提高工作质量，谁不愿意呢？可是时间没有那么慷慨，我们只能选择"高尚"——到医院去吧、到病房去吧、到手术室去吧。

才、知、德三足鼎立

我们常说，人之立人、立世、立业有三个条件，即才、知、德，三足鼎立，无论任何人、任何事。

才，是指能力、灵性、爱好、兴趣、特长、反应等，多为天赋，有相当的个性，可以演绎其模样，但难以复制其本真。

知，是指知识、技术、经验、阅读、本领等，多为后天学习与积累而成。可以不断增长、丰富、熟练，但有时有些方面，即使毕其一生亦难弥平缺陷，达到至臻极致。

德，是品质、人格、操守、道德、理念、信仰、志向等，要靠修养、省悟和思辨来趋近完美。

它们三者相辅相成、互补互换。在才与知之间尤为明显，如果一个人不够聪明，可以勤奋弥补之；如果一个人很是聪明，似乎可以懈怠一点。如果一个人既聪明，又勤奋，则必过人矣；如果一个人既不聪明，又懒惰，大概不会有出息。

智慧是凌驾于才与知两者之上的升华，是思想、哲学层面的能量。智慧和知识不同，伟大的医学教育家威廉·奥斯勒说："知识是在自家脑海塞进别人的想法，而智慧是在心灵深处聆听自己的脚步。"智慧和才能也不同，法国思想家拉罗什福科说："无论天赋如何有优势，仅有此远远不够，造成英雄还需要时势和智慧。"他还进一步说："再不幸的事情，精明之人也能从中吸取益处；再幸运的事情，愚蠢之人也会搞糟。"精明或者愚蠢不是天分如何，而是智慧。

但是，我们必须强调德性的绝对重要性，德是根本，德是主导。"三足"者并非"三分"平等，而是以德为主，才、知辅之。在医学、在医疗，也许我们不缺乏相应的知识和技术，或者我们太看重知识和技术，而职业的洞察、职业的智慧和职业的精神，却显得有些空洞和苍白，需要我们重视和强化。可谓有德则威仪，才知双全有风采。

医生的道德，或医德或职业基线准则是"人的价值实际大于技术价值"。即医学是人学、仁学，即人文主义、人道主义，即"医道通天"。

交个医生朋友

医生可以有很多朋友,可是和医生交朋友很难。医生没有和朋友聊天的习惯。即使参加聚会也通常要迟到。朋友约他吃饭,要么早退,要么席间溜号,说是病人有事,医院呼叫。对于朋友的发财、提升,他并没有多大兴趣,似乎还没有他的病人是否发烧、术后有无排气重要。人家是舍身为朋友,而医生是舍朋友为病人。

你去找医生,十有八九要落空。在门诊,他没空儿出来;在实验室,他不能出来;在手术室,他无法出来。就是想去他的医院看病,给你搞个号就不错了,休想让他陪你跑前跑后。

医生可以收到病人或家属一沓一摞的名片,其中不乏大官、大腕、大款,可他很少去理会。他很少给你名片,找医生有什么好事!别人道别说"再见"是真想再见,可谁愿意跟医生说再见?

医生生活枯燥,兴趣索然,除了那点医学,不知道还能想些、说些什么……

所以,别跟医生交朋友,医生朋友不好玩。可是,医生自有医生的哲学。至少他对朋友坦诚、真挚,这也是一种职业本能。他少有势利,无论年迈的、贫穷的、丑陋的,他都不会嫌弃与计较,因为他善于透视生命,尊重人性与人格。他不太在意别人对他的态度,冷暖或亲疏,譬如今天千恩万谢,明天忘之脑后,甚至翻脸不认。他能深刻理解人的本质,甚至细胞和基因,他太了解人的理性与理智、情感与情绪的缺陷了。

医生的宽容、友爱、仁慈和善良是其他职业者无法比拟的。

医生也会调皮和幽默,在餐桌上,他大讲心肝脾肺,全然不顾医学局外人望着肉食菜肴而目瞪口呆,自个儿依然朵颐大开、甘之如饴。不过,他会告诉你防病的秘密、减肥利弊、"干净"与"不干净"的科学界限。

医生很少求人、麻烦人,喜欢淡如水的君子之交,也并非是自命清高,有时也是求人无觅处。朋友真遇有急事、要事,特别是涉及看病、治病的事,他可是雷厉风行、分秒必争,而且帮忙到底,还要"追随"结果。

如此看来,交个医生朋友也不错!

后　记

　　这本书可以作为我的"一个医生"系列丛书的一个部分，之前有《一个医生的哲学》《一个医生的序言》和《一个医生的医道》（《医道》的再版书名），还有《一个医生的非医学词典》（是以笔名叶维之发表的），也在酝酿以后的几部。

　　诺贝尔文学奖获得者、作家莫言说："我是一个讲故事的人。"我想，我们都喜欢听故事，也都应该会讲故事。儿时，我们听祖母或母亲的故事而安睡；青少年时，我们在老师和书籍的故事里成长、成熟。成人之后，我们则要给子女、学生讲故事了。过去，我们是故事里的人；现在，我们是讲故事的人。

　　医生要善于讲故事。这里有两层意思：其一，会讲故事，能与病人很好地进行疾病诊治的交谈，以及感情的交流，是体恤、关爱病人，是调查、研究病情。现今已经形成了一个新的医学门类，即叙事医学，这正是人文观念的体现。其二，会讲故事，便于进行科普宣传，把深奥、艰涩的医学知识，用通俗易懂、又打动人心的故事语言，讲给大众与患者，会收到不亚于临床诊治的效果，这正是科普观念的体现。

所以，医生要好好讲故事，讲好故事。为了公众，为了病人，也为了医学。这就是我写这些故事的初衷。

我这里讲的故事都是真实的。作家可以编故事，我虽然有个作家的头衔，但更是科学家、医生。故事要有情节，有人物，而真实性、科学性，是我的职业本性。况且，有的故事里涉及医学观点、诊治方法，更是不可胡编滥造。我写过一些故事一类的医学小品，如1982年出版的《妇女健康漫谈》，是讲故事；1996年的《妇科肿瘤的故事》，更是故事体裁，有名有姓有情节，但扉页上昭然提示："这里的故事都是真的，这里的名字都是假的。"——这也是本部故事集的准则。

在医生眼里，病人总是应该给予怜爱、关照的，和我们一样，都是凡人，有长短、有个性。即使故事里的某位、某事与自己对上号，亦请不必介意。

关于文体，用心的读者会发现，有些篇章像故事，有些似乎不是故事，像杂感、随笔、散文，或者都不是，只是发表点议论而已。正如著名作家王蒙先生所说："算不算小说，那随便。""我要写的就是我的感受，就是我的情绪……"所以，我的所谓故事，也就是我的经历、我的记忆、我的情怀、我的观念、我的思考……也限于篇幅，将字数控制在千字左右，常有意犹未尽之感。

应该感谢《健康报》为我开辟专栏，不好意思做了几个月的"地主"。其实，曾有令人感动的历史渊源：二十世纪八十年代，我连载性的知识，乃为性教育初创，即要有知识，又要有文采，所谓"雅俗共赏"；既要讲明白，又要讲分寸，所谓"乐而不淫"。还着实下了一番工夫，得到了当时钱信忠部长的首肯，后来集结成《性爱之道》。九十年代，连载了《妇科肿瘤的故事》；新千年，连载了《妇科手术笔记》。都受到读者欢迎，很多人阅读、剪报、收集。呼吁或建议"写下去，写成书"。后来均敷衍成册。可以说，我为《健康报》作了奉献，《健康报》又培养了我。这本故事多蒙王硕总编、孟小婕主任、余运西编审垂青、指教，劳苦多哉。

在撰写专栏和成书过程中，我的学生和同事们给予了很多各方面的帮助，他们是邱琳、李玲、王姝、孙智晶、戴毅、刘红玉、战礼迎等，也有科外、局外的赵昀大夫、许静女士、耿苏榕女士给予很多关心、评论和建议，还有更多的我不知道姓名的热心读者和转发者。在此，一并致以谢意。

后浪出版公司总经理吴兴元、编辑王頔，继为我出版《一个医生的非医学词典》之后，又慨然应诺出版本书，容余再致敬礼。

郎景和
二〇一四年秋

出版后记

近年来,医疗题材的影视剧大热,美剧《实习医生格雷》《豪斯医生》,国产剧《心术》等,都受到了无数剧迷的追捧。这些热播剧集在一定程度上为我们揭开了医疗行业的神秘面纱,但除却戏剧性之外,对于日复一日的医生日常生活,我们真正了解多少呢?看惯了种种生离死别、人生悲喜的他们,对"生命"又有着怎样的态度?面对病人终告不治时的无奈,他们对"医学"和"医道",又会产生怎样的质疑?

在本书中,医学大家郎景和回归了一个普通医生的视角,从头开始,为我们娓娓道来50年漫漫从医路上的酸甜苦辣。

作者是一位医术精湛的妇产科医生,又兼具深厚的人文情怀。在本书中,他陈述了对医学、疾病、病人的认识和态度,表达了一个医生的回顾、检讨、供认、表白和思考。"做医生久了,有时候自信力会减退,甚至产生一种悲哀。因为你历经千辛万苦治好了一个一个的病人,那数量真是有限的。可是一场战争、一次瘟疫可以使千百万人在短时间内丧生!与之相比,医学的力量真是太微弱了。"他这样说道。

这一篇篇随笔多为作者在为病人断症与手术的间隙中写

下，笔法质朴感人，没有华丽的辞藻，没有跌宕起伏的情节，却浸润着医者的仁心，散发着智慧的光芒。

服务热线：133-6631-2326　188-1142-1266

服务信箱：reader@hinabook.com

后浪出版公司

2015 年 2 月

图书在版编目（CIP）数据

一个医生的故事 / 郎景和著. -- 北京：北京联合出版公司，2015.4（2020.10 重印）
 ISBN 978-7-5502-4790-1

Ⅰ.①一… Ⅱ.①郎… Ⅲ.①散文集－中国－当代 Ⅳ.① I267

中国版本图书馆 CIP 数据核字（2015）第 037732 号

Copyright © 2015 Ginkgo (Beijing) Book Co., Ltd.
All rights reserved.
本书所有版权归属于银杏树下（北京）图书有限责任公司

一个医生的故事

著　　者：郎景和
选题策划：后浪出版公司
出 品 人：赵红仕
出版统筹：吴兴元
特约编辑：王　頔
责任编辑：刘　凯
封面设计：周伟伟
营销推广：ONEBOOK
装帧制造：墨白空间

北京联合出版公司出版
（北京市西城区德外大街 83 号楼 9 层　100088）
北京天宇万达印刷有限公司印刷　新华书店经销
字数 221 千字　889 毫米 × 1194 毫米　1/32　13.5 印张　插页 3
2015 年 4 月第 1 版　2020 年 10 月第 6 次印刷
ISBN 978-7-5502-4790-1
定价：42.00 元

后浪出版咨询(北京)有限责任公司 常年法律顾问：北京大成律师事务所　周天晖 copyright@hinabook.com
未经许可，不得以任何方式复制或抄袭本书部分或全部内容
版权所有，侵权必究
本书若有质量问题，请与本公司图书销售中心联系调换。电话：010-64010019